もふもふとむくむくと異世界漂流生活

4

Illust.

Mofumofu to Mukumuku to
Isekai hyouryuseikatsu

CONTENTS

CHARACTERS

ニニ

ケンの愛猫。
一緒に異世界転生を果たし、魔獣のレッドリンクスになった。

マックス

ケンの愛犬。
一緒に異世界転生を果たし、魔獣のヘルハウンドになった。

シャムエル
（シャムエルディライティア）

ケンたちを転生させた大雑把な創造主。
リスもどきの姿は仮の姿。

ケン

元サラリーマンのお人好しな青年。
面倒見がよく従魔たちに慕われているが、ヘタレな所もある。

グレイ
（グレイリーダスティン）

水の神様。
人の姿を作ってやってくる。

シルヴァ
（シルヴァスワイヤー）

風の神様。
人の姿を作ってやってくる。

ギイ
（ギーベルトアンティス）

天秤と調停の神様の化身。
普段はハスフェルに似た見た目だが様々な姿に変化できる。

ハスフェル
（ハスフェルダイルキッシュ）

闘神の化身。
この世界の警備担当。
身長2メートル近くある超マッチョなイケオジ。

クーヘン

クライン族の青年。
ケンに弟子入りして魔獣使いになった。

シュレム

怒りの神様。
小人の姿をとっている。
怒らせなければ無害な存在。

オンハルト
（オンハルトロッシェ）

装飾と鍛冶の神様。
人の姿を作ってやってくる。

エリゴール
（エリゴールバイソン）

炎の神様。
人の姿を作ってやってくる。

レオ
（レオナルドエンゲッティ）

大地の神様。
人の姿を作ってやってくる。

ラパン

ケンにテイムされたブラウンホーンラビット。
ふわふわな毛並みを持つ。

セルパン

ケンにテイムされたグリーンビッグパイソン。
毒持ちの蛇の最上位種。

ファルコ

ケンにテイムされたオオタカ。背中に乗ることもできる。

アクア/サクラ

ケンにテイムされたスライムその1、その2。
収納と浄化の能力を持つ。

ソレイユ

ケンにテイムされたレッドグラスサーバル。
最強目覚まし係。

コニー

ケンにテイムされたレッドダブルホーンラビット。
垂れ耳のウサギ。

プティラ

ケンにテイムされたブラックミニラプトル。
羽毛のある恐竜。

アヴィ
（アヴィオン）

ケンにテイムされたモモンガ。
普段はケンの腕やマックスの首輪周りにしがみついている。

フランマ

カーバンクルの幻獣。
最強の炎の魔法の使い手。

ベリー

ケンタウロス。
賢者の精霊と呼ばれており、様々な魔法が使える。

タロン

ケット・シーの幻獣。
普段は猫のふりをして過ごしている。

フォール

ケンにテイムされたレッドクロージャガー。
最強目覚まし係。

STORY

自分の店を開きたいという話をクーヘンから聞き、ケンたちは協力することに決めた。
道中、ソレイユとフォールを仲間に加え、店の候補地があるハンプールにたどり着く。
そこで騎獣に乗ってレースをする早駆け祭りが近いうちに開かれることを知り、
興味を持ったケンたちは参加することに決めた。
クーヘンと開店の準備を進めていると、レースで九連覇中のため幅を利かせている
二人組が絡んできて、話の流れでケンたちは彼らと勝負することに。
彼らの評判は悪く街の人から応援を受けるケンたちだったが、
彼らから妨害される危険性があるということで、祭りの日まで野外生活を送る。
その間に祭りでのケンの警護役として、ハスフェルとギイは友人である
ほかの神様たち――レオ、エリゴール、グレイ、シルヴァ、オンハルトを呼び、

パーティーの人数が膨れ上がった。
神様たちはケンのふるまう料理や従魔たちのかわいさにすっかり虜になり、
ケンの性格も相まって仲良くなっていく。
祭り当日、慣れない注目を浴びるなかレースが始まった。
レースを盛り上げるために序盤は手を抜くが、
最後の三周目でケンたち四人はスピードをあげ――
ギリギリの所でケンが一位をとり、
ハスフェル、ギイ、クーヘンと続く結果となった。
表彰式直後、負けた腹いせに例の二人組がニニを襲おうとしたが、
神様たちの警護により事なきを得る。
お祭り騒ぎはひとまず幕を下ろしたのであった。

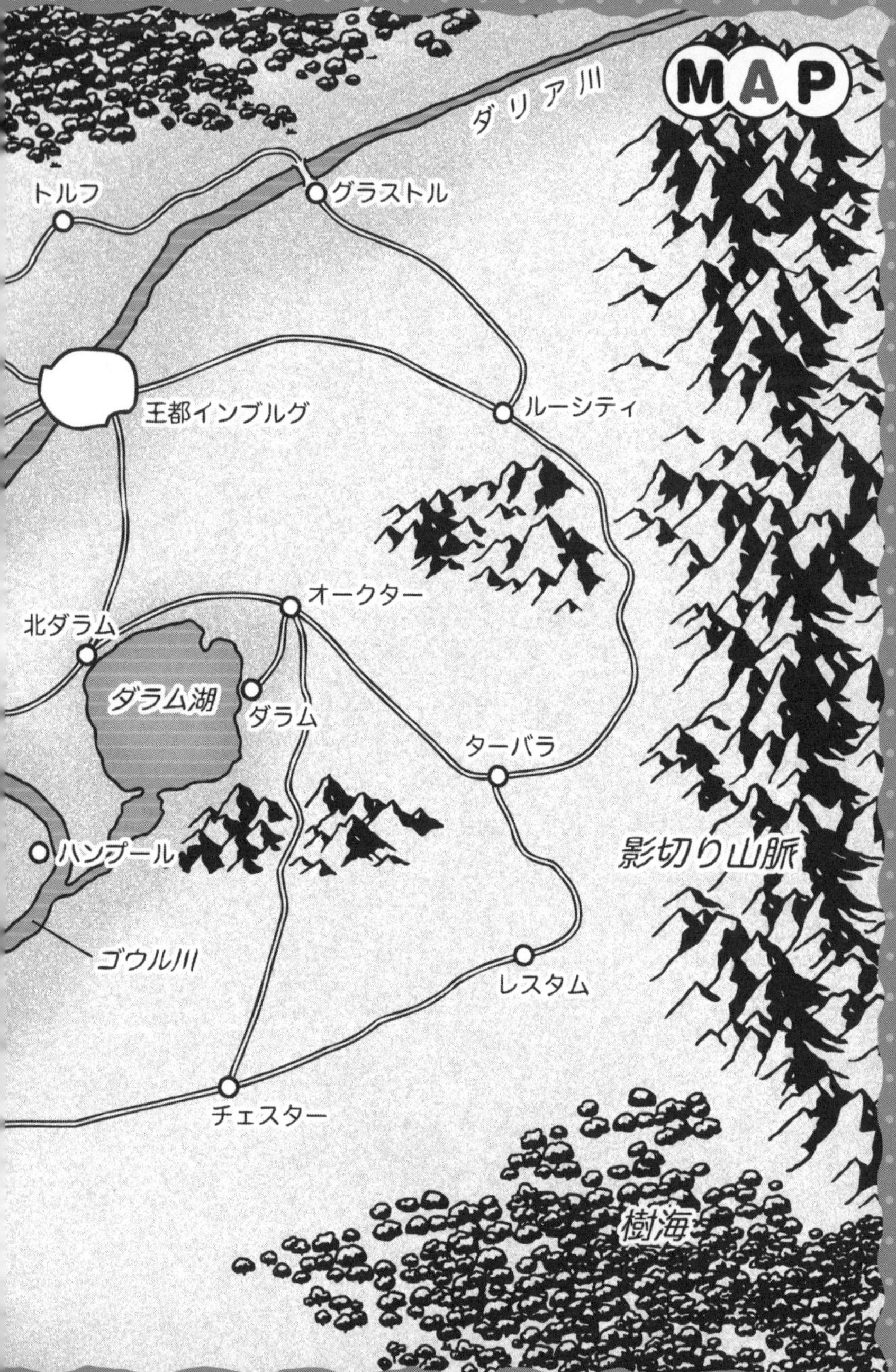
MAP
ダリア川
トルフ
グラストル
王都インブルグ
ルーシティ
オークター
北ダラム
ダラム湖
ダラム
ターバラ
ハンプール
影切り山脈
ゴウル川
レスタム
チェスター
樹海

バイゼン
セントリム
ルーステラ
グラス
ウォルス
ホーマ
リーワーフ
北アクスヒル
イスラ
北オウマ
南オウマ
南アクスヒル
北グラスダル
南グラスダル
カルーシュ
カデリー
西アポン
東アポン
ハンウィック
ターポート

第39話　ジェムの整理とスライム集め

「ふああ……あれ、寝過ごしたか？」

目を覚まして大きな欠伸をした俺は、すっかり明るくなった窓の外を見て首を傾げた。

「おはよう。もう昼近いよ」

ニニの頭に乗ったシャムエル様の、そう言って笑う声に俺は慌てた。

「ええ、ハスフェル達は？」

「二人ともまだぐっすり寝ているよ」

「もしかして俺が一番早起き？」

「今の時間に起きるのを早起きと言うのならね」

大真面目なシャムエル様の言葉に吹き出す。

「あはは、顔を洗ってくるから起こしてやってくれよ。ギルドに寄って狩りに行く予定だったのに」

「了解。起こしてくるね」

消えるシャムエル様を見送った俺は、急いで顔を洗ってサクラに綺麗にしてもらい、スライム達を水桶に放り込んでから、まずは身支度を整えた。

『おはよう。すっかり寝過ごしたよ。そっちへ行くから飯を頼む』

『おはよう。寝過ごしたみたいだ。顔洗ったらそっちへ行くよ』

二人から慌てたような念話が届き、返事をする前に一方的に切れてしまった。

「三人仲良く揃って寝過ごしたな」

思わずそう呟いて笑い、水から出てきたスライム達を撫でてやった。

『おっはよ〜！　やっと起きたわね！』

その時、突然頭の中に賑《にぎ》やかな念話が届いて俺は飛び上がった。

「ええと、どちら様？」

思わず声に出して周りを見回す。

『ケンったら酷い、また私達をのけ者にして！』

『ああ、その声はシルヴァだね』

笑って念話で答える。

『起きるのを待っていたんだからね！　それで今日はどこへ行くの？』

ワクワクしている顔が目に浮かぶような声で聞かれる。

『今から飯食ってギルドに行って、クーヘンの所にも行ってから従魔達の食事の為に狩りに行くよ。

俺達はクーヘンに渡すジェムの整理をする予定』

『ええ、地下洞窟は？』

『それは全部の用事が終わって街を出てから』

『残念。それじゃあ街の外で合流しましょう。また後でね』

言いたいことだけ言って気配はすぐに切れてしまった。神様軍団フリーダム過ぎ。

「いやあ、気持ち良く寝過ごしたよ」

「確かに、よく寝たなあ」

金銀コンビが、照れたように笑いながらアクアが開けた扉から入ってくる。

「俺もだよ。三人揃って気持ちよ〜く寝過ごした訳だな」

顔を見合わせて笑い合い席に着く。

作り置きのサンドイッチを色々と、コーヒーもアイスとホットを出しておく。

二人はカツサンドとタマゴサンド、クラブハウスサンドも取っている。相変わらず食う量がおかしい。

俺はアイスコーヒーをマイカップに入れて、タマゴサンドとベーグルサンドを取る。

いつもの小皿にタマゴサンドとベーグルサンドをそれぞれ切り分けて、盃にアイスコーヒーも入れてやる。

「ベリー、果物は？」

庭にいる揺らぎを見て声を掛けてやると、姿を現したベリーとフランマが部屋に入ってきた。

「欲しい欲しい！」

フランマの声にベリーも頷いているので箱ごと果物を出してやる。

「今日はこの後狩りに出掛けるけど、どうする？」

「もちろん付いていきますよ」

笑顔でそう言われて、手を打ち合わせて席に戻った。

「タロンは鶏肉かな？」

膝に乗ってきたタロンは喉を鳴らしながら首を振った。

「今日は皆と一緒に狩りに行くからいいわ」

「了解。俺は今から飯を食うから降りてください」

膝から下りたタロンは、今度は俺の靴を枕にして寝転がった。笑って靴の先を少しだけ動かしてやると、前脚で軽く叩かれたよ。

「動いちゃ駄目なの」

それを聞いた金銀コンビが食いながら器用に吹き出している。

「完全に下僕扱いだな」

「全くだな」

「え、そんなの当然だろう？」

顔を上げた俺の言葉に、二人揃ってまたしても吹き出す。

「お前、それは自慢気に言う事か？」

「ハスフェルは尽くす喜びを知らないのか。かわいそうに」

大真面目に答えてやり、今度は三人同時に吹き出した。

「こんな可愛い子が側にいたら、尽くして当然だよなあ」

また膝に上がってきたタロンを撫でながらそう言うと、いきなり後ろからニニに頭突きをされた。

「この浮気者！」

しかし、咎《とが》めるその声は笑っている。

「これは浮気じゃないぞ。全部俺の大事な家族なんだから。ニニは俺の最初の家族だよな」

笑ってそう言い大きな鼻先にキスしてやると、嬉しそうに大きな音で喉を鳴らし始めた。

それを見たソレイユとフォールが俺の両脇に首を突っ込み、遅れてすっ飛んできたフランマが俺の足の間に頭を突っ込んできた。何、このもふもふパラダイス猫団子状態は。

「皆、大事な家族だぞ」

順番に頭を撫でてキスしてやる。タロンが下りてくれたので食べようとすると、金銀コンビが笑いながら話す声が聞こえた。

「ハーレムだな」

「確かにあれは、紛う事なきハーレムだな」

「大人気だな」

「ただし、同族が一人もいないけどなあ」

「確かになあ」

俺は机の下で、向かい側に座る二人の脛をこっそり蹴ってやった。


ベーグルサンドを平らげた俺は、不意にある事を思い出した。

「ところで、ちょっと話があるんだけど、いいか？」

カップを置いた俺は、机に座って食後の身繕いをするシャムエル様に向き直った。

「何、改まって？」

不思議そうに俺を見るシャムエル様に、俺は顔を寄せた。

「レース中に約束したよな？　よもや忘れたとは言わせないぞ」

広げた両手を顔の横に上げてわぎわぎしながらニンマリと笑う。

「エエト、ナンノコトデショウカ」

棒読みで目を逸らすシャムエル様をわざとゆっくり、広げた両手で捕まえる。

「神様に二言は無いよな？」

「うう……言ったね。確かに約束したよ。さあどうぞ！　好きにもふりたまえ！」

「では遠慮無く！」

笑った俺は、シャムエル様の柔らかな腹に顔を埋め、それから俺の愛するもふもふ尻尾を心ゆくまで撫でまくった。

「ああ、待って……そこは、駄目……」

腹に顔を埋め尻尾の先を握りながらくすぐってやると、足をピクピクさせたシャムエル様が悶えている。

「好きにしていいって約束だもんなあ。俺は遠慮しないぜ」

どこの悪役だよって台詞を笑いながら吐き、倍くらいのサイズになった尻尾を気がすむまでもふらせてもらった。

「まあ、これくらいで勘弁してやろう」

大満足で顔を上げると、シャムエル様はぱたりと机の上に倒れた。

「もうケンったら、凄いテクニシャンなんだから」

尻尾を立てて振り返ったその台詞に、全員同時に吹き出して大爆笑になったよ。


「全く、お前らは朝から何をしているんだ」

「ハスフェル酷い。私は大事な尻尾を散々に弄《もてあそ》ばれた被害者だよ」

「それはお前が約束したんだから、当然だろうが」

笑ったハスフェルに言われて、シャムエル様は誤魔化すように尻尾を見る。

「えへへ、確かに言ったね。好きなだけもふらせてあげるって」

「だろう？　だったら何の問題も無いよな？」

笑って尻尾を突っついてやると、シャムエル様も笑って尻尾で俺の指を叩いた。

おお、良いぞもっとやれ。


ギルドの建物の中は、いつも賑やかだ。

「英雄のお越しだぞ」

入り口にいた冒険者の声にほぼ全員が笑顔で駆け寄ってきて、背中や肩を好きに叩かれる。

「あれ、まさかもう旅立つのかい？」

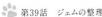

その時、丁度奥から出てきたエルさんが俺達を見て声を掛けてくれた。

「まだ行きませんよ。クーヘンの店の開店を見ないとね」

「そうだよね。それで今日のご用は？」

「ええと、従魔達が獲ってきた獲物があるんで捌《さば》いて欲しいんです」

「ああ、それならハリーを紹介するよ」

エルさんの声に、職員が返事をして奥にある地下への階段を下りていった。


「素材担当のハリーだよ。よろしく魔獣使い」

しばらく待って出てきたのは、大柄な筋骨隆々の男性だった。

「ケンです、よろしく」

「で、何があるんだ？」

嬉しそうにそう聞かれて、あれだけの貴重な獲物をここで大量に出して良いのか考えていると、俺の戸惑いに気付いたハリーさんの案内で、全員揃って人目のない地下へ向かった。

地下の部屋は、真ん中に大きな机が置いてあってとても広い。金銀コンビはマックス達と一緒に壁際で好きに寛いでいる。

「噂には聞いていたが信じがたい光景だな。冒険者時代に殺されかけたのと同じ種類のジェムモンスター達が、俺の職場で寛ぐ日が来るとはね」

ハリーさんは、そう言って笑って机を叩いた。

「ほれ、獲物を出しな」

頷いた俺は、鞄の中のアクアから獲物を机の上に取り出していく。

「ええと、このハイランドチキン七羽。それからグラスランドチキンが二十羽、亜種は五羽。グラスランドブラウンブルと亜種、同じくグラスランドブラウンボアと亜種は各一匹ずつ。肉が欲しいのでそれ以外は買い取りでお願いします」

呆気にとられていたハリーさんは、突然笑い出した。

「従魔が桁違いなら持ってくる獲物も桁違いだな。さすがは超一流の魔獣使いだ」

そう言って大きなため息を吐いたハリーさんは、机に並んだ巨大な獲物達を無言で眺めた。

「肉は返して素材は買い取りだな。なあ、肉も少しは売ってくれないか？」

そう言われた俺は笑って頷く。

「いいですよ。ハイランドチキン以外は、まだありますから」

「それなら、こっちのチキンは二十羽と、あとは五匹ずつと亜種も二匹ずつ頼みたい。無ければお前さんが良いだけでいい」

大丈夫なので言われた数を全部出すと、先程とは比べものにならない量になった。死屍累々《ししるいるい》ちょっと怖い……。

「いいわよ。また捕まえてあげるね！」

「おう、よろしく頼むぞ」

「何だ？」

振り返って猫族軍団にそう言い、俺は駆け寄ってきたタロンを抱き上げてやりながらハリーさんを見た。

「また捕まえてきてくれるそうですよ」

「あはは、そりゃあ良い。何でも大歓迎だよ。ところで、そいつは真っ白で可愛いが何のジェムモンスターなんだ？」

「この子は、俺のペットの猫です」

その言葉を聞いた瞬間、ハリーさんは吹き出した。

「まさかのただの猫かよ……」

ケット・シーだけどね。っていつもの言葉をぐっと飲み込んだ俺だったよ。

「それじゃあ、よろしくお願いします」

「おう、スタッフ総出で早々に準備しておくよ」

見送ってくれたハリーさんに手を振り一階へ戻り、ギルドを後にした。


到着したクーヘンの店には『近日開店！』と、大きく書かれた幕が張られていた。それを潜って横の通路から中に入る。

厩舎《きゅうしゃ》はもうすっかり出来上がっているみたいだけど、大きな扉は閉まっていてまだ入れないみたいだ。裏庭に従魔達を残して声を掛けると、マーサさんが出てきてくれた。

「いらっしゃい。早駆け祭りの英雄達のお出ましだね。どうぞ入っとくれ」

嬉しそうに笑ったマーサさんの言葉に、俺達も照れたように笑った。

店の内装はもう完璧で商品棚が綺麗に並んでいる。店にはエプロンをしたクーヘンともう一人いて、進み出たその男性が俺達に深々と頭を下げた。

「はじめまして。細工師のルーカスと申します。この度は弟が、本当にお世話になりました」

「いやいや、全然大した事はしていませんよ。店に協賛したのも、手持ちのジェムを売ってもらう為ですから」

顔を上げたお兄さんは、クーヘンによく似た更に小柄な人だった。

「家族を紹介します。ほら、こっちへ」

奥の部屋から、揃いのエプロンをした三人が駆け出してくる。

「はじめまして。ヘイルと申します、細工師をしております」

こげ茶の髪の小柄な男性が、笑顔でそう言って頭を下げる。

「はじめまして。スノーリーフです。どうぞスノーって呼んでください。販売担当です」

赤茶色の髪の女性が満面の笑みで頭を下げる。この笑顔にはファンが付きそうだ。

「初めまして。ルーカスの妻のネルケと申します」

義理のお姉さんも優しそうな方だ。

お兄さん家族は、改修工事が終わった部屋の掃除に取り掛かっているらしく、挨拶が済むとすぐに掃除に戻っていった。

「店の改修工事が終わって、住居部分の工事があと少しです。厩舎も素晴らしい仕上がりになりましたよ。手配した干し草がまだ届かないので従魔達は裏庭です。開店出来るまで、あと一息と言ったところですね」

肩をすくめたクーヘンはそう言って俺を見上げた。

「ところで俺達は今から狩りに出掛けるんだけど、肉食の子達の食事は？」

「新鮮な鶏肉があれば大丈夫らしいので、郊外の農場から定期的に届けてもらう事にしました。まあ、時々は狩りにも出掛けますがね」

「そっか。それじゃあ俺達は狩りに行ってくるから、開店準備頑張ってな」

「ええ、気を付けていってらっしゃい」

手を振ってクーヘンの店を後にした。


あちこちから声を掛けられつつ、街を出て街道から離れたところで一気に走り出す。

マックス達も鬱屈《うっくつ》していたみたいで一気に加速して走り出した。猫族達は、小さくなってニニの背の上に並んでご機嫌だ。

あっという間にハンプールの街も街道も見えなくなり、もうそこにいるのは俺達だけになった。

そのまま茂みを飛び越えて木々の隙間《すきま》を走り、深い森を抜けた先にあったまばらに木がある広い林を、更に加速した俺達は駆け抜けていった。

シャムエル様曰く、今日の目的地はこの先にある草原なんだってさ。


「尖《とが》ったあの木まで競争！」

目的の草原が見えた途端にシャムエル様がそう叫んで、突然駆けっこが始まる。

今回の一位はブラックラプトルのデネブだった。少し遅れたマックスとシリウスが横並びで同着。

「これは悔しい。後でもうひと勝負しよう」

負け続きのハスフェルが悔しそうにそう言い、マックスの背から降りた俺は笑ってマックスの大きな頭に抱きついた。

「やっぱり負けたら悔しいな、一勝一敗。次は勝つぞ」

「はい、頑張ります」

悔しそうにしながらも、尻尾をブンブン振り回すマックス。犬の尻尾は、笑えるくらいに嘘をつけない。


「では行ってきます」

鞍を外したマックスの嬉しそうな声にシリウスとブラックラプトルのデネブが続く。ファルコとミニラプトルのプティラも翼を広げて飛んでいき、残った子達は、草を食べる子達と転がって寛ぐ子達に分かれる。俺はサクラとアクアと一緒にテントを張っていて、不意に思い出した。

「あ、修理をお願いしたテントを引き取りに行っていない」

「確かにそうだな。明日帰ったら忘れないうちに取りに行かないとな」

俺の言葉に金銀コンビも笑って頷いていた。

「そうそう、エルから聞いた馬鹿二人のその後の話、聞くか？」

「そうだな。テントを張り終わったら先に聞くよ」

アクアに最後の固定用の釘《ペグ》を打ち込んでもらい、立ち上がった俺は肩を竦《すく》めて振り返った。

「俺達はテントにいるからな」

寛ぐニニに声を掛けると、振り向きもせずに尻尾で返事されたよ。

金銀コンビと一緒に俺のテントに入り、サクラに机と椅子を出してもらって組み立て、コーヒーを出してやると、ハスフェルは大きなため息を吐いて口を開いた。

「あいつら逮捕されたぞ。お前の従魔襲撃の現行犯以外に恐喝や窃盗など余罪が山ほどある上、借金の踏み倒しも複数あるらしい。レースの賞金や広告宣伝費、支援者からの金を当てにしていたらしいが、今回の順位を知った借金取りが大勢押し掛けてきて、彼らの家でもあるヴァーレ商会の別館は、大変な騒ぎだったそうだ」

「何だよそれ」

「奴らを贔屓《ひいき》にしていたヴァーレ商会ってのが、元々違法な闇取引などで問題になっていた商会らしく、そっちにも軍が一斉に取り調べに入ったらしい」

この世界では、城壁と街道の管理をはじめ、治安維持と安全確保は全て軍の管轄《かんかつ》だって事らしい。

「大掃除が出来て、喜んでいる奴は多いんじゃないか?」

ハスフェルの説明に、ギイが笑いながらそう言ってグラスを上げた。

「そうだな。クーヘンが商売する街の大掃除が出来たのなら良いじゃないか」

平然とそう言っている二人を見て、俺は小さくため息を吐いた。

「因果応報って言葉の意味を思い知ったわけだな。せめて己の行いを反省して更生してくれる事を祈っておくよ」

「なんだ、随分と優しいんだな」

からかうようなハスフェルの言葉に俺は黙って首を振った。

「そうじゃない。腹を立てる程の価値も無い奴だって思っただけだよ」

二人とも無言で頷き、俺達は黙ってコーヒーを飲んで後片付けをした。


「ところで、どうやってクーヘンにジェムを渡すんだ？　収納袋を買って入れるとか？」

すると俺の言葉に頷いたギイが大きな家具を取り出して見せた。それは上面の一辺が60センチくらいの正方形、高さは1メートル半は余裕であるやや縦長の金属製で、横面にある観音開きの扉の中は、一番上が深さ10センチくらい、二段目と三段目が20センチ、四段目と五段目が50センチくらいのかなり深い、五段の引き出しになっていた。

「へえ、扉の中は引き出しなのか」

それを見て感心したように呟くと、ギイが笑顔で頷いた。

「これは、五万倍の収納力を持つ『神からの贈り物』と呼ばれる特別製の金庫だよ。ここにジェムを入れてクーヘンに渡す。この金庫は使用者を限定出来るのでそれ以外は扉を開けられない。金庫ごと移動出来ないように置く場所も固定出来るんだ」

「へえ、そりゃあ凄え……はあ？　収納力が五万倍？」

俺の叫びに、金銀コンビが揃って振り返りドヤ顔になった。何だよ、その完璧な同調率は。

「これを地下の倉庫に置いておけば、預ける大量のジェムの安全性も保証される」

「良いだろう？　これよりも安全な置き場はそうは無いぞ」

ドヤ顔の二人を見て、俺は混乱する考えを全部まとめて明後日の方向にぶん投げておく事にした。

「五万倍って言われても、数字が大き過ぎて実感が無いよ」

苦笑いしながら首を振る俺を見て、ハスフェルとギイも笑っている。

「これは元々、シャムエルから貰った物だよ。だが定住もせず、収納の能力を持っている俺達にこんな物をくれたって、はっきり言って意味は無い。収納したまますっかり忘れていたんだ」

ギイの言葉に、机に座ったシャムエル様は笑っている。

「良いじゃない。今、役に立ったんだからさ」

開き直ったその言葉に、金銀コンビが笑う。

「これはクーヘンにあげるからな」

「良いよ、また作ってあげる。今度は十万倍かな？」

「やめてくれ。そんな物貰っても迷惑だ」

真顔で断られたシャムエル様が分かりやすく拗《す》ねる。

「ええ、それを作るの楽しいのに。まあ良いや、それなら今度はケンにあげようっと」

「待て待て！　俺にさらっと押し付けようとするな。俺だって、そんなとんでもない物貰っても困るよ！」

「スライム達の収納力は無限なんだから、邪魔にならないでしょう？」

「いや、そりゃあそうだけど……」

「じゃあ決まり。まあ今すぐってわけじゃあないからね」

機嫌を直したシャムエル様の言葉に、俺は頷くしかなかったよ。


笑い声が聞こえて振り返ると、神様軍団が馬に乗って駆けてきたところだった。

「やっと見つけた！　もう、こんなに遠くまで！」

文句を言いつつも笑顔のシルヴァに、笑って手を振る。

「へえ、馬を買ったのか」

「ギルドで紹介してもらって買ったの。可愛いでしょう？」

どれもかなり大きな馬だし馬具も上等そうだ。

「ケンが、恐竜をテイムしてくれたら嬉しいんだけどなあ」

目を輝かせるシルヴァの言葉に、この無駄に顔面偏差値の高過ぎる団体が、揃って恐竜に乗っている姿を想像して遠い目になる。うん、無理。テイムは却下。

「もう馬を買ったのなら、足は確保出来たんだからいいじゃないか」

誤魔化すようにそう言って、テントを張り始めた神様軍団用に冷たいドリンクを出してやった。

「さてと、それじゃあクーヘンに渡すジェムをその引き出しに入れていくか」

オンハルトの爺さんが持っていた大量の布製の大きな巾着に、ジェムを整理しながら入れていく。

新しいノートに渡すジェムの名前と数を書き込んでリストを作り、袋の口を縛る紐《ひも》には名札を作って取り付け、名前と数を書いておく。

黙々とジェムの整理をする俺を見て、全員が黙って手伝ってくれた。一応、やり過ぎた自覚はあるみたいだ。

途中でマックス達が戻ってきて、猫族軍団が交代で狩りに出かけた。

金庫の一番上の引き出しには、神様軍団が集めてくれた大量の下位のジェムが全部入った。

二段目には、ベリーが集めてくれた大量の恐竜のジェムが全部入った。凄いぞ五万倍の収納力。

ティラノサウルスのジェムだけは、そこに入れずに別に置いておく。

三段目には、神様軍団が集めた超レアな樹海産のジェムや上位種や亜種のジェム、それから追加の恐竜のジェムを入るだけ詰め込んだ。

四段目には、結晶化したダークグリーンオオサンショウウオのジェムを入れた。これは大き過ぎて入る袋が無かったのでそのまま投入。ティラノサウルスのジェムもここに入れておいた。

もうこの時点で、多分一生かかっても完売はしないだろう数と種類だ。頑張れクーヘン。

最後の段には、俺達三人の委託のジェムを入れる事にした。まあ、全部在庫がある分だけどね。

巾着の側面にインクで自分の名前を書き、ジェムの名前と数を書いた名札も付けておく。

三人分の大量の袋が、五段目に全部入った時には全員揃って拍手喝采になったよ。

総額幾らになるのか考えるのも怖い在庫の整理がとりあえず出来たよ。お疲れ様でした！

「ねえねえケン。私、お腹が空きました！」

シルヴァが、可愛い笑顔で両手を胸元で握って俺を覗き込む。

「おう、沢山あるからどうぞ」

笑って頷いた俺は、サクラからハンバーグとチーズ入りハンバーグ、唐揚げ、生野菜のサラダ、温野菜と切ったトマト、フライドポテトも取り出して並べておく。

パンの横には簡易オーブンもセットしておく。焼きたい人はセルフでどうぞ。

コーヒーと紅茶、緑茶も取り出して並べ、おにぎりも並べておく。

「準備完了。あ、仕込みで全部使ったからお皿が無い」

俺のその言葉に全員がサッと一人用の携帯鍋セットを取り出した。俺も久し振りの携帯鍋セットを出してもらった。

浅い方の鍋に唐揚げとフライドポテト、深い方の鍋には生野菜のサラダに適当フレンチドレッシングを回しかけ、鍋の蓋にはおにぎり。マイカップには緑茶を入れる。

椅子に座って、料理が山盛りのお皿を並べた。

テントの外はもう真っ暗だが、ランタンのおかげでテントの中は真昼みたいに明るい。

嬉々として料理を山盛りに取る神様達を見ていると、チーズ入りハンバーグが一瞬で無くなり、サラダを取っていて出遅れた女性コンビが無言で拗ねていたので慌てて追加を出してやったよ。

食後のタイミングで、猫族軍団が戻ってきた。

「おかえり。お腹いっぱいになったか？」

駆け寄ってきたので、順番に大きな頭を撫でてやる。

「ただいま。この辺りも生き物の気配に満ちているから、狩りが楽で良いわ」

「そうね。もうお腹いっぱい」

俺の言葉にソレイユとフォールがご機嫌でそう言って身繕いを始めた。タロンは小さくなって俺の膝に乗った。

「はいはい、俺はタロンの椅子だもんな」

笑って頭や背中を撫でながら、食後のコーヒーを楽しんだ。

「明日には街に戻るんだよな？　頼んでいた肉を受け取ってこないと」

「そうだな。今日の目的の従魔達の狩りと、クーヘンに渡す分のジェムの整理は出来たから、街へ戻ったら後は何をするかな」

「それなら明日、肉をもらったら追加の料理をするよ。グラスランドチキンも美味しいんだろう？　グラスランドブラウンブルや、ブラウンボア、野生の肉がどんな風なのか、ちょっと興味あるんだよな」

汚れた食器や空いた皿をサクラに綺麗にしてもらいながらそう言うと、こっちを見た皆の目が光った。

「猪肉は、ちょっと個体によって独特の臭いがあるのと、脂身の部分が塊であるくらいだよ。基本的には豚肉と同じで良いよ」

こっちを見たレオが、嬉しそうに教えてくれる。

おお、さすがは大地の神様。野生肉《ジビエ》の調理法までご存知とは、恐れ入りました！

「臭みがあるのか。じゃあ調理の前に下拵《したごしら》えでお酒に漬けておくか。あ、牡丹鍋《ぼたん》とか良いな。味噌はあるな。それなら街へ戻ったら生姜《しょうが》を探そう。あれがあれば臭み消しになるからな」

肉の臭みを消す方法を必死で思い出しながら明日の段取りを考える。

「生姜が欲しいの？」

レオがそう言って大きな生姜を渡してくれた。

「おお、ありがとう。これがあれば生姜焼きや佃煮とかも出来るな。よしよし、ご飯の友がまた増えるぞ」

受け取って何を作ろうか考えてブツブツ呟いていたら、グレイとシルヴァが二人揃って俺に手を上げている。

「食べたい！」

「どれも食べたい！」

それを見た全員が、一緒になって手を上げて食べたいと言い出した。

「分かったからちょっと落ち着け。ってか、今食ったところだろうが」

「明日のお腹は、また減るもんね」

「そうなのよね。この身体って、維持するのにかなりの量を食べなきゃ駄目なのよね。人間の身体って本当に非効率だわ」

しみじみとグレイがそう言って腕を組む。

おお、胸が……ご立派な胸が素晴らしい事になっております。

見事な胸の谷間から無理やり視線を引き剝がし、タロンを抱き上げて視界を遮る。突然抱き上げられて驚くタロンだったが、気にせず寝てしまった。よしよし、ここはタロンに顔を埋めて誤魔化しておこう。

しかし、まさかの大食いの理由判明。モデル体型のグレイでさえ相当食っているのは、ちゃんと理由があったんだな。きっと神様達は、消費するカロリーも人間とは桁《けた》が違うんだろう。まあそれなら致し方あるまい。って事は、噂の新しい地下洞窟に入るのには料理の在庫が心許《こころもと》ない。

よし、街へ戻ったらまた改めて大量に料理を仕込もう。


翌朝、いつものモーニングコールに起こされた俺は大きな欠伸をしながら起き上がった。

ご機嫌で擦り寄ってくるニニとマックスを順番に撫でてやり、飛び付いてきた他の従魔達もそれぞれ撫でたり揉んだりしてやる。

よしよし、皆、今日も元気だな。

「あれ、ちょっと曇りか？」

朝にしては薄暗い。テントから顔を出して空を見上げると、どんよりと曇った空が広がっていた。

「これは雨が降るかもな。うーん。せめて街へ戻るまでは降らないでほしいなあ」

思わずそう呟き、曇った空を改めて見上げる。

「おはよう。今日は曇りだけど雨は降らないわよ」

「おはよう。雨は降らないわ」

並んだテントからグレイとシルヴァが笑顔で出てきてそう言い、揃って腕を上げて大きく伸びをする。おう、砂時計体型は当然素晴らしいが、細身のささやかな胸も良いなあ……。

「何を見ているのかな？」

ニンマリと笑いながら二人に顔を寄せられ、俺は慌てて空を見て誤魔化した。

「な、なんでもない！　おはよう」

急いでテントに戻り、笑っている二人の声を聞きながら机の上に大量のサンドイッチを取り出して並べた。

落ち着け俺の心臓。ああ不整脈、不整脈……。

「おはよう。今日は一日曇りみたいだな」

深呼吸していると、ハスフェル達が揃ってテントに入ってきた。

飲み物も追加で出してやり、ベリーと草食チームに果物の箱を出してやる。タロンはまだ要らないみたいだ。

それぞれ好きに取るのを見ながら、俺はタマゴサンドとベーグルサンドを取って座った。

シャムエル様には、タマゴサンドとベーグルサンドをナイフで切って小皿に並べ、盃にはコーヒーを入れてやる。こぼれたコーヒーは、サクラがすぐに綺麗にしてくれた。

「思っていたが、本人ではなく従魔のスライムに能力を与えるとは良い考えだな。それなら追加や修正も容易だ」

感心したようなオンハルトの爺さんの言葉に、タマゴサンドを齧《かじ》っていたシャムエル様は顔を上げた。

「そうなんだ。ケンにも視覚や聴覚、声に関しては能力の底上げをしているんだけど、元々全く持たない能力を人に付与するのは色々と大変なんだよね。最初に彼を作った時に、どうしようか色々考えて、常に側にいる従魔に持たせれば良いって思ったんだ。スライムは特に修正が簡単で良いんだよね」

得意気にそう言って笑っている。

「良いなあ、スライムちゃん可愛い」

「ねえ、可愛いよね」

グレイとシルヴァが二人して手を伸ばしてサクラを撫でているのを見て、ドヤ顔の金銀コンビがそれぞれのスライムを抱いて撫でてみせる。

「ミストだよ」

「リゲルだよ。可愛いぞ」

それを見て顔を見合わせた神様達が、揃って俺を振り返った。

「私も欲しいです！」

何故か全員がそう言って手を上げて俺を見ている。

「ええと、別にテイムするのは構わないけど……その身体は一時的なものだって言ってなかったっけ？」

確かあの身体は一時的なものだって聞いた。神様達の元の姿がどんなものかは分からないけど、そこはスライム達が生きていける世界なのか？　息が出来なくてお亡くなりとか、この世界に置き去りにされるなんて絶対に駄目だ。

「大丈夫よ。向こうにもこっちの世界に繋がっている場所があるから、連れて帰ればそこで暮らしてもらう事になるわね」

シルヴァの言葉に、食べ終わったシャムエル様も頷いている。

「大丈夫ならテイムしてあげるよ」

俺の答えに、神様軍団は大喜びしていた。

「では撤収して、帰りにスライムの営巣地に寄っていこうか」

ハスフェルの言葉に、皆が立ち上がった。

「ごちそうさん、美味かったよ」

オンハルトの爺さんの言葉に皆も笑ってそう言いそれぞれのテントに戻っていった。手早くテントをたたみ始める。

「なあ、神様って自分でテイムは出来ないのか？」

「テイムは元々生まれ持った能力なんだよね。ケンを作った時に、君にそれがあるのに気付いたんだよ。ケンは、向こうの世界でマックスとニニちゃんを飼っていたんでしょう？」

俺も立ち上がって机や椅子を片付けながら、首を傾げた。

「そうだよ。俺の大事な家族だった。だけど向こうでは基本的に動物は誰でも飼えたぞ」

「だけど、絶対に飼わない人もいたでしょう？」

俺の肩に座ったシャムエル様に言われて、ちょっと考える。

「確かに、絶対に生き物は苦手だって人もいたな」

「ね、つまりそういう事。ケンの元いた世界では、テイムの能力は表には出ないんだ。だけど、それを持っている人は身近に生き物を置きたがる」

「へえ、だけどその理論でいけば、俺の元いた世界はテイマーだらけになるぞ」

「この世界であっても、才能のある人でもテイマーになるのは稀《まれ》だからね。大抵は動物が好きって程度で終わるんだよ」

そんな話をしながら、アクアとサクラに手伝ってもらって手早くテントをたたむ。

片付けを終えてそれぞれの馬に乗る神様達を見て、俺もマックスに飛び乗った。


馬達の足の速さに合わせて林が点在するなだらかな草原を走っていく。

「曇りだとあんまり暑くなくていいけど、確か紫外線は曇りの方が多いんだっけ」

何気なく俺が呟くと、美女コンビがものすごい勢いで駆け寄ってきた。

「今なんて言ったの？」

「紫外線って何？」

「ええと……赤外線とか紫外線って、この世界には無いのか？」

首を傾げる二人を見て、俺は空を見上げる。

「この世界では、虹って出る？」

「雨上がりに出る、七色のあれ？」

シルヴァが腕で丸くアーチを描いてみせる。

「そうそう、その虹の色って赤、橙《だいだい》、黄色、緑、青、藍《あい》、紫の七色？」

うんうんと頷く二人。

「人間の目には見えないけれど、その赤と紫の外側にもずっと光は続いている。だから赤外線と紫外線。そもそも色は光の波長だって考えられていて、赤の外側の光は熱を伝える性質が、紫の外側にある光は、確か強いエネルギーを持っていて皮膚を焼いたりする。だから俺のいた世界では、日焼け防止に紫外線を遮断するクリームなんかがあったよ」

「何それ欲しい！」

「ねえケン、作ってよ」

「ごめん。さすがにそれは作り方を知らない」

悲鳴を上げて顔を覆う二人を見て、男性陣は苦笑いしている。

「この世界では、そういうのって無いのか？」

「ううん。ケンのいた世界は、一番色んな事が安定している世界だったからさ。そこを参考にしてこの世界を整えたんだよ。だから基本的な世界の理《ことわり》は同じの筈《はず》だよ」

ほお成る程、さっぱり分からん。って事で、これも明後日の方向にまとめてぶん投げておこう。

そんな話をしながら走っていると、ハスフェルの乗るシリウスが不意に止まった。

「あの辺りがスライムの巣がある場所だ」

指差す林の端にある茂みは、いかにもスライムが潜《ひそ》んでいそうだ。全員が止まり、それぞれの従魔や馬から降りて少し離れたところで待っている。

それを見て頷いた俺は剣を鞘ごと外して手に持ち、ゆっくりと茂みに向かった。

剣の先で茂みをかき分けるとガサガサと逃げる音がする。音の辺りを叩くとスライムが飛び出してきた。

「よっしゃ〜！」

バットでボールを打つイメージで思いっきりぶん殴ると、勢いよく茂みに突っ込んでいった。

「何処ですか？　スライムちゃん」

剣の先で茂みをかき分けて探し、草の隙間から足元に転がってきた赤いスライムを左手で掴《つか》んで持ち上げる。

「俺の仲間になるか？」

「はい、よろしくです！」

子供みたいな可愛い声で答えた赤いスライムは、一気に輝きを増しバスケットボールよりも大きくなった。

「お前の名前はアインス。よろしくな。お前は凄い人の所に行くんだぞ。可愛がってもらえよ」

右手の手袋を外して、額に当てながらそう言ってやる。

「わーい、名前もらった！」

また光った後、一回り小さくなった赤いアインスは、嬉しそうに伸び上がって周りを見た。

「一番は誰？」

「はい！」

間髪を容れずにシルヴァが手を上げた。

「じゃあこの子はシルヴァの子な。アインスだよ。よろしくな」

差し出された細い手に、スライムを乗せてやる。

「新しいご主人ですか？」

「そうよ。シルヴァっていうの、よろしくね」

「よろしくです。新しいご主人！」

また伸び上がったアインスがそう言って、シルヴァの腕の中でポヨンポヨンと伸びたり縮んだりし始める。

「何これ可愛い！」

叫んだシルヴァがスライムを思いっきり抱きしめる。

う、羨《うらや》ましくなんてないやい！

次に捕まえたのは綺麗な黄色。満面の笑みで両手を差し出すグレイに、ツヴァイと名付けた黄色のスライムを渡してやると、大喜びのグレイに抱きしめられていたよ。

う、羨ましくなんて……まさかスライムに嫉妬する日が来ようとは、人生何が起こるか分からんなあ。ちょっと遠い目になった俺だったよ。

その後レオとエリゴール、オンハルトの爺さんにテイムしたスライムの名前はドライ、フィア、フュンフ。まんまドイツ語で1、2、3、4、5。安直と言うなかれ。名前を考えるのは大変なんだよ。

ドライは薄紫、フィアは濃い青、フュンフは黄緑色。そこまで集めて気が付いた。一匹も同じ色がいない。ちなみに、クーヘンのドロップはオレンジ、ハスフェルのミストはグリーン、ギイのリゲルはやや薄い青だ。

「レインボースライムかよ」

さっきの話で出た色が全部あるのに気付いて、小さく吹き出す。

「七色揃えたら絶対可愛いわ。お願い！」

シルヴァとグレイが、二人揃ってそんな事を言い出した。そんな可愛い顔をして頼んでも……駄目だ。俺には断れない。

「そんなにスライムばっかり捕まえてどうするんだよ」

せめてもの抵抗に、現実的な事を突っ込んでみる。

「ええ、だって可愛いじゃない。ねえ」

「そうよね、確かに七色いたら絶対可愛いわ」

可愛い、それだけでスライムを七匹集めろって……。

男性陣が、それを聞いて笑いながらそれぞれのスライム達を並べる。あ、確かにこれは全色揃ったら可愛いかも……。

結局、一日中走り回って順番に全員分のスライムを集め、女性二人にはそれぞれ四匹テイムしたんだけど、オレンジと緑、青のスライムが全く見つからない。

「今までスライムの色なんて気にした事も無かったが、どうやら地域によって色に違いがあるようだな」

ハスフェルの言葉に、疲れた俺は無言で何度も頷いた。

これだけ何度も続けてテイムをして分かったんだけど、テイムって案外体力を使う。途中から走り回るのは神様達と従魔達に任せたよ。

「もう勘弁してくれ。疲れて動けないよ」

座り込んでそう言う俺を見て、苦笑いしたハスフェルとギイが黙って手持ちの机と椅子を出してくれた。

「お疲れさん。たかがスライム集めに、まさかここまで手間取るとは思わなかったよ」

ハスフェルが椅子を組み立てて俺の目の前に置いてくれる。

「ありがとな。だけど、ここまでやったら意地でも七色集めてやる！　って思うよな」

お礼を言って椅子に座り、水筒の水を飲みながら傾き始めた空を見上げる。

「とりあえず街へ戻ろう。肉を引き取ったら明日はまたスライム狩りの続きかな？」

膝の上に飛び乗ってきたタロンを無意識に撫でながら、ふと思い出した。

「ドロップはオレンジ色だから、クーヘンにどこでテイムしたか聞いてみればいい。それに緑色はミスト、青はリゲル。二匹はレスタムやアポンの街の近くでテイムしたんだから、最悪でもそこへ行けば良いよな？」

とりあえずここまで集めて今日は一旦終了。日が暮れた頃に街へ戻って、そのまま肉を引き取りに冒険者ギルドへ向かった。

「おう、お前さんか。準備は出来てるぞ」

ギルドの受付に、丁度ハリーさんがいた。

「ええと、お願いしていた肉って、すぐに食べられるんですよね？」

出来たら今夜は分厚いステーキにしたい。ワクワクしながらそう尋ねた俺に、ハリーさんは苦笑いして首を振った。

「鶏系の肉はすぐに食えるが、それ以外の肉には残念だが熟成期間が必要だ。ブラウンブルなら冷蔵状態で十日から十五日程度。ブラウンボアなら四、五日程度は置かないと、味はともかく固くて食えたもんじゃない」

「ええ、そうなんだ」

驚く俺を見て、ハリーさんは笑っている。熟成もギルドでお願いして、ハイランドチキンとグラスランドチキンの肉を先に受け取る。ハリーさんは、熟成肉の預かり伝票を改めて書いて俺に渡してくれた。

「内臓はどうする？」

内臓の処理の仕方は知らないし、実は俺、ホルモン料理とかそれ程好きじゃあない。

「肉だけでいいんですけど……？」

「では内臓は喜んで引き取るよ。下処理に手間が掛かるが好きな奴も多いんで人気があるんだよ」

一瞬どうしようか考えたんだけど、伝票に書かれた肉の量を見て、即内臓を引き取るのをやめた。

だって、ブラウンブル一頭だけでも３００ブルク超え、つまり３００キロ以上の肉。当分、野生肉《ジビエ》には、不自由しなくてすむのは確実だな。

無言で感心していると、また奥から大きな袋を持ってきた。

「これが、買い取り金と明細だよ」

買い取り金の明細を見て、若干気が遠くなったよ。

お礼を言い宿泊所に戻った俺達は、そのまま俺の部屋に当然のように全員集合した。


机の上に、ありったけのコンロとフライパンを並べていく。

「グラスランドチキンを焼くけど、バター焼き、照り焼き、塩焼き、どれがいいか挙手してくれるか。照り焼きは？」

オンハルトの爺さんと、エリゴールとレオの三人。

「じゃあ、塩焼きは？」

笑顔のハスフェルとギイ。

「レモンバターでお願い！」

シルヴァとグレイの声が重なる。

おう、これは順番に焼かないと一気には無理だ。頭の中で段取りを考えながら、サクラに取り出してもらったグラスランドチキンの大きな胸肉を改めて眺める。

グラスランドチキンは普通の鶏肉の五倍くらいは余裕である。当然胸肉も比例して大きいのでフライパンで焼けるサイズに切り分けていく。それでも普通の胸肉の倍近くあるよ。

「ええと、何枚食べる？」

切り分けた胸肉を見せてシルヴァとグレイに尋ねると、二人は満面の笑みで揃って答えた。

「二枚お願い！」

女性二人が二枚なら、男性陣は余裕で三枚だな。

しっかり塩胡椒をしたら、フライパンにオリーブオイルを入れて火にかける。

まず四枚の肉を皮から焼きながら、その間にマッチョな二人にレモンを絞ってもらう。

頼んだ後で、足元にいたサクラとアクアが伸び上がって物凄い自己主張をしていたのに気付いた。

どうやら絞りたかったらしい。気付かなくてごめんよ。

パンを焼くのはレオとエリゴールがやってくれた。

並べたお皿にサラダとマッシュポテトを適当に取り分け、肉が焼けるまでの間にレモンソースの準備だ。

別のフライパンにバターを軽く火にかけて溶かし、強火にしてレモン果汁を入れて軽く煮詰めていく。肉が焼けたらレモンバターソースを絡めれば出来上がり。

「レモンバターソースご注文のお客様。お待たせ致しました」

笑って二人が差し出すお皿に二枚ずつのせてやる。

スライム達が、フライパンの汚れを熱いのをものともせずにあっという間に綺麗にしてくれる。

「ありがとうな。それじゃあ次は塩焼きな」

それを聞いたレオとエリゴールが泣く真似をしている。

「先に塩焼きにすると、このまま同じフライパンで次の照り焼きを焼けるんだ。ごめんよ」

笑って謝り六枚の胸肉を焼いたけど、焦がさないように同時に焼くのは大変だったよ。

その後二回に分けて十枚の照り焼きチキンを焼いた。一枚は俺の分だ。

大変だったから、次から肉も焼いて仕込んでおこう。


出来上がったグラスランド照り焼きチキンは、肉の味が濃厚で驚く程美味い。ハイランドチキンに勝るとも劣らない美味さだ。

「美味い獲物をありがとうな」

振り返ってそう言うと、寛いでいた猫族軍団が全員ドヤ顔になったよ。

「あ、じ、み！　あ、じ、み！」

お皿を手に踊り始めたシャムエル様にも一切れ切って、サラダとマッシュポテト、ご飯も取り分けてやる。

「はいどうぞ。グラスランドチキンの照り焼きだよ」

「わ～い、いただきます！」

嬉しそうに目を細めたシャムエル様は、顔からお皿にダイブした。それを見て、あちこちで小さく吹き出して咳き込む音が聞こえた。

「これは美味しい。ねえ、今度この肉で唐揚げを作ってよ」

「もちろん、大量に作るぞ」

俺の言葉に、シャムエル様だけでなく神様軍団までもが大喜びだ。

グラスランドブラウンブルの熟成には半月近く掛かるんだから、その間に俺は料理をすれば良いんだよな。


大満足の食事を終えて、ハスフェルが出してくれたお酒を皆でのんびり飲んでいて、俺は不意に思い出して慌てた。

「なあ、この部屋の延泊の手続きってしていないよな?」

しかし、慌てる俺を見てハスフェルは笑って首を振った。

「大丈夫だ。エルから好きなだけ泊まってくれと言われているよ」

「良かった。それじゃあ、明日はクーヘンの店にあの金庫を置いてこよう」

俺の呟きに全員が揃って頷いていた。

第40話　クーヘンの店といつもの日常

ぺしぺし……。

ふみふみ……。

カリカリ……。

「うん、起きる……」

ニニの腹毛に埋もれた俺は、半分寝たまま無意識に答えてまた眠りの国へ旅立っていった。

ぺしぺしぺしぺし……。

ふみふみふみふみ……。

カリカリカリカリ……。

「うん、おはよう……」

ザリザリザリ！

ジョリジョリジョリ！

「うわあ！　起きます起きます！」

猫族二匹の攻撃に飛び起きた俺は、揃って得意気に俺を見ているモーニングコールチームを振り返った。

「あはは、起こしてくれてありがとうな」

苦笑いしながら順番に撫でてやり、起きて水場で顔を洗い、サクラに綺麗にしてもらってからスライム達を二段目の水槽に放り込んでやった。ファルコとプティラも、水槽から流れ落ちる水で大喜びで水浴びをしている。

部屋に戻って身支度を整えていると、ハスフェルから念話が届いた。

『おはよう。もう起きてるか？』

『ああ、今顔を洗って身支度を整えた所だよ。どうする？　部屋で食うか？』

『久し振りに屋台はどうだ？』

『いいね。じゃあ行くとしよう』

ベリーに果物の入った箱を出してやり、タロンにはグラスランドチキンの胸肉を少し切って出してやった。

嬉しそうなタロンに声の無いニャーをされて俺が悶絶していると、ソレイユとフォールが俺の足にすり寄ってきた。

「何、お前らも食うのか？」

タロンよりも少し大きく胸肉を切って出してやると、二匹は嬉しそうに喉を鳴らして食べ始めた。

食べ終えた従魔達と一緒に廊下へ出る。

「クーヘンは、昨夜はマーサさんの所に泊まったらしい」

「そうなんだ。じゃあ後でグラスランドチキンでクラブハウスサンドを作って持って行ってやるか」

そう呟いた俺の声を聞きつけたシルヴァが満面の笑みで振り返った。

「はい！　それ私も食べたいです！」

当然、全員が手を上げて俺を見ている。

「分かったから手を下ろせ。心配しなくても皆の分もちゃんと作るよ」

「ありがとう、ケン！　大好き～！」

喜んで飛び跳ねるシルヴァにそう言われて、俺の心臓が跳ね上がった。

あ、不整脈不整脈……。

「まずは朝飯を食いに行こう。腹が減ったよ」

笑ったオンハルトの爺さんの言葉に、皆も笑って頷いている。

「そう言えば、あのスライム達って能力は授けたのか？」

歩きながら、俺の肩に座っているシャムエル様に尋ねる。

「収納と洗浄の能力は全員にあげたよ。彼ら自身も収納も浄化も持っているけどね」

俺には、収納なんて言われてもさっぱり分からないけどな。

シルヴァとグレイは、小さくなったスライム達を二匹ずつ両肩に乗せて、時折何か話しかけては細い指で突っついている。スライム達は何となく得意気だ。

う、羨ましくなんて……。

到着した広場でそれぞれ好きに買い込み端っこで食べていると、人混みの中にチョコの頭が見えた。

「おはようクーヘン」

声を掛けて手を振ってやると、人混みが割れてクーヘンとチョコがこっちを向いた。

「おはようございます」

そう言って笑うクーヘンとマーサさんの手には串焼きが三本ずつ。相変わらず朝から食うねえ。

周りの邪魔にならないようにチョコはマックスのすぐ横に座って丸くなり、まずは黙ってそれぞれ買ってきたものを平らげる。

俺の肩でお皿を持って待ち構えるシャムエル様には、タマゴサンドの真ん中を少し切って分けてやったよ。

「それで、準備は順調か？」

コーヒーを一口飲んで、隣で食べているクーヘンを見た。

「ええ、もう住めそうなのでギルドの宿泊所を引き払います。店の準備も順調ですよ」

「いよいよだな。クライン族の細工物、良かったら後で見せてくれよ」

「もちろんです。兄さんが、職人仲間達からたくさん預かってきてくれました。ジェムの問い合わせが多いんですが、細工物の方も、王都の商人からの問い合わせが何件も来ているんです。早駆け祭りでの宣伝効果は抜群だったみたいですね」

笑ってチョコを撫でるクーヘンは、本当に嬉しそうだ。

「あ、そうだ。昨日ギルドに頼んでいたグラスランドチキンの肉なんだけど、誰か料理出来るなら

「このまま渡すし、そうじゃないなら何か作って差し入れるよ？」

俺の言葉に、クーヘンだけでなくマーサさんまでが同時に振り返った。何その同調率。

「良いんですか。では、是非何か差し入れてください！」

目を輝かせて答えるクーヘンに頷き掛けた俺は、不意に思った。

「あれ？　誰も料理はしないのか？」

「料理はしますが、台所は工事の真っ最中で、まだ数日は入れないんですよ」

「そっか。じゃあ、後で何か作って六人分差し入れてやるよ」

目を見開くクーヘンに、俺は笑って肩を竦めた。

「だって、一緒に働いているのに二人だけ食べるのは反則だろう？」

「ありがとうございます。皆も喜びます」

嬉しそうにそう言ったクーヘンの背中を叩き、俺達は立ち上がった。

「このまま店に行くのか？」

「ええ、兄達もその先の屋台で食べていますから、合流して一緒に店に戻ります。ケンは？　今日も狩りですか？」

「いや、今日は俺達も店に行くよ。渡したい物があるんだ」

ハスフェルの声に、振り返ったクーヘンは笑顔で頷いた。

「了解です。では一緒に行きましょう」

その時思い出して、クーヘンの肩を叩いた。

「なあ、金銀コンビの友人達にも一緒に店の品物を見せてやっても構わないか？　信用出来る人物である事は保証するからさ」

「ケンがそう言ってくれるほどの方々なら大歓迎です。どうぞお連れください」

「ありがとうな。じゃあ行こうか」

「ええ、もうすっかり店らしくなりましたよ」

笑顔のクーヘンにそう言われて、俺も笑顔になった。人の店だけど、新規オープンに関われるってなんだか楽しい。


到着したクーヘンの店は、ショーウインドウを覆っていた分厚い板が全て剝《は》がされ、中が見えるようになっていた。

店舗正面に大きな両開きの扉があり、正面扉の左右と円形広場に面した店の部分の壁には40センチ角の三段の枠で区切られた羽根ガラスがはめ込まれていて、綺麗なつぎはぎ模様みたいだ。

一番下の段は、外側からもショーケースに陳列している商品が見えるように、歪《ゆが》みも傷も無い奇麗な透明の羽根ガラスが嵌《は》められていた。

二段目の枠は、すりガラスのような加工がされた羽根ガラス。人の目線の高さで、外から中にいる人の顔が見えないようになっている。そのうちの数枚は、透明だがトンボの羽根のような網目状の模様が入っている。

「これって確か翅脈《しみゃく》だよな。へえ面白い」

そう呟いて窓を覗き込む。翅脈が入った窓の部分が、中の景色を不思議に複雑な柄に切り取って見えて、思わず覗き込みたくなる効果をもたらしていた。

「これはゴールドバタフライの羽根ガラスです。値段は高いですが、強度は桁違いですからね。安全面を考えるとこれが一番です」

「何だ、ゴールドバタフライの羽根なら言ってくれれば提供したのに」

「大丈夫ですよ。お陰様で予算は潤沢にありますから」

俺の言葉に、クーヘンは笑って首を振った。それから、店の横の門を通って厩舎へ向かった。

「へえ、綺麗だし住み心地も良さそうだ」

明るい厩舎の大きな扉を開き、クーヘンが連れていたチョコを入れる。

留守番していたクーヘンの従魔達は、厩舎の奥に作られた広い場所で巨大化して好きに寛いでいた。

全員の首に革製のお揃いの首輪がある。

「可愛い首輪だな」

そう言ってやると、クーヘンの従魔達は俺の手に頭を擦《こす》り付けてきた。

「ここは、なかなかに住み心地が良いですよ。これを付けていれば大きくなっていても構わないんです」

「それに我々がこの姿でいると、たまに裏から入ろうとする奴がいても慌てて逃げていくんです」

目を細めて嬉しそうに喉を鳴らしながらそう言った猫族の二匹は、気持ち良さげに地面に敷かれた干し草の上に転がった。

奥にある巨大な丸太は、爪研ぎ用なのだろう。あの爪痕を見せるだけでもかなりの防犯効果はありそうだ。

「あはは、確かに忍び込もうとした家に、こんなデカいのが放し飼いにされていたら、そりゃあ慌てて逃げるよな。凄い、警備もバッチリだな」

笑った俺は、二匹を思い切り撫でてやった。

「こちら側はお客様用ですから、好きな場所へどうぞ」

示されたクーヘンの従魔達の入っているのと反対側の厩舎は、明らかに俺達全員分の従魔を意識して作られた広さだった。

既《すで》に、そちら側にも干し草が敷かれていて、一番奥の壁側部分には在庫の干し草が山になって積まれていた。

設置された幾つもの大きな水桶には、突き出した筒から水が流れている。桶からあふれた水は、地面に作られた溝を通って排水口に流れる仕組みだ。

俺達の従魔が全員入ってもまだまだ余裕があるので、神様達の馬が入っても大丈夫だ。

「ああ、来たな」

ハスフェルの声に振り返ると、五人が門の前で笑顔で手を振っているのが見えた。

「クーヘン、彼らがハスフェル達の古い友人だよ」

「ようこそ。まだ工事中ですが、どうぞ入ってください」

笑顔で彼らを迎え入れたクーヘンは、連れていた馬達も厩舎の中に案内してくれた。

店の中は、ショーケースや商品棚が全て定位置に綺麗に並べられていて、一部には既に箱や包みが置かれている。

「じゃあ、先に渡すか？」

ギイの言葉に、俺とハスフェルも頷いた。

「なあクーヘン、俺達からちょっとした贈り物があるんだ、地下の倉庫はどうなっている？」

「ああ、ジェムを置く場所ですね。もう棚も設置されて、持っていたジェムの一部は、取り出して置いてありますよ」

「じゃあ悪いが、先にそっちへ行こう。お前らはどうする？」

振り返ったハスフェルの言葉に、神様達は顔を見合わせた。

「お邪魔じゃなければ、ご一緒しても良いかね。せめて祝福だけでも贈らせておくれ」

オンハルトの爺さんの言葉に、クーヘンはハスフェルを見て、彼が頷くのを見て笑顔で頷いた。

「ええ、もちろんです、どうぞご一緒に」

って事で、そのまままずは地下へ向かった。

地下の広い部屋は、壁に新たに作られた大きな棚がいくつも設置されていて、空の木箱が並んでいた。反対側の壁には、巨大な引き出しが並んでいる。

「置くなら何処《どこ》だ？」

「そうだな、何処が良いかな」

そう呟いたきり無言で部屋を見渡した金銀コンビは、二人揃って右奥の棚の置かれていない空間を見た。

「あそこは空いているが、何か置く予定はあるのか？」

「いえ、将来的に足りなくなったら追加で棚を作ってもらおうかと思っています」

「それなら、俺達が持ってきた箱をあそこに置いても良いか？」

「箱？　箱を持ってきてくださったんですか？」

不思議そうなクーヘンを見て、二人は笑って頷きその空いた場所に行った。

しゃがんで床を確認し、さらに壁にも手を当てて何かを確認している。

「大丈夫だな。ギイ、出してくれるか」

ハスフェルの言葉に頷いてギイが取り出したのは、俺達が預ける予定のジェムが全部入った、あの収納力五万倍の特別製の金庫『神からの贈り物』だ……しかも本物の神様達から！

「おや、それは戸棚ですか？」

背後から覗き込むクーヘンの声に、俺達三人は揃って振り返った。

「クーヘン、ちょっと来てここに両手を当てて開いてくれるか」

ハスフェルが指差しているのは、観音開きになっている扉の取っ手部分だ。

「開けば良いんですか？」

不思議そうにしつつ、言われるままに両手で持ってゆっくりと開く。しかし、ハスフェルは手を伸ばして扉を閉めてしまった。

「もう一度、開けてくれるか」

「はあ、分かりました」

不思議そうにしつつも、もう一度扉を開く。

「よし、大丈夫だな」

そう呟いたハスフェルは、また扉を閉めてしまった。

それから二人は金庫の左右に立つと、両手で箱を押さえつけるようにして小さく何かを呟いた。

しかし、あまりにも小さかったその声に、俺の耳でも言葉を拾う事は出来なかった。

クーヘンと二人揃って首を傾げて見守っていると、オンハルトの爺さんが満面の笑みで近寄ってきた。ほかの神様達は、少し離れた所で見ているだけで近寄っては来ない。

「我からも祝福を贈らせてもらうとしよう」

何やら嬉しそうにそう言ったオンハルトの爺さんは、二人がやったように金庫の上に手を当てて聞こえない何かを呟いた。いつのまにか、オンハルトの爺さんの肩には小人のシュレムが現れて座っている。

「守れ、この良き場にて」

シュレムの声に頷いたオンハルトの爺さんは、笑顔で振り返った。

「ここはクライン族の作る装飾品などの細工物を売る店なのだとか。後ほど是非とも見せて頂きたいですが、よろしいですか？」

「もちろんです。どうぞお好きなだけ御覧ください。皆様も何かご意見などございましたら、聞かせて頂きたいです」

クーヘンは、神様軍団を振り返って満面の笑みでそう言ってくれた。

次にハスフェルが金庫の隣に取り出したのは、横幅が2メートル奥行きが60センチくらいで、一つが30センチくらいの深さの五段の引き出しだ。本体は綺麗な木目で、角や引き出しの取っ手に綺麗な彫刻入りの金具が使われた普通の家具に見える。

「おお、ありがとうございます。どちらも地下の倉庫で使うのは、ちょっともったいないような綺麗な家具ですね」

笑顔のクーヘンの言葉に、金銀コンビは顔を見合わせて満足気に頷き合った。

「クーヘン。これはただの家具じゃないぞ」

そう言ったハスフェルは、あのジェムのリストを取り出して渡した　リストを受け取ったクーへンが、中を見て目を見開いたきり固まった。目の前で手を振っても全く反応無し。

すると、シャムエル様がクーヘンの肩に現れて耳の辺りを力一杯叩いた。

「うわっ！」

衝撃に驚いていきなり叫んだクーヘンは、慌てたように周りを見回し、それから物凄い勢いで顔を上げて俺達を見た。

「こ、これは一体何ですか！」

「ここに入っているジェムのリストだよ。大きい方の引き出しは空だから、ジェムや装飾品の在庫を入れて使ってくれ。どちらも収納力が付与されていて、扉付きの方は五万倍。こっちの大きな引き出しは、百倍だよ」

「五万倍の後に百倍って聞くと、大した事ないって思うなあ」

思わずそう呟いた俺を、またしてもクーヘンはものすごい勢いで振り返った。

「ケン、比較対象がおかしいです！　百倍でも驚きなのに、五万倍って、五万倍って……冗談ですよね？」

しかし、ハスフェルはリストを指差してニンマリと笑った。

「いや、何処にも冗談の要素は無いぞ。ちなみに、こっちの一番下の段には、俺達が委託で頼むジェムがそれぞれ小分けして入っている。どれを売るかは任せるよ」

またしても無言になったクーヘンは、リストを見て神様軍団を見て、ハスフェルとギイを見てから最後に俺を見た。

「もしや、このジェムはあの皆様も一緒に集めてくださったのですか？」

苦笑いしたハスフェルが笑って頷く。

「ちょっと調子に乗り過ぎて予定よりも色々と増えたんだよ。俺達からの開店祝いだ。気にせず受け取ってくれ」

「ですが、これはさすがに……ありがとうございますと言って、貰っていい数ではありませんよ」

困ったようなクーヘンの言葉にマーサさんがクーヘンの持つリストを覗き込んで、こちらも絶句して固まったよ。

「ではこうしよう。委託品に関しては約束通りに。贈ったジェムについては、店が落ち着いて儲《もう》けが出るようになれば、街にある保護施設や療養所など各ギルドが行っている慈善事業の資金の一部にしてくれ」

ギイの提案に、マーサさんが目を輝かせた。

「それは、それは有り難いですが……本当によろしいのですか？　王都で売れば、とんでもない金額になりますよ」

「どうぞお好きに。これはクーヘンの為に集めたジェムだからな」

ハスフェルの言葉に、後ろの神様軍団が大笑いしている。

「だからお前らは、辞書で自重って言葉の意味を調べてきてくれ」

まだ残っている大量のジェムの種類と数を思い出して笑いながら叫んだ俺の言葉に、その場にいた全員が大爆笑になった。

「確かに我らの辞書に自重って言葉は載っていないね」

「程々とか、適量って言葉もな！」

腕を組んで頷くレオとエリゴールの言葉に、俺はもう笑い過ぎて膝から崩れ落ちたよ。


「さて、これで設置は完了だな」

引き出しにも金銀コンビとオンハルトの爺さんが、上から押さえながら何かをしてくれ、顔を上げたハスフェルは笑顔でクーヘンを手招きした。

「クーヘン、それでは俺達からの贈り物の説明をさせてもらうよ」

そう言って、一旦言葉を区切ったハスフェルは、クーヘンの隣にいるマーサさんを見た。

「この五万倍の収納力を持つ扉付きの引き出しは、使用者を登録して限定する事が出来ます。つまりクーヘンにしか開けられません。元冒険者である貴女ならその意味はお分かりですね」

優しく、言い聞かせるようにそう言ったハスフェルの言葉に、マーサさんは絶句して金庫を見つめた。

「『神からの贈り物』……まさか、まさか本当に有るなんて……」

　フラフラと金庫に歩み寄ったマーサさんは、何度も何度も金庫の扉を確認するかのように撫でた。

「一体これを何処で……いえ、失礼しました」

　深々と一礼したマーサさんは、顔を上げて真っ直ぐにハスフェルを見た。その顔は、晴れやかに笑っている。

「素晴らしい贈り物を本当にありがとうございます。我々クライン族は身体が小さい為に言い掛かりや嫌がらせをされる事が普段から多いのです。店舗で在庫を持って商売する以上、それはすなわち強盗であり襲撃になります。もちろん、そんな事は論外ですから安全面での配慮は絶対に必要です。私は買える限りの収納袋を買って、高価なジェムはそこに入れてこの地下に置き、扉の鍵は、クーヘンとルーカスの二人が同時に回さないと開かない二重鍵にしようと提案し、クーヘンも同じ意見でした。リード兄弟に相談して二重鍵を準備してもらっている真っ最中だったんです」

「二重鍵？　鍵穴が二つある鍵って事か？」

　疑問を小さく呟いた俺の言葉に、ギイが教えてくれた。

「二重鍵と言うのは、両開きの真ん中部分だけでなく、壁と左右の扉の蝶番《ちょうつがい》部分にも連動した鍵が付いていてな、まず二人が蝶番部分の鍵を同時に回して仮解除し、それから扉の真ん中にある鍵を開けるんだよ。その鍵も鍵穴が二つあって、二人同時に開けなければ開かない仕組みさ。この世界では、一番厳重な鍵として使われている」

「ああ、確かにそりゃあ開けるの大変そうだ」

納得して扉を見たが、まだその鍵は設置されていない。

「二重鍵はそれ自体が犯罪への抑止力もありますから、手に入ったら是非設置してください」

ハスフェルがそう言ってもう一つの引き出しを見た。

「こちらは、普通の収納箱ですから誰でも引き出しは開けられますよ。収納力は百倍です。まあ、何処に何を入れるかまでは我々は関与しませんから、店を切り盛りするクーヘン達が使いやすいようにすれば良いと思いますよ」

マーサさんと並んで話を聞いていたクーヘンは何度も頷き、深々と頭を下げたのだった。


「ねえ、話は終わった？　早く細工物を見たいんだけどなあ」

シルヴァの声に、なんとなくしんみりしていた雰囲気は一瞬で消えてしまった。

「ああ、お待たせして申し訳ありません。では、一階の作業部屋へ行きましょう。上で掃除をしている兄を呼んできます」

そう言って、階段を駆け上がっていくクーヘンを見送ったマーサさんは、振り返って満面の笑みになった。

「では一階へどうぞ。一旦ここは閉めて誰も入れないように封印の術をかけておきます」

「ほう、封印の術を使えるんですか」

ギイの声に、マーサさんは胸を張った。

「この部屋くらいなら簡単ですよ。若い頃は、手に入れたお宝はそうやって宿の部屋に隠したりしました」

呟いてから平然と部屋を出ていった。


「素晴らしい。ではお願いします」

その声に見ていた神様軍団が頷き、次々に金庫と引き出しに駆け寄って上から叩き、何か小さく呟いてから平然と部屋を出ていった。

「何したの？」

思わず肩に座るシャムエル様に聞いてみたら驚くような事を言われた。

「彼らも、預けたジェムを守る金庫と引き出しに守護の術を掛けてくれたんだよ。後で、私がこの家自体にも掛けておいてあげる。そうすれば厄災の類は間違いなくここを避けてくれるからね」

それを聞いて絶句した俺に、シャムエル様は楽しそうに笑った。

「開店準備ってなんだかワクワクするよね。せっかくだから成功してほしいもん。これくらいの陰からの協力なら出来るからね」

「そっか、ありがとう。実を言うとちょっと心配だったから、本当に心強いよ」

笑った俺は、最後に部屋を出て一階へ上がった。

マーサさんは全員出た地下室の扉を閉め、扉に手を当てて何か呟いていたが、すぐに顔を上げた。

「お待たせ。それじゃあ行こうか」

階段を上がってくるマーサさんと一緒に、俺達は一階の店の奥にある作業部屋に向かった。

綺麗に片付いた一階の作業部屋は、奥には大きな木箱が置かれた棚が幾つも並んでいるが、部屋の手前側は広くなっていて、その真ん中にダイニングテーブルよりも大きな机が置かれていた。

成る程、ここで店に出す商品に値段をつけたり整理したりするんだろう。

しかし、その机と椅子を見た俺は、思わず二度見した。

「おお、小さい……」

だって、それはクライン族の為の机と椅子だったので、彼らよりも背が高くて大柄な俺達が座るにはかなり無理があるサイズだ。神様軍団もそれを見て苦笑いしている。

「じゃあ俺の机を出すよ。椅子は各自出してくれよな」

そう言って、鞄に入っているサクラからいつもの机と椅子を取り出して並べた。頷いた神様軍団も自分の椅子を取り出して並べていると、ノックの音がして、クーヘンとルーカスさんとヘイル君が入ってきた。

「ああ、大きい方の机を出そうと思っていたのに、申し訳ありません。出してくださったんですね」

クーヘンの声に、俺は笑って立ち上がった。

ハスフェル達も手伝って、二人が押してきた台車に山積みにした幾つもの平たい箱を下ろしていく。その木箱の横面には、見覚えのあるクーヘンの紋章が焼印で押されていて、気付いた瞬間俺は堪《こら》える間も無く吹き出したよ。肉球マーク、ここでも良い仕事しているよ。


「どうぞ、ご覧ください」

クーヘンの言葉に、待っていた神様達が嬉しそうに駆け寄る。

「これは素晴らしい。クライン族の細工物、ドワーフ達に勝るとも劣らぬ」

オンハルトの爺さんが手にしたのは柊《ひいらぎ》の葉を模したブローチで、真ん中には真っ赤な宝石が嵌められている。女性の胸元に飾ると、きっと綺麗なんだろう。

「ありがとうございます。どうしても知名度で劣る為に安値で買い叩かれていました。私は郷から外に出て、様々なものを見て確信したんです。絶対に我らが作る品はドワーフに負けない、唯一我々に足りないのは知名度なのだと。なので、王都に近いこの街でしっかりとクライン族の名前を売り、王都の商人達に知ってもらって直接卸す事が目的なんです」

胸を張るクーヘンの言葉に、オンハルトの爺さんは大きく頷いた。

「道のりは険しかろうがこれだけの品を作れる以上、己の腕を安売りせず堂々と胸を張っていなされ。正しい評価を受けられるよう、時に戦う事も必要ですぞ」

オンハルトの爺さんの言葉に、クーヘンだけでなく、お兄さんのルーカスさんと息子さんのヘイル君も感動して涙を必死で堪えていた。

「あ、ありがとうございます。そう言っていただけるだけで、ここに店を出そうと決心した事が報われます」

クーヘンも、目を潤ませながらそう言って深々と頭を下げた。

「己の誇りをかけて戦う其方達《そなた》のこれからに幸あれ」

オンハルトの爺さんは小さくそう呟くと、そっと品々の上に手を伸ばした。一瞬、その手が光ったように見えて、俺は思わず瞬きをした。

「今のは何？」

「気にしないでいいよ。それにしても、どれもとっても綺麗だね」

肩に座ったシャムエル様の言葉に、なんとなく事情を察して俺は黙った。多分、祝福か何かをくれたんだろう。

確かオンハルトの爺さんって装飾と鍛治《かじ》の神様。この細工物って……めっちゃ彼の担当だよ。

「私これが良い！」

「私はこれ！　ああ、こっちも可愛い！」

「これも素敵よ。私の髪の為にあるような品！」

感動の余韻に浸っていたら、その雰囲気をぶっ壊すかのように、突然、甲高い声でシルヴァとグレイが大喜びで騒ぎ出した。どうやらヘアーアクセサリーを見て騒いでいるらしい。

レオとエリゴールが後ろから覗き込む。

「おお、よく似合っている。確かにグレイの黒っぽい銀色の髪にはミスリルに青の石が似合うな」

「私は？　私のはどう？」

「銀髪には白金と赤が似合うな。良いではないか。なんなら贈らせてもらうぞ」

「エリゴール大好き！」

左右から飛びつかれてドヤ顔でこっちを見たエリゴール。ま、負けてたまるか！

「良ければ俺からも好きな品を贈らせてもらうよ。どれが良い？」

今こそ無駄に貯まった資金を使う時だろう。出来るだけなんでもない事のようにそう言うと、シルヴァとグレイの二人が振り返って満面の笑みになった。

「本当？」

「いいの？」

「ああいいよ。どれでも好きなのを……」

「ケンも大好き～！」

シルヴァがそう叫んで俺の胸元に飛び込んできた。

モテ期キター！　脳内でそう叫んで、飛び込んできたシルヴァを抱き止めてやる。おう、何この柔らかさと小ささ……ふわふわ過ぎて抱きしめたら潰しそうで怖いぞ。

「嬉しいわ、ありがとう」

横からグレイも抱きついてきたんだけど……二の腕に当たるこれは、いわゆるアレですね！　アレなんですね！　俺の脳内は、二の腕に当たるそれに全集中していた。

「ケン、何そのだらしない顔」

耳元で聞こえる呆れたようなシャムエル様の言葉にも、俺は言い返す事も出来ずに抱きつかれたまま固まっていた。

彼女いない歴イコール年齢の俺には、美女二人に抱きつかれるなんて急展開は高難易度クエだった模様。正直言って、どうしたら良いのか全く分かりません！

「あはは、ケンったら固まっちゃったよ」

「あら本当。純真な子を誑《たぶら》かしてる気分になるわ」

苦笑いするシルヴァとグレイの言葉に、神様軍団が揃って大爆笑している声が聞こえる。

言い返そうと思ったんだが、なんだかおかしくなって一緒になって大笑いしたよ。べ、別に泣いてなんかないぞ！

ようやく笑いも収まり、改めて俺も細工物を見せてもらった。

彼女達が見ていたのはヘアーアクセサリーとペンダントがセットになったもので、確かにどれも驚く程繊細で綺麗だ。しかも、どれも宝石付き。

満面の笑みの二人は、ヘアーアクセサリーとペンダントのセットとブローチ、それからブレスレットと指輪も選んでいた。

「……いい？」

「これ、定価で買うけど全部で幾らになる？」

二人に笑顔で頷いてクーヘンの腕を叩くと、驚いたように俺を見上げた。

「お安くしますよ」

「いや、定価で買うって。安易に値引きするのは駄目だよ」

するとクーヘンは、金額を紙に書いて黙って俺に見せた。

「定価でこれ？」

「はい」

「ええ？　なあ、これだけ買ってこの値段って安過ぎないか？」

アクセサリーの値段なんて俺には未知の世界だけど、彼女達が選んだ品を全部合わせて金貨数枚は、絶対安過ぎると思う。彼女達も金額を見て顔を見合わせて驚いている。

オンハルトの爺さんがそれを見て、無言でクーヘンとルーカスさんを手招きした。二人が爺さんの横に行き、顔を寄せて何やら真剣に話を始めるのを俺達は黙って見守っていた。

「ええ、それは幾ら何でも……」

「そうですよ。それは……」

「言ったであろう。己の腕を安売りするな！」

低い声で一喝されて、クーヘンとルーカスさんは絶句している。

「値段表を見せろ」

真顔の爺さんの言葉に、二人は壊れたおもちゃみたいにブンブンと頷き続けていた。


オンハルトの爺さんとクーヘンとルーカスさんに息子のヘイル君も加わって、品物を見ながらの値段チェックが進む。

彼女達が買う分は取り置きしておいてもらい、俺は他の箱を順番に見て回った。

「へえ、短剣がある。これなら俺でも持てるかな？」

そこには綺麗な装飾が施された短剣が並んでいて、柄《つか》の部分には宝石が嵌められている。

「それならこれが良いよ」

俺の呟きを聞いて、シャムエル様が机の上に現れて一振りの短剣を指差した。

柄の部分に濃い青色の石が嵌め込まれたその短剣は、他よりも少し大振りで確かに何となく惹かれるものがあった。手に取ってゆっくりと抜いてみる。

「これってミスリル？」

「そうだよ。絶対これがお勧め！」

創造主様に断言されたら、買わないわけにいかないよな。頷いた俺は、取り置きの箱にその短剣を置いた。

「まあこんなところだな。どうだ？」

机の上と足元には、今ある全部の在庫の品物が詰まった箱が山積みになっている。実際の品物を見て、オンハルトの爺さんが一から価格設定をやり直してくれたらしい。

大きく伸びをしながらそう言った爺さんの声に、クーヘンとルーカスさんは書き直されたリストを見つめて無言のまま固まっていた。

「これだけの値段で売れれば確かに有り難いですが……あの、こんな強気の値段で本当に売れますか？」

不安そうなクーヘンの言葉に、オンハルトの爺さんは大きく頷いた。

「大丈夫だ。良いか、ここはクライン族直営の初めての店なのだぞ。ここで無駄な安売りをすれば、クライン族の作る品はとにかく値段が安いのだと強く印象付けてしまう。簡単に量産出来る手段があるのなら薄利多売も一つの方法だが、これらは全て、多くの時間と手間をかけて作られた一品物だ。職人の魂である品物を安く見積もるな。己の腕を安売りするな。良いな。これは絶対に肝に銘じておけ」

真顔の爺さんに言われて、ようやくクーヘンとルーカスさんは笑顔になった。

「ありがとうございます。何よりのお言葉です。確かに、最初に安売りしてしまうと、次に値段を上げたときに高い印象を受けますね」

納得したようなクーヘンの言葉に、横で見ていたハスフェルがニンマリと笑って彼の肩を叩いた。

「良い事を教えてやろう。王都のある程度以上の商人は、似たような品で値段が安い印象を受ける品と、高い印象を受ける品があれば高い方を買うぞ」

「ええ。普通は安い方を買いませんか？」

驚くクーヘンとルーカスさんに、ハスフェルだけでなくオンハルトの爺さんまで頷いて笑っている。

「まあ、そこは主な客層をどこに決めるかでかなり変わるな。確かに、王都の良き商人ならば高い方の品を買うな」

「あの……客層をどこに決める、とは？」

不思議そうなルーカスさんの質問に、爺さんは窓の外を見た。

「例えば、主な客を街に住む人々に絞るのなら、ここの店で売れるのは砕いたジェムと低価格帯のジェムだけだろう。市井の人達の多くは、装飾品や指輪など己には縁の無い贅沢品だと思うておるわい」

「ですから、最初はそんな方々にも手に取ってもらえるような値段にしたつもりだったんですが……」

クーヘンの言葉に、爺さんは苦笑しながら首を振った。

「それならば、こんなに手の込んだ品は要らぬ。もっと簡素で小さく簡単な作りで石も要らぬ。付けるとしても、もっと小さくて安い石で良い。成る程、今の言葉で分かった。お主らが作っておった物と売りたい相手が噛み合っていなかったのだな」

呆れたような爺さんの言葉に、二人は半ば呆然と顔を見合わせている。

「ならば尋ねるが、街の人が安い値段につられて買ったとして、果たしてこれを身に付けて何処へ行くと言うのだ？　これは王都の貴族達が日常的に身に付けるような品々だぞ。使用後の手入れもせねばならぬこれらは、決して街の人が気軽に買うような品ではない」

爺さんに言われて、クーヘン達は無言になる。

「成る程なあ。確かにこれは、完全に狙うべき客層を間違っているよ」

横で聞いていて、あんなにも安い値段をつけたクーヘン達の気持ちも、そしてオンハルトの爺さんが言っている至極ごもっともな意見のどちらも分かって、俺を振り返ったクーヘンに大きく頷く。

「俺もオンハルトの爺さんの意見に賛成だ。確かに、これ程の品なら普段使いには向かない。安い値段の装飾品を一般の人に売りたいのなら、その値段に合うような品物を作らないと手間の掛け損になるぞ」

また顔を見合わせたクーヘンとルーカスさんは、納得したようで小さく頷き合った。

「確かにそうですね。安い価格帯の品物については、もう少し考えてみます」

納得する二人を見て苦笑いしたオンハルトの爺さんが、椅子から立ち上がった。

「さてと、ところで腹が減ったぞ。どうする？」

「あ、それなら俺が料理……ええと水場がまだ使えないんだっけ」

さすがに、水が無い場所で料理するのはちょっと無理がある。

「ええ、申し訳ありませんが、台所はまだ工事中です」

「じゃあ、作り置きで良ければ提供するぞ」

「それなら休憩用の部屋がありますのでそちらへ行きましょう。ここは飲食禁止なんです」

慌てたようなクーヘンの言葉に、座って見ていた全員が立ち上がった。


まずは俺達も手伝って山積みの在庫を片付ける。木箱に貼った番号と棚の番号とを合わせて整理するのだと聞き感心した。

「へえ、在庫管理もちゃんとやっているんだな」

「そりゃあそうですよ。これらは郷の職人達が心を込めて作ってくれた品ですから、どれ一つとして同じものはありません。職人ごとにそれぞれに番号を振って一つずつ管理しています。売れれば、その人に売上金を渡す仕組みです」

自慢気にそう言ったクーヘンは、苦笑いして値段表を見た。

「値段に関しては、相場が分からないから任せると言われて困っていたので本当に助かりました。ありがとうございます」

「良かったな。大勢連れてきた甲斐があったよ」

「ええ、とても勉強になりました。値段が決定したので、王都の商人達ともこれで具体的な商談に入れます」

「さっきの彼女達の分以外に、俺も短剣を一つ買いたいんだ。確認しておいてくれよな」

「分かりました、確認しておきます」

嬉しそうなクーヘンに、俺も笑って頷いた。

どうやら、一番の心配事だった値段が決まってひと安心みたいだ。大人数の神様達、お邪魔かと思ったけど連れてきて良かったね。


休憩用の部屋の机と椅子も当然小さいサイズだったので、俺の机をもう一度取り出して揚げ物やサンドイッチをはじめ作り置きの品々を机にぎっしりと並べていく。

いつもの俺は出すだけ、各自好きに取るスタイルだ。

並んだ料理の数々に目を輝かせるお兄さん一家を見て、小さく笑いながら飲み物を並べた。

「はい、お好きに召し上がれ。言っておくけど、取ったものは残さず食えよ」

「は～い！」

「わ～い、今日はおにぎりと唐揚げに卵焼き！　お味噌汁付き！」

ご機嫌で唐揚げを食べ始めるシャムエル様を見てから、俺も自分のおにぎりを口に入れた。

大喜びでそれぞれ山盛りに取っている皆を見ながら、俺はちょっと遠い目になったよ。

相当作り置きしたつもりだったけど、この調子だとあっという間に在庫が尽きるよ。次は地下洞窟に行くんだから、時間がある限りまた料理三昧《ざんまい》だな。


「ご馳走さまでした！」

「今日も美味しかったわ」

満面の笑みのグレイとシルヴァに続いて、全員が空になったお皿を片付けながらごちそうさまを言ってくれた。

「はい、お粗末さま」

俺も笑顔で応えてサクラに空いたお皿を片付けてもらう。

「そうそう、なあクーヘン。ちょっと質問なんだけど、ドロップってどこでテイムしたんだ？」

俺の質問にクーヘンは少し考えて答えてくれた。

「ゴウル川の河口にターポートという港街があります。確か、ドロップをテイムしたのはそこから少し西に行った辺りの森だったと思いますよ。多分この辺りです」

慌てて俺が出した地図を覗き込み、場所を指差してくれる。そこは地図の真ん中の下側部分で、ゴウル川の河口西側にある港街らしい。

「海の先って何かあるのか？」

地図の下側の海の部分を指差しながら質問すると、クーヘンは苦笑いして首を振った。

「沖に小さな無人島が幾つかあります。船は岸沿いに西へ進んで、支流のダリア川の河口にあるハンウィックとを往復しているんですよ。無人島より南側の外海には行けません。船は悪魔に沈められます」

「あ、悪魔って何？」

驚く俺を見て、クーヘンは首を振った。

「船乗り達が悪魔と呼ぶそれは、突然起こる強風と大きな渦潮の事です。渦潮に船が巻き込まれると、どれ程大きく頑丈な船であっても一巻の終わりです。強風も、時にマストが折れる程なのだとか。ですがそれらは全て外海で起こります。なので船は海岸線からあまり離れずに岸沿いを定期的に往復しているんです」

『へえ、そんな事になっているんだ』

その言葉に、横目で肩に座っているシャムエル様を見ながら念話でそう話し掛けてやると、シャムエル様は何度も頷いた。

『外海の先には何も作っていません！　必ず海から岸に向かって風を吹かせているから、そもそも自力で外海へ出るのは無理なの。それなのに何故か時折、外海に無理矢理行く奴が現れるんだよね。だからグレイとシルヴァに頼んで、殺さない程度に酷い目に遭わせて岸へ戻してもらってるの』

好奇心は猫をも殺す、を地で行く奴がこの世界にもいるわけか。納得してふかふかな尻尾を突っついてやると、悲鳴を上げたシャムエル様に仕返しとばかりに耳を引っ張られて俺も悲鳴を上げた。

「何をやってるんだお前らは」

ハスフェルが呆れたようにそう言って、シャムエル様をひょいと摑む。

「手荒に扱うなって」

慌てて奪い返し、俺の肩に乗せてやる。

『ありがとう。私とケンは相思相愛だもんね！』

笑ったシャムエル様が俺の首元に擦り寄ってくる。

「おう、そこはやめてくれ。くすぐったい」

笑って首を手で押さえると、その手の甲を今度は尻尾で叩かれた。

『何が相思相愛だよ。単に戯《じゃ》れて遊んでいるだけだろうが』

笑ったハスフェルの念話に、シャムエル様と俺は同時に吹き出したのだった。

「アポンからレスタム方面へ行けば緑と青の子で、ターポートでオレンジの子ね」

「七色揃うわ！」

女性二人はそう言って大喜びしている。

「なら今後の予定はそれで行くか」

「いよいよ地下洞窟だな」

レオとエリゴールまでがそんな事を言っている。

「待て待て。肉の熟成期間中は遠出禁止！　第一、肝心のクーヘンの店の開店を見届けないでどうするんだよ。それにもうちょい食料の仕込みと、果物の買い出しもしないと駄目だよ」

「それなら出発は、ケンの準備が整ってからだな。買い出し資金は協賛するぞ」

「いや、既に貰ったジェムだけで、街中の店を買い占めても釣りが出るくらいあるから大丈夫です！」

オンハルトの爺さんの言葉と俺の叫びに、神様軍団は大爆笑になったのだった。


その日は掃除や後片付けを手伝い、夕食はホテルハンプールへ向かった。

「改めて見ると凄く豪華なホテルだけど、こんな格好で来て良かったのか？」

マックスの背中で、俺は思わず自分の姿を見て小さく笑った。全員普段着だぞ？

「大丈夫だよ。早駆け祭りの勝者を追い返すような店はこの街にはありはしないって」

からかうようなマーサさんの言葉に、俺は安心してマックスから降りた。

「ようこそ、当ホテル支配人のステファンと申します」

入り口でマックスや馬達を騎獣担当者に預けたところで、壮年の男性が笑顔で進み出てきた。

「レストランチケットで食事をしたいんですが、大人数の予約無しでも大丈夫ですか？」

「もちろんです。ではどうぞこちらへ」

笑顔で中を示されて、俺達はステファンさんの後に続いた。

煌《きら》びやかなエントランスを通り抜け、広くて豪華な個室に案内される。

座った席の前には、好きに注文出来るように席ごとにメニューが置かれていて、何人ものスタッフが控えている。何このVIP待遇！

早速注文しようとしたが、ここで問題発生。料理の名前がさっぱり分からない。これは多分、この世界に来てすぐの頃にシャムエル様から聞いた、此処での知識は俺の元の知識に合わせたって言ってたあれの所為《せい》だな。つまり元の世界でも、五つ星のレストランで食事をしようとしたら同じ事が起こったわけだ。あ、ちょっと涙で目が霞んできたかも。

小さなため息を吐いて、改めてメニューを見てみる。

ハンウィック産……の……。夏野菜の……駄目だ。単語そのものがさっぱり分からん。

戸惑う俺を見てハスフェルが笑ってスタッフさんを呼ぶ。

「この料理は一人前ずつですか？」

「はい、そうです」

その答えにハスフェルは神様軍団を見た。

「せっかくだから、まとめて取って好きに分けないか」

「そうだな。いちいち注文するのは面倒だよ」

「それじゃあ注文は任せてね。レオと私達が責任を持ってお料理を選んであげるわ。食べたい料理があったら教えてね」

「なら酒は俺が選んでやろう」

オンハルトの爺さんの言葉に、スタッフさん達が四人の所に集まる。

「生ハムと燻製《くんせい》肉が食べたい。それと白ビールをお願いします！」

俺の言葉に笑ったハスフェルが、控えていた支配人のステファンさんを呼ぶ。

「先日の祝勝会で頂いた生ハムと燻製肉が美味かったのですが、分けていただく事は可能ですか？」

ハスフェルの言葉に、ステファンさんは満面の笑みになった。

「もちろんでございます。生ハムの原木はお選びになりますか？」

「お任せしますので、大きいのをお願いします」

「燻製肉の塊も一番大きいのをお願いします」

金銀コンビの言葉に笑顔で頷く支配人さん。って事で生ハムと燻製肉、無事に確保完了しました！

広かった机の上は次から次へと運ばれてくる豪華な料理の数々で大変な状態だ。しかもどう見ても一皿十人前……でも、この顔ぶれだとそれらをあっという間に駆逐していく。それはもう、見ていて気持ち良くなるくらいの見事な食べっぷり。ってか待て！　その鶏肉の前菜、俺はまだ取っていないのに無くなったぞ。

途中からは、スタッフさんが先に取り分けてくれたおかげで、俺も食いっぱぐれる事無く無事に腹一杯になるまで料理を楽しむ事が出来た。

さすがはプロの料理人、料理の見かけはもちろん、それぞれの味に深みがある。特に煮込み料理は最高に美味しかった。

「このビーフシチュー、マジで持ち帰りたいよ」

食べ終えたビーフシチューの皿を見ながら、思わずそう呟く。

「ビーフシチューですか？　ご注文頂ければ配達も致しますよ」

俺の呟きを聞いた支配人のステファンさんが笑顔で教えてくれる。

「出来るんですか！」

思わず身体ごと振り返って身を乗り出す。

「はい、ただ十人分以上のご注文の場合は、準備に数日頂いております」

「鍋を渡しますので、そこに入るだけって出来ますか？」

目を瞬《また》いたステファンさんは、小さく笑って頷いてくれた。

「もちろんです。何人分入るか確認しますので、ご希望の鍋をいつでもお持ちください」

にっこり笑ってくれたステファンさんは、完全に俺の言葉を軽く見ている。

後で商人ギルドに頼んで、業務用寸胴鍋の最大サイズを買うぞ。こんな美味いシチューが手に入るチャンスを逃してたまるか！

そこで我に返る。改めてメニューを見てステファンさんと相談した結果、今日食べた料理はどれも、予約すれば出来ると分かった。ありがとう、ここに俺のパラダイスがあったよ……。

食後のお酒まで満喫した俺達は、ピカピカにしてもらった従魔や馬達に乗ってホテルハンプールを後にしたのだった。

クーヘン達とは途中で別れて宿泊所に到着する。そして何故かやっぱり全員が俺の部屋に集まる。

「明日からはどうする?」

またお酒を出して飲み始めるハスフェルにそう言われて、自分用の緑茶を淹れていた手を止める。

「さっきも言ったけど、買い出しと料理の作り置きはここでやっておきたい。合間に、こいつらの狩りを兼ねて近場へ出るなら、俺は以前みたいにその間にキャンプで出来る料理を作るよ」

「それなら例の地下洞窟のマッピングだけでもやっておくか」

「そうだな。入るだけなら、それほど危険も無いだろうからな」

「もう、あいつは幻獣界に戻ったんだろう?」

机に座って小さな盃でワインを飲んでいたシャムエル様は、ハスフェルの問いに頷いた。

「無事に界を渡ったのは見届けたから、きっと今頃自分の洞窟でのんびり惰眠を貪ってるって」

満足気なため息を一つ吐いて、シャムエル様は笑って大きく頷いた。

「本当にびっくりしたもんね」

「あれは無いわ、本気で死ぬかと思ったわよ」

シルヴァとグレイの会話に、俺は驚いてシャムエル様を見た。

「なあ、ちょっと聞くけど神様も死ぬのか？」

こっちを見たシャムエル様は、シルヴァとグレイを振り返って納得したように頷いた。

「今の肉体の死っていう意味なら、死ぬよ。歳だって取るよ。だけどあくまでも入れ物だから、仮にシルヴァが死んでもシルヴァ自身が消滅するわけじゃ無いよ」

また分かったような、さっぱり分からんような話になったぞ。

「じゃあ、もしもシルヴァの肉体が死んでまた新しい身体を作ったら、見た目は別人になるのか？　それとも全く同じ？」

俺の質問に無言になったシャムエル様は、かなり考えて、机に出してあったつまみのチーズを見た。

「例えばだけど、このチーズはケンが切ったんだよね？」

唐突な質問に、苦笑いして頷く。

「ああ、それは酒のつまみに出してやったチーズだな」

俺の答えにシャムエル様は頷いた。

「例えば、このチーズを完璧に同じ大きさ同じ形に切る事が出来るなら、同じ姿で帰ってこられるね」

今度は俺が無言になる。それなら俺の感覚では死んだと考えて間違いない。

「頼むから、皆、俺より先に死なないでくれよな」

思わずそう言うと、いきなり立ち上がったシルヴァとグレイが駆け寄ってきて両側から抱きついてきた。

突然ですがモテ期第二弾キター！　脳内でファンファーレが鳴る。

「もちろんよ。そうそう死なないから安心しなさい」

「どっちかって言うと、その台詞はそのままケンに返すわ。この中で一番簡単に死にそうなのは、ケンだと思うわよ」

しかし、抱きつかれた左右の二人からバッサリと断言されて、涙目になる俺。

「そうよ、私達に無断で勝手に死んだら駄目だからね」

グレイが俺の左腕を抱きしめてそんな事を言ってくれる。

あの、いわゆるソレが……当たっております！

「そうよ。いざとなったら私が呼んであげるからね」

シルヴァも右手に抱きついてそう言っているが、若干厚みはその……まあなんだね。

思考が完全に別方向に向きかけた所で我に返った俺は、思わずシルヴァを見た。

「呼ぶって、何処へ？」

「ええと……」

聞き返されるとは思っていなかったようで、誤魔化すように目を逸らしたぞ。

「シルヴァずるい！　独り占めは駄目よ！」

「そうだぞ。これは放置出来ん」

「そうだそうだ！」

グレイだけでなく、ハスフェル達男性陣までもが全員揃ってそう言っている。

「ええ、そこまで責められる？」

「そりゃあそうだろう。最初に仲間になったのは俺だぞ」

ハスフェルが何故かドヤ顔でそう言うと、いつの間にか肩に座っていたシャムエル様が立ち上がって俺の耳を引っ張った。

「残念でした！　私が最初の仲間だもんね！」

「それは狡《ずる》いわ！」

「そうよそうよ。そんなの当然じゃない」

何やら俺を完全に蚊帳《かや》の外に置いて、俺が死んだ後にどうするかで揉《も》めているよ……まあ、全員笑いながらの会話だから、多分冗談なんだろうけどさあ……。

美女二人に両腕に抱きつかれたまま、自分の死後を考えてちょっと本気で遠い目になった俺だったよ。うん、全部まとめて明後日の方向へぶん投げておこう。主に、俺の精神衛生上の理由で。


「それじゃあおやすみ！」

「また明日ね。お買い物楽しみだわ」

美女二人からようやく解放された俺は、もう心底疲れ切ってニニにしがみついてもふもふに癒されていた。

明日はまず朝市に買い出しに行くと言ったら、何と彼女達が俺と一緒に行くと言い出したのだ。

「俺はもう一日クーヘンの店に行くよ。まだ追加で持ってくる品物があるらしいから、値段のつけ方や考え方についてもう少し講義してやろうと思ってな。お主らはどうする？」

「力仕事なら手伝えるぞ」

オンハルトの爺さんの言葉に、金銀コンビが笑って手を上げた。

「俺も行こう。こう見えて掃除は得意なんだ」

エリゴールがそう言うのを見て、俺は慌てた。

「待って！　俺を一人にしないで！」

彼女いない歴イコール年齢の俺に、そんな高難易度クエをやらせるなって。

レオの腕を掴むと、レオは俺を見てにっこり笑った。

「仕方ないなあ。じゃあ買い出しに付き合ってあげる。朝市で、色々教えてあげるよ」

おお、さすがは大地の神様。有り難や。思わず手を離して拝んでしまった俺は、間違ってないよな？


全員が各自の部屋に戻り机の上を片付けた俺は、手早く装備を脱いで手と顔を洗ってからサクラに綺麗にしてもらい、そそくさとニニのお腹に潜り込む。反対側にマックスが横になり、背中側にはウサギコンビがくっつき、フランマが素早く俺の腕の中に潜り込んできた。

俺の愛するもふもふパラダイスの完成だよ。

「ありがとうな。じゃあおやすみ」

姿を現したベリーが指を鳴らしただけで一瞬で真っ暗になった。

「お疲れ様でした。明日に備えてしっかり休んでくださいね。健闘を祈ります」

からかうような声で言われて、真っ暗な中に俺とベリーの笑い声が重なる。もふもふ達に埋もれた俺は、あっという間に眠りの国へ旅立っていった。

明日の事は……明日考えよう。


ぺしぺしぺし……。

ふみふみふみ……。

カリカリカリ……。

「ふあい……起き……ます……」

胸元にいたふわふわの塊に抱きついて顔を埋めながらなんとか返事をする。

ぺしぺしぺしぺし……。

ふみふみふみふみ……。

カリカリカリカリ……。

不意に意識がはっきりした俺は、首筋を舐められる前に慌てて腕立ての要領で起き上がった。

「ああ、ご主人起きちゃった」

「もう、私達が起こしてあげるのに」

背中に乗り上がりかけていた二匹が、そのまま背中に飛び乗って文句を言っている。

「いやいや。お前らの舌はマジで痛いんだって。人間の皮膚は弱いんだから労《いたわ》ってくれよ」

起き上がって座った俺は、そのまま膝に上がってきた二匹を順番におにぎりの刑にしてやった。

笑って大きく伸びをした俺は、水場で顔を洗ってサクラに綺麗にしてもらってから手早く身支度を整えていった。

「もうすっかり、この装備にも慣れたな」

胸当ての金具を締めながらそんな事を考えていると、ハスフェルから念話が届いた。

『おはよう。もう起きてるか？』

『ああ、おはよう。今準備が終わったところ。もう出掛けるか？』

『腹が減ったとシルヴァがうるさいから早く行こう』

笑みを含んだハスフェルの声に、俺も小さく吹き出した。

『昨日も思ったけど、あの小柄な身体の何処にあれだけの量が入るんだろうな』

『全くだな。それじゃあ』

笑ったハスフェルの気配が消えたのを確認して立ち上がった。


出掛ける前に、タロンにハイランドチキンの切り身を出してやる。

「お前らはいらないのか？」

「まだ大丈夫だよ。今度狩りに行ったらまた捕まえてきてあげるね。グラスランドチキン、美味しかったでしょう？」

「おう、確かに美味かったよ。よろしくな。でも、まだ在庫はあるんだし無理はしなくていいからな」

「ご主人優しい」

笑ったソレイユは、手を伸ばした俺の掌に頭を突っ込んできて撫でろと要求する。

「はいはい。でももう出掛けるからまた後でな。あ、ベリー、果物は？」

庭に見える揺らぎに向かって声を掛けると、お願いしますと返事が返ってきた。

「ここに一箱出しておくからな」

取り出した大きな木箱の中には、色んな果物がぎっしりと入っている。

「お前らも食っていいからな」

振り返って声を掛けてやる。ベッドには、まだ丸くなったままのニニとウサギコンビ、それからソレイユとフォールが仲良く丸くなって見事な猫団子ウサギトッピング状態になっていた。

ニニの上で仲良く並んで丸くなっていたウサギコンビが、俺の声に嬉しそうに顔を上げて振り向いた。

「ありがとうございます」

「後でいただきますね」

「おう、それじゃあ行ってくるよ。留守番よろしくな」

声を掛けてやると、ニニが顔も上げずに尻尾で返事をするのが見えた。

「ニニはお寝坊さんだな」

笑ってマックスの首を叩いてやり、俺はマックスと一緒に廊下へ出ていった。

「おはよう、じゃあ行くか」

出ていった廊下には、全員が揃っていた。

宿泊所の厩舎に預けていた馬達を引き取り、そのまままずは朝食を食べるために広場の屋台に向かった。時折俺達を見て声を掛けてくる人がいる程度だ。そうそう、こんな風にのんびりな日常が良いよ。

到着した広場の端で、買った野菜サンドとタマゴサンドを時々シャムエル様に齧らせてやりながらコーヒーを片手に一緒に食べる。彼女達は、ハムや卵やレタスを大量に挟んだ豪華な巨大クレープを笑顔で食べている。レオの手にはサンドイッチの他に大きな肉の串焼きが三本もあるのを見て、やっぱり食う量がおかしいと再認識したよ。

しかも巨大クレープを完食した二人は、追加を買いに行ったよ。それを無言で見送った俺は、カットフルーツを買って自前の皿に入れてもらった。

「さてと、腹もいっぱいになったし、それじゃあ朝市を見に行くか」

クーヘンの店へ行くハスフェル達を見送り、俺はレオを振り返った。

「何を買うんだい？」

「野菜に果物、それから肉類や乳製品も、とにかく色々買えるだけ買うよ。それが終われば戻って料理かな」

「そう言えばベリーが、以前ほどの量は必要無いって言っていたよ。もう身体が元に戻ったからじゃないか？」

「確かに。でも、ベリーとフランマは果物が主食だから、種類は色々あった方が良いだろう？」

「それはそうだね。じゃあ果物ならあそこが良さそうだよ」

店を見ながら歩くレオとグレイの後ろを、俺とシルヴァが並んでついて行く。

「デートみたいね」

シルヴァに笑いながらそう言われて、俺は苦笑いした。

「デートに朝市は残念だろう？」

「ええ、そんな事無いよ。朝から一緒に買い物に来ているって考えたら、幸せじゃなくて？」

下から覗き込むように言われて、俺は真っ赤になった。そ、それはもしかして……新婚ですか！

俺の脳内でもう一人の俺が叫んでいる。ああ不整脈不整脈……頼むから落ち着け、俺。

しかしそんな幸せに浸ったのは一瞬だった。シルヴァもグレイも、とにかくフリーダム。人混みの中を好き勝手に動き回りすぐにいなくなる。

勝手に動かないようにと途中からは手を握って確保しながら、レオに美味しい野菜の見分け方や、良い店の見分け方なんかを教えてもらう。料理方法を店の人に時折聞きながら、ひたすら大量買い。

ちょっと目を離すとすぐ勝手にいなくなる二人を必死で確保しつつ、もう大丈夫だろうと思えるまで大量に買い込み、肉屋のある通りへ向かった。

「この辺りは、土地の物だけじゃなくてかなり離れた場所の物も普通に朝市で並んでいる。さすがは川沿いの街だね」

感心したようなレオの言葉に、そういえばホテルでの料理には魚料理も多く出たな、なんて呑気《のんき》に考えていた。

「あ、ホテルに料理を頼む為の寸胴鍋がいるな」

「何を買うって？」

俺の呟きが聞こえたレオが、不思議そうに俺を見る。

「昨日のホテル、料理の注文を受けて配達もしてくれるんだって。この際だから、俺には作れないプロの料理を頼んでおこうと思ってさ」

「確かに、あのビーフシチューは美味しかった」

「美味しかったよね」

「また行こうね」

二人も横からそう言って笑っている。

「めっちゃ食ってたよな。お前ら」

レオの呆れたような声に、シルヴァとグレイは笑っているだけだ。

燃費が悪いって言っていたもんな。それなら、一緒にいる間は腹が減るような思いはさせたくない。頑張って色々作るよ。

大きな肉屋や養鶏場の専門店でも色々と大量買いをしてから、ようやく宿泊所へ戻った。


「さてと、まずは差し入れのグラスランドチキンのクラブハウスサンドを作るか」

何故か三人も俺の部屋にいる。

「言ってくれたら肉を焼くくらいはするよ」

レオはそう言ってくれたけど、笑顔のシルヴァとグレイは完全に見学モードだ。そうだよな。あの細く伸ばした爪を見たら料理するわけ無いって分かるよ。男二人で料理開始だ。

スライム達がパンを切ったり肉を切ったりするのを見て三人は大喜びしていた。サクラとアクアも得意気だったので、俺は笑って肉球マークを突っついてやった。

「焼きあがったら、お皿に並べてサクラに預けてくれ。それだと熱々のまま保存出来るんだ」

「成る程。時間停止だもんね」

俺の説明に感心したレオがそう言って笑い、熱したフライパンに塩胡椒をした鶏モモ肉を皮側から焼き始めた。

アクアに食パンを二本まるごと渡して八枚切りサイズに切ってもらう。二本で6斤分だ。

サクラに、作り置きのベーコンエッグを24個出してもらい、トマトを厚めの輪切りにして、ちぎったレタスも出しておく。

簡易オーブンで切った食パンを焼いてはサクラに預けておき、全部焼けたら一気に作っていく。

出来上がった大量のクラブハウスサンドを見て、俺はシルヴァとグレイを振り返った。

「お使い頼んでも良いか？　二人の分も一緒に、クーヘンの店へこれ全部持って行ってくれよ」

レオは驚いたが、指を折って人数を数えて納得したように小さく笑った。

「確かに、あいつらならこれくらい食べるな」

「あと、作り置きのタマゴサンドとカツサンドがあればまあ大丈夫だろう。余っても収納の能力持

ちがいるからな」

「余ると思うか？」

真顔のレオにそう言われて、俺は思わず無言になる。

「まあそうだな。余るとは思えないな」

顔を見合わせて大笑いし、出来上がったクラブハウスサンドを二つに切って、空いたお皿に並べた。それから残りのカツサンドやタマゴサンドと一緒に二人に渡す。

「ありがとう、じゃあ行ってくるね」

「いってきま〜す」

笑顔の二人を見送って、俺とレオは顔を見合わせてため息を吐いた。

「じゃあ俺達も昼飯だな。俺はご飯が食いたいんだけど、レオは何が良い？」

「良いね。何があるんだい？」

嬉しそうにそう言ってくれたので、俺達の昼飯は、肉入り炒飯とだし巻き卵、豆と野菜のスープと唐揚げと蒸し鶏というメニューになった。

唐揚げと蒸し鶏は、俺よりも沢山食べるレオの為のメニューだ。

大満足の食事を終えて食後のお茶を飲みながら、午後は何から作ろうか頭の中で考えていた俺だった。

「ごちそうさま。それであとは何を作るんだい？」

「ええと、作り置き分のサンドイッチの在庫がもうほぼ壊滅状態だから、午後からはまずゆで卵を作って目玉焼きとベーコンエッグを大量に焼いて、各種チキンのクラブハウスサンドと、ＢＬＴサンドを作る。トンカツとチーズ入りトンカツとチキンカツとビーフカツも作る。あ、フライドポテトと唐揚げもだな。で、それを使って各種カツサンドを作る。タマゴサンドや野菜サンドなんかも大量に作ればサンドイッチの在庫はまあ良いかな。後は、チキンのバター焼きと照り焼き。生野菜は洗ってちぎってサラダにしておく。付け合わせに使う豆とジャガイモ、温野菜も茹でて、米を炊いて野菜スープと味噌汁、シチューも在庫が壊滅だから作っておかないとな。それからローストビーフのレシピを貰ってるからチャレンジしてみようと思っているんだ。後はホテルで作ってもらう分があれば大丈夫かなあ」

　指を折りながら俺の話を聞いていたレオは、突然立ち上がって頭を下げた。

「ご、ごめんなさい！」

　突然謝られて、俺は目を瞬く。今の話のどこに謝られる要素があった？

　頭上にはてなマークを飛ばしている俺に構わず、レオはもう一度頭を下げてごめんと謝る。

「その謝罪は、一体何に対してだ？　俺、レオに謝られるような事何かされたか？」

「だって、俺達美味い美味いって言うだけで、何も考えずにバクバク食っていたけど、俺は料理をしないから、そんなに大変な思いをして作ってくれていたなんて今初めて知ったよ」

「でも、美味いって言っていつも残さず食ってくれるだろう？　美味かった、ご馳走さんって言ってくれると、やっぱり嬉しいぞ」

「いいの？」

「そもそも、自分が旅先で不味い携帯食なんて食いたくないってのが、俺が料理をする一番の理由だからさ。そんなに申し訳なく思われると逆にこっちも気を遣うよ。そもそも本当に嫌なら大変だからやめるって正直に言うよ。そんな無理してまで作りゃしないって」

笑って顔の前で手を振ると、レオは嬉しそうに笑った。

「ありがとう。ケンの作ってくれる料理は本当にどれもすっごく美味しいよ。じゃあ、この後も手伝うから、何をするか言ってよ」

おう、スライムに続き、人のアシスタント登場だよ。

「こっちこそありがとう。頼りにしてるよ。スライム達は、材料を切ったり後片付けはしてくれるんだけど、火を使うのが駄目なんだよ。だから、揚げたり焼いたりするのを手伝ってもらえると有り難いよ」

「任せて！　それなら充分戦力になると思うからね」

自信あり気なその言葉に、ちょっと考える。

「それが出来るんなら、充分料理出来るだろう？」

俺の言葉に、レオは照れたように笑った。

「実を言うと、量を作ると途端に味の加減が分からなくなるんだよね。特に塩味。あれってどうしてなんだろう？」

「まあ、確かに量を作ろうとすると塩加減は難しいな。軽くだと全然効かないけど、入れ過ぎると突然塩辛くなるんだよな。しかも、塩は一度入れ過ぎると後から減らせないし、水を入れたぐらいじゃあ塩味ってあまり薄くならないんだよな。無理に具材を追加したりして、とんでもない量になったりするんだよな」

そう言って顔を見合わせた俺達は、二人して乾いた笑いを零《こぼ》した。

その時俺は、バイト時代に初めて作った味噌汁を思い出してちょっと遠い目になったよ。

定食屋の店長に、これも経験だから一度賄い料理を作ってみろと言われたんだけど、味噌汁の味噌の加減が分からなくて、大量に入れて酷い目に遭ったんだっけ。店長は笑ってお湯を足してくれたけどそれでも辛かった。以来、量を作る時は少しずつ入れて味見しながら適量を覚えたんだよな。

あの時は、覚えたところでこんなに量を作る事なんてもう無いと思っていたけど、おかげで今めっちゃ役に立っているよ。ありがとう店長！

「味付けは俺がするから、焼いてくれるだけでも充分有り難いよ」

「じゃあ、味付けは任せます！」

もう一度顔を見合わせて笑った俺達は、手早く食べたものを片付けて料理に取り掛かった。


しかし、一人でもアシスタントがいると作業が進む進む。

各種クラブハウスサンドとBLTサンドは、それぞれ食パン三本分作った。各種九斤分だ。それからゆで卵を大量に作りながら、揚げ物の仕込みを手伝ってもらった。

結局、時間切れまでにトンカツとチーズ入りトンカツ、それから各種チキンカツとビーフカツと唐揚げが大量に出来上がった。

揚げ物の後半、お皿が足りなくなって困っていたら、レオが念話でシルヴァとグレイを呼んでくれて、大量に買い込んで持ってきてくれたよ。

だけど、二人はすぐにクーヘンの店に戻っていった。何でも、皆で販売用のジェムを割る作業をしている真っ最中らしい。

成る程。最初から割っておけばいちいち手間賃取ってその場で割らなくてすむ。高いジェムでも細かく割れば一つあたりの値段は下がるから、買う側としても必要な分だけ買う事が出来る。

あれだけ大量のジェムがあるからこそ出来る事なのかもしれないけど、確かに良い考えだ。

多分、オンハルトの爺さんの考えなんだろう。

「あっちも楽しそうだな」

「皆、喜んでいたみたいだから、昼食だけでもまた差し入れてやるか。明日はハスフェル達はどうするんだろうな？」

「明日もまた総出でジェムを割るってさ。それの整理と袋詰めの人手も必要だからね」

レオの言葉に俺も笑顔になった。なんだかんだ言って、皆も楽しんで手伝ってくれているみたいだな。

「あ、お前らはまだ狩りに行かなくて大丈夫か？」

俺の声に、寝ていたニニが顔を上げて目を細めた。

「大丈夫よ。お弁当があるからお腹が空いたら庭で食べるわ」

目を瞬いてレオと顔を見合わせる。

「いやいや、街中でスプラッタは不味い。食べるなら郊外へ連れていってやるから……」

「大丈夫ですよ。私が見えないように、食べている間だけ庭の空間をここから切り離してあげます。

以前、レースの際にテントの中でやった時も大丈夫だったでしょう？」

姿を現したベリーが平然とそんな事を言う。ってか、そもそも庭の空間を切り離すって……ナニ？

また分からない話になったが、それを聞いたレオは満面の笑みで頷いた。

「空間魔法とは、さすがはケンタウロスだね。凄い。それなら大丈夫だよ」

俺の右肩では、味見のトンカツを齧っていたシャムエル様も笑って頷いている。

俺は、疑問を全部まとめて明後日の方向にぶん投げておき、とりあえず目の前の片付けに専念したよ。


その日の夕方、分厚くて四角いピザが何故か大量に届いた。

聞けばマーサさんおススメの店で、向こうの分と一緒に頼んでくれたらしい。もちろん有り難く頂いたけどやっぱり量がおかしい。俺とレオの二人だけなのに、届いたのはどう見てもLサイズの四角いピザが五種類……軽く見積もっても二十人分はあるぞ。相変わらず食う量がおかしい。

積み上がったピザの入った木箱を見て、さすがのレオも苦笑いしている。

「残ったら備蓄分として箱ごとサクラに収納してもらおう。まあ、どれも美味そうだし、冷めないうちに頂こう」

作り置きのサラダと野菜スープも出しておく。野菜も食べような。

「ううん、美味しいけどもう無理です。ご馳走様！」

俺よりかなり食べたレオでもギブアップ。なので残りはまとめてサクラに預けておく。

食後はレオが飲みたいと言うので、樹海産の火酒を出した。それから、俺が作った完全に透明な氷にレオは大喜びだった。

「すごいね、こんなに綺麗な氷が出来るんだ」

感心したように、そう言ってグラスの中の氷を見つめる。

「練習したよ。だけど、酒を飲む時に綺麗な氷は欲しいだろう？」

「さすがだね。じゃあいただきます」

そう言ったレオは、何と火酒をオンザロックで注いで飲んでいる。ううん、さすがは神様だね。

ハスフェルと良い勝負するぞ。

「じゃあ明日も狩りに行かなくて良いみたいだから、引き続き手伝いよろしくな」

「了解。なんでも言ってよね」

最後にもう一度乾杯して、その日はお開きにした。

ハスフェル達の方は完全に宴会状態になって、最後は皆で雑魚寝したらしい。

シルヴァ達女性四人は、別室で深夜まで女子会トークに花が咲いたんだって。楽しそうで何よりだよ。

次の日も、レオとスライム達に手伝ってもらってひたすら料理を作った。

まず午前中に各種チキンで塩焼きとバター焼き、照り焼きも大量に作り、照り焼きチキンサンドイッチを大量生産したので、それの半分を差し入れにする事にした。

「どうしようかな。持っていかないと駄目じゃん」

どうやって店に届けるのか考えていたら、まるで待ち構えていたかのようなタイミングでノックされた。

『開けて～！』

『私達よ』

シルヴァとグレイの元気な念話が届き、顔を見合わせた俺とレオは思わず同時に吹き出したね。

「アクア、開けてやって」

俺の声にニュルンと触手を伸ばしたアクアが、器用に鍵を開けてくれる。

「差し入れよ！」

「今日のおやつはこれに決まり！」

声を揃えて二人が何やら良い匂いのするカゴを差し出してくれた。

「ありがとうな。で、何が入ってるんだ？」

甘い香りに誘われて覗き込むと、何とそこに入っていたのは、紛う事なきシュークリームだった。

「ホテルハンプールのお菓子で、中のカスタードクリームが最高なの」

「それでこっちにもお裾分け！」

二人の説明に、俺達も笑顔になる。

「ありがとうな。これはおやつに頂く事にするよ。代わりってわけじゃないけどこれ、持っていってくれるか」

大皿に並べたチキンサンドイッチを見て、二人が歓声を上げる。

「ありがとう。昨日のもすっごく美味しかったわ」

「美味しそう！　ありがとうね、ケン。何か買うものがあったらいつでも言ってね」

満面の笑みの美女二人に左右から嬉々としてお礼を言われて、ちょっと鼻の下が伸びたのは……内緒な。

差し入れのシュークリームは激ウマだったので、これも頼んでおこうと思っていたら、何と、注文したらホテルハンプールの支配人さんが直々に届けてくれたらしく、その際にハスフェルと相談して、以前俺が書いていたメニューで料理の注文をしてくれたらしい。しかもあのビーフシチューは、巨大寸胴鍋ごと頼んでくれたっていうんだから、届けられた注文書を見て笑い転げたよ。

結局、それから五日間かけて大量の料理の仕込みが終わり、その後は肉の熟成が出来るまで交代で狩りに行くチームと、クーヘンの店を手伝うチームに分かれて過ごした。


そして、いよいよ明日はクーヘンの店の開店の日になった。

今日は、商人ギルドの人達や、以前紹介された王都の商人さん達を招いてプレオープンをしているらしい。

既に恐竜のジェムや結晶化したジェムは、予約だけでも相当数が売れているらしい。

それを聞いた神様軍団が追加のジェムを集めるとか言い出して、俺とクーヘンが必死で止めたのはもう笑い話にしかならない。

街の人達も新しい店に興味津々らしいから、俺達も明日が楽しみだよ！

第41話　大騒動の新店オープンとクーヘンからの贈り物

ぺしぺしぺし……。

ふみふみふみ……。

カリカリカリ……。

「うん、今日は起きるぞ……」

そう言ってなんとか目を開いた俺は、大きな欠伸をしながら腹筋だけで起き上がった。

何しろ今日は、クーヘンの店の開店初日だ。

一応、裏方の荷物運びくらいなら手伝えるかもしれないから、朝から行ってみようって事になったんだ。

「ああ、ご主人起きちゃった」

「本当だ。せっかく起こしてあげようと思っていたのに！」

ソレイユとフォールに文句を言われて、笑って二匹をおにぎりの刑にしてやった。

喉を鳴らす二匹を置いて立ち上がり、マックスとニニをはじめ他の従魔達も順番に撫でてやる。

よしよし、今日も皆元気だな。

昨日のうちに、差し入れ用の昼食も用意したぞ。豪華、グラスランドブラウンボアで作ったトンカツならぬボアカツサンドだ。野生肉《ジビエ》ってそのまま焼くとちょっと硬かったんだけど、カツにすると肉の味が濃厚で美味い事が分かったので、グラスランドブラウンボアは主に油で揚げて使う事にしたんだよ。

顔を洗って手早く身支度を整えると、起きてきた神様軍団や従魔達と一緒に、いつもの広場の屋台へ朝食を食べに向かう。

それぞれ好きなものを買い込み広場の端に集まって食べていた時、不意に近くで話す声が聞こえて食べていた手が止まった。

「なあ、あのクライン族の店今日開店らしいぞ。後で見に行ってみようぜ」

「装飾品とジェムって、品揃えからして完全に女性向けの店だろうが。俺達が行っても見る物なんて無いって。ジェムなら自分で集められるし、装飾品なんか買って誰にあげるんだよ」

若い冒険者の男性二人の会話だが、明らかに片方は店に興味津々で、もう片方はとりあえず否定から入る人みたいだ。

「いや。それがすっげえジェムがあるらしいって」

「そんなの噂だろう？　肉食恐竜のジェムや、ティラノサウルスのジェムなんかがそう簡単に手に入るわけ無いって」

「だけどあの店主は、早駆け祭りでイグアノドンに乗っていたぞ」

「あれは金銀コンビが捕まえたんだろう。クライン族なんかに、恐竜がテイム出来るわけ無いじゃないか」

「お前なあ、その何でもかんでも否定する癖やめろよな。じゃあ良いよ。俺だけ見に行くから」

「あ、おい待てって」

声が遠ざかるのを聞き、なんとなくハスフェルと顔を見合わせる。

「まあ、話題になるって事は注目されている証拠だよ」

平然と串焼きを齧りながらのハスフェルの言葉に苦笑いしながら頷く。確かに男女の関係無く皆が噂している。だけど聞いていると女性は装飾品を、男性陣はどんなジェムがあるのかをそれぞれ気にしていたのは面白かったね。

食べ終えた俺達は、そのままクーヘンの店へ向かった。


「……何これ?」

思わず呟いたのも仕方ない。何しろクーヘンの店の前には、まだ開店前にもかかわらず長蛇の列が出来ていたのだ。

「ええ?　これってもしかして全部クーヘンの店のお客さん?」

人混みの先には、奥の広場側に人を誘導しているマーサさんが見えた。

「うわあ、最後尾の看板だ」

少し前にクーヘンに会って飲んだ時に、もしも店に長蛇の列が出来たら、最後尾はこちらって書いた看板を一番後ろの人にお願いして持たせておくんだぞ。って、冗談半分で俺が言ったんだよ。

慌てて横の通路から裏へ回り、従魔達には厩舎で待っていてもらう。神様軍団は、ハスフェルとギイ以外はひとまず外で待ってもらった。

「おい、大丈夫か？」

裏庭側の扉をノックすると、半泣きになったヘイル君が扉を開けてくれた。

「ああ、おはようございます。ケンさん。もう大変なんです。夜明け前から人が並び始めて、あっという間に広場まで続いてしまいました。あんなに一度に店に入れません。どうしましょう？」

本当なら、もう少しゆっくりしてから開ける予定だったが、これ以上待たせたらもっと人が増えて収拾がつかなくなりそうだ。

「人数制限をして入ってもらい、時間を決めて入れ替え制にするしかないだろう。手伝うからとにかく店を開けよう」

「人数制限？　時間制限？　え？」

完全にパニックになっている様子の彼の背中を叩き、とにかく俺達三人は中へ入った。

やってやろうじゃねえの、元営業マンの対応力舐めんなよ！

「クーヘン。ちょっと予定を変えるぞ」

店に入ってみたが、クーヘンもプチパニック状態でジェムの在庫を持ってウロウロしているだけだし、ルーカスさんも似たようなものだ。

「おはようございます。どうしましょう。ものすごい人出で……」

「おはよう、とにかく説明するから、皆よく聞いてくれ」

大きく手を叩いて、店にいる全員の注目を集める。

「時間前倒しでとにかく店を開けるぞ。ただし、全部の人に一度に入られたら店が潰れちまう。だから一度に入れる人数は二十人程度だ。時間はこれ一回分で頼む。ハスフェルとギイ、悪いけど店の入り口で人を数えて止めてくれるか。団体で来ている場合は構わないけど、一度に三十人を超えないようにな」

シャムエル様から貰った15分の砂時計を渡しながら頼む。入り口にマッチョ二人が立って案内するだけで、間違いなくトラブルは減る。

「了解だ。任せろ」

呆然と聞いていた金銀コンビは、ニンマリと笑って頷いた。俺が言いたい事を今の説明だけで正確に理解してくれたみたいだ。

『おおい、手伝ってほしいから全員来てくれるか』

念話で外にいる神様軍団を呼ぶ。

ネルケさんと娘のスノーさんは、カウンターの中でジェムの注文を聞いてもらう。

「来たわよ。私達は何を手伝えば良いの？」

美女二人には何処に……クーヘンとお兄さんから鍵を預かり地下の倉庫へ行ってもらう。

広場側にある搬入用の扉を出口専門にして、オンハルトの爺さんには帰る人の誘導と勝手に外から入れないようにしてもらう。

計算に強いのはエリゴールらしいので、クーヘンと二人で一番大事な会計を担当してもらう。

レオと俺は、カウンターの後ろでネルケさん達が聞いた注文品を棚から取り出す役だ。多分これが一番忙しい。

それから急いで外に走った俺は、厩舎からスライム軍団を全員連れてきた。

これで、こいつらに倉庫と店の間のジェム運びは任せられる。女性二人は、鍵の開いた倉庫番兼在庫管理だ。

それから、行列にただ並んで待っているだけだと不機嫌になって喧嘩を始める人が出るかもしれない。それは絶対にまずい。

「なあ、店の横の通路にチョコに出てもらっても良いか？　柵の中なら、勝手に触られたりしないだろう」

「ああ、それは良い考えですね。広場側からぐるっと回って並んでもらっていますから、前を通る間だけでも、チョコを見てもらえますね」

頷いた俺とクーヘンは、大急ぎで外へ出て厩舎からチョコを連れ出した。

「悪いけど、ここで皆に姿を見せてやってくれるか。柵にあまり近づくと、外から手を出されたりするかもしれないから気を付けて。時々大きく動いたりして、待っている人達が退屈しないように相手をしてやってほしいんだよ」

「分かりました。じゃあこんな感じですね」

嬉しそうにそう言ったチョコは、大きく伸びをして吠えるような声を上げた。手前の道路に並んでいた人達が一斉にこっちを向く。

「うわあ、あれって早駆け祭りで走っていた恐竜だよね」

「凄い凄い！　大きい」

声が聞こえて俺が笑って手を振ると、拍手と大歓声が沸き起こって気が遠くなったのは気の所為だって事にしておく。

大急ぎでマーサさんのところへ行って、早く店を開ける事や入場制限などの説明をする。

「それはいい考えだね。任せるからお願いするよ。私は外で人の誘導をするからね」

「お願いします。時々交代しますので、無理はしないでください」

そう言って店に戻ったが、正直言って交代要員がゼロのこの状況に頭の中では途方に暮れていた。

昼休憩はどうしよう……。

だけど、今は店を開けるのが先だ。走って裏から店に戻り、各自の配置と担当をもう一度確認する。

ルーカスさんとヘイル君には、細工物の棚の前で商品説明や箱詰めをお願いした。あれの詳しい説明は俺達には無理だ。

全員が配置についた事を確認して、俺とクーヘンは店の扉を開けて外に出た。

「大変お待たせいたしました。ただいまより『絆《きずな》と光』開店させて頂きます」

大声で言ったクーヘンの言葉に、店の前に並んでいた人達から拍手が起こる。

「思った以上に大勢の方にお越し頂き感激致しております。ただ、ご覧の通り小さな店でございます。大変申し訳ございませんが、本日は人数と時間の制限を設けさせていただきます。お越しの皆様には本当に申し訳ございませんが、一人でも多くの方に見ていただけますよう、どうかご協力をお願い致します」

俺は隣に並んで、大きな声でそう言って深々と頭を下げた。クーヘンもそれに倣う。

それを聞いてザワザワと囁《ささや》き合う声が聞こえたが、ほとんどが感心する呟きだった事に心底安堵したね。扉を全開にして、中にいたハスフェルとギイに合図を送る。

先頭にいた団体がゆっくりと店の中に入るのを見て、俺とクーヘンは慌てて裏から入りカウンターの中に駆け込んだ。

さあ、いよいよオープンだぞ！


「はい、1番と3番各一袋ずつですね。こちらが引き換え札になりますので、このままお会計へどうぞ」

そう言ったスノーさんが二枚一組の赤い木札の一枚をお客様に渡し、カウンターの内側に作った小さな棚から1番と3番と書かれた木札を取って赤い札と一緒に後ろの俺に渡す。

俺はその木札を見て1番と3番のジェムの袋をカゴに入れて、二枚の番号札と一緒に赤い木札を上にのせる。

レジにいるクーヘンは、お客さんから赤い木札を受け取り、手元のリストから1番と3番の値段を確認して合計金額を受け取り、ジェムの入った袋をお客様に渡す仕組みだ。

これも俺が考えてクーヘンに教えた方法で、お客様用の赤い二枚一組の木札には同じ番号が書かれている。定期券サイズだからそうそう失くす事も無い大きさだ。

ジェムのセットにはそれぞれ番号が振ってあり、その番号を書いた木札を見て在庫の棚から取り出す仕組みだ。単体で販売しているジェムにも、ジェムの名前が書いた木札がある。こちらもジェムを取ったら木札と一緒に籠に入れて計算する。同じジェムを複数個買う場合でも木札を個数分入れるのですぐに分かる仕組みだ。

このお客様用の番号札は、もしも人が沢山来て忙しくなりそうなら大変だな、程度に思って、余っていた木屑で作ってもらったんだが、もうこれが無いと大混乱になっていただろう事は簡単に想像出来た。ってか、この方法は自分で提案して言うのもなんだが凄く分かり易い。

赤い木札は目立つし、お客様も面白がってそれを握ったままレジにすぐに並んでくれる。カゴが複数あっても、ジェムを入れた籠とお客様の赤札を合わせれば、誰のものなのか分かる仕組みだ。間違いないか読み上げて確認してから会計をしてジェムの袋を渡すだけ。お帰りは専用出口からなので、店に入る人とぶつかる事もない。


最初こそ心配だったが、思ったほどの混乱も無く時間はあっという間に過ぎていく。しかし、人の流れは一向に途切れる事は無い。

その時、表から一際高い歓声が上がった。

「んん？　何事だ？」

思わず外を見たが、表に並んでいる殆《ほとん》どの人達が、横の通路を見ている。

「あれ？　チョコに何かあったのかな？」

朝から頑張ってくれているみたいだし、疲れて倒れたりしたらどうしよう。だんだん心配になってきた時、不意にシャムエル様から念話が届いた。

『心配いらないよ。タロンがチョコと一緒に遊んでいるだけだからね』

『あれ？　シャムエル様、今何処にいるんだ？』

てっきり何処かへ出掛けているんだと思っていたが、どうやらそうではないらしい。

『外にいるよ。従魔達も、チョコだけに仕事させるのは申し訳無いって心配してね。それでタロンを連れてきたんだ。ほら、タロンならただの猫に見えるから構わないでしょう？』

あ、また歓声が上がった。

「何なのこの子、可愛い！」

「怖くないのかしら？」

『おいおい。タロンは一体何をしているんだ？』

頭の中で会話しつつも、木札の番号のジェムの袋を集めている。

『だから一緒に遊んでいるだけだって。心配無いよ』

一方的に念話は切れてしまい、気を取り直すように小さくため息を吐いた俺は、次々に渡される番号札を確認してはジェムを取り出す作業に没頭していたのだった。


ううん。これはまずい。何がまずいって、もう昼を過ぎているのに一向に人が減る気配がない。

ジェムはガンガン売れるし、細工物もかなり売れている。贈り物だと言われた時には、スノーさんが手早くリボンを掛けてくれている。その時は、俺が注文を聞いたりもした。

『駄目だ。グレイ、シルヴァ、悪いけど、どちらか一人で良いから上がってきてくれるか』

元気な返事が聞こえて、シルヴァが来てくれた。

俺は丁度足元に来てくれていたサクラを捕まえて、差し入れのボアカツサンドを隠れて取り出す。

「これ、差し入れの昼飯。奥の休憩室で交代で食ってくれるか」

木箱に入れた大量の差し入れを渡すと、目を見開いて受け取り一瞬で収納してくれた。

「じゃあ、置いてくるから先に彼女達に食べに来てもらってよ。朝から休み無しでしょう？」

「そうなんだけど、そうするには交代要員がいないんだって」

ため息が出る。手早い接客と、初めて見る木札による素早い販売方法。単価や品名を見える所に表示した新しいやり方。帰った人があちこちでそれを話して回り、他の人がまた押しかけるという、なんとも有り難い状態になっていたらしい。

本気で気が遠くなりかけた時、商人ギルドのアルバンさんが一礼して行列の横から中に入ってきた。

「手伝いに来てやったぞ。どこに入れれば良い？」

神の助けキター！　いや、もう既に神様方には手伝っていただいていますけどね。あはは。

脳内で自分で自分に突っ込んでおき、ギルドマスターを見た。

「ありがとうございます。まず、表のマーサさんと交代して人の整理をお願いします」

「了解だ。じゃあ、お前らが行け」

応援要員に手早くやり方の説明をして、ネルケさんとスノーさんに昼休憩に行ってもらう。シルヴァがカウンターでの注文を聞くのをやってくれると言うので、もう一人、ギルドからの応援の人にカウンターでの受注をしてもらう。レオにも先に食事に行ってもらいここにも入ってもらう。

ギルドマスターがクーヘンと交代してレジに入ってくれたよ。素晴らしい。

そのあと来てくれた、やたら体格の良い人が、まずハスフェルと交代してくれたので、彼にも先に食べに行ってもらう。

最初こそ、戸惑っていたようだけど応援の人達もすぐに皆やり方を理解してくれて、人の流れが滞ったのは一瞬だけだった。

しばらくしてレオが戻ってきてくれて、ようやく俺も昼休憩に行けたよ。まあ、もう昼はとっくに過ぎている時間だったけど、まだ食べられただけ良しとするよ。


休憩室には、バケツに入った氷で冷やされた何本ものジュースが置かれていた。

「差し入れです、どうぞお飲みください。……アルバン。へえ、ギルドマスターからの差し入れか」

置かれていたカードの文字を読み、手を合わせて有り難く一本頂きボアカツサンドを二切れお皿に取る。椅子に座ると一気に疲れが押し寄せてきた。

「サクラいるか？」

廊下に向かって呼ぶと、しばらくしてポンポンと跳ねてサクラが来てくれた。

「呼んだ？　ご主人」

「万能薬入りの水ってまだあったよな？」

「あるよ。はいどうぞ」

受け取ったその水を一気に飲む。これでとにかく疲れは取れる。

「ああ、染み渡るよ」

大きく息を吐いて椅子に座りなおした俺は、ボアカツサンドにかぶりついた。

早々に食事を終えもう一度万能薬入りの水を飲んでおく。それから店に戻る前に、気になっていた外の様子を見ておく事にした。

裏の扉から外へ出てみると、何とチョコとタロンが本当に遊んでいた。

チョコの大きな足の間を、まるで八の字を描くようにタロンがスルスルと通り抜けては足首に擦《す》り寄っている。チョコがゆっくりと歩く時には、お互いの顔を見ながらまるでステップを踏むかのように、前に後ろにこれまたタロンがまるで踊っているかのように足の間をすり抜けながら動き回っている。時折、チョコが頭を大きく下げてタロンの前まで持っていき、仲良しの挨拶、鼻チュンまでしているではないか。

あの子達が何かする度に、行列している人達からは歓声が上がり時に拍手まで沸き起こっている。

「可愛い！」

「あんなに大きさが違うのに、仲良しなのね」

二匹の大きさの違いにもかかわらず仲睦まじい様子に、皆感心している。

俺も正直言って驚いた。いくら、言葉が分かるって言ったたって、あれだけ大きさが違えば一歩間違えたら大惨事だろうに、タロンは全く怖がる様子が無い。

「この子達を見たい為に、もう一度並んじゃったわね」

「可愛いもんね」

顔を見合わせて笑い合っているのは二十代くらいの女性二人連れだ。

「今度は髪飾りを見たいんだけど、まだあるかなあ」

「私は指輪が欲しかったんだけど無いから聞いてみたの。今日は試着出来ないから出していないんだって」

「そうなの？　指輪は私も見てみたい」

「じゃあ今度また一緒に来ましょうよ。髪飾りもじっくり見たいもの」

「そうね。来週くらいなら大丈夫かしら」

オンハルトの爺さんのアドバイスで、急遽《きゅうきょ》追加した単価の安い髪飾りやペンダントは大好評のようだし、予想通りシンプルな指輪が欲しいという方も多いみたいだ。

安心して中に入った俺は、急いで店に戻った。

商業ギルドから来てくれた応援の人達はさすがに手馴れていて、交代して時々休みながら途切れないお客様の波を、ひたすら捌き続けた。

日が暮れても全く人の波は途切れず、見兼ねたギルドマスターが、途中で人が並ぶのを止めてくれた。

最後の一人にお帰り頂いた後、ほぼ全員がその場に座り込んだのだった。

無言でサクラを連れて休憩室に行った俺は、紅茶とコーヒーを大量に淹れて砂糖を入れて甘くしてやり、氷を大量に作って砕き一気に冷やしてそこに万能薬を数滴入れておいた。

「疲れた時は甘いものだよな。おおい、冷たいお茶とコーヒーを用意したからどうぞ」

店に座り込んでいる全員を呼び寄せて、万能薬入りの飲み物を振る舞った。

「夕食はどうする？　何でも良ければ出すけど？」

ここで食べようと思っていたのだが、万能薬入りのお茶の威力は凄かった。皆復活している。

相談の結果、閉店作業が終わったら商人ギルドの皆さんも一緒に、ホテルハンプールにチケットで夕食を食べに行く事にした。

「戻ったら、在庫のジェムを割っておかないとな。在庫の棚が空っぽだよ」

「そうですね。今日一日でかなり減りましたからね。在庫の少ないものは割っておくべきでしょうね」

俺の呟きに、クーヘンも苦笑いしている。

彼の背中には空にした収納袋があり、とりあえずレジがいっぱいになったら、売上金はそこへ突っ込んでいたのだ。

今日一日の売り上げ、一体幾らくらいになったんだろう？

「クーヘンは取り敢えず今日の売り上げを数えておけ。必要なら売上金はギルドで預かるぞ」

ギルドマスターがそう言い、二人は一旦商業ギルドへ向かった。無用心だし、売上金は口座に入金しておくべきだな。

二人を見送った俺達は、装飾品の在庫の確認と追加はルーカスさん達に任せて、とにかくジェムの在庫を確認する事にした。

グレイとシルヴァの二人が、忙しい合間を縫って足りなくなりそうなジェムを割って袋詰めをしてくれていたのだ。

「はい、これが追加で作ったジェムの数よ。ジェムの在庫帳に書く時間が無かったの」

割ったジェムの種類と数が別紙にまとめて書かれていた。在庫帳への転載はネルケさんに任せておき、俺達は在庫を数えて足りない分のジェムをひたすら割り続けた。

二人が戻ってきたところで、夕食を食べにホテルハンプールへ向かう。従魔達はベリーに任せて今回はお留守番だ。

大活躍だったチョコには果物をたっぷりと出し、タロンにはグラスランドチキンの肉を出しておいてやった。


「お疲れ様でした！」

「絆と光、開店おめでとう！」

最初の乾杯の後はもう、各自好きに飲んで食べている。俺も遠慮無く思いっきり食べさせてもらったよ。やっぱりここの料理は美味しい！

またしても積み上がるお皿の数々を見た支配人さんが、これだけ気持ち良く残さず食べて頂けるとこちらまで嬉しくなります、と、満面の笑みで言ってくれたので、後半戦も遠慮無く美味しく頂きました。

「明日からはどうなるんだろうな？　本当に大丈夫か？」

今後を心配する俺に、ギルドマスターが笑って請け負ってくれた。

なんでも開店一年目は、今日のように突然の要請でもすぐに人を寄越してくれるんだって。もちろん、日当は支払わなければならないが、それもギルドの補助があるらしい。凄いぞ商人ギルド。

経営初心者には有り難すぎる事だらけだ。

「しかし、まさかここまでの人出になるとは思いませんでしたからね。さて明日以降はどうなる事やら」

笑って黒ビールを飲んでいたギルドマスターだったが、突然真顔になった。

「ところでケンさん。ちょっとよろしいですか？」

「ええ、何ですか？　改まって」

飲んでいた白ビールのジョッキを置いて振り返ると、身を乗り出すギルドマスターのアルバンさんと目が合った。

「あの、カウンターの背後にある値段と品名を書いた表や、ジェムの名前を書いた木札と受付用の赤い二枚一組の木札は、全て貴方《あなた》の発案だと聞きました。あれは何処で？」

「いやあ、どうすれば良いかと思って色々考えた結果です。まさか、あんなに上手くいくとは思っていませんでしたから、正直言って俺もびっくりです」

まさか、あれは異世界のファストフード店や、食堂での食券方式だなんて言えませんって。

しばらく沈黙していたが、アルバンさんは小さく笑って引いてくれた。

「私も商売をして長いですが、あのような効率的な販売方法は初めて見ました。大変失礼なお願いですが、真似させて頂いてもよろしいでしょうか？」

「ええと、どの辺りを？」

「カウンター上部での品物の金額や在庫品の表示方法、それから、あの木札を使った受注方法です」

無言でクーヘンと顔を見合わせる。

「ええと、別に構わないよな？」

「そうですね。別に構わないかと思いますが？」

何度か頷き合い、アルバンさんを振り返る。

「どうぞお好きに。ちなみに全部、リード兄弟に作ってもらいました」

「成る程。ありがとうございます。後程彼らからも話を聞いておきます」

真顔のアルバンさんは、そう言って何度か頷いたきりまた食べ始めた。


「ごちそうさまでした！」

大満足でホテルハンプールを後にした俺達は、支配人さんに見送られて帰路に着いた。

途中、商人ギルドの前でギルドマスター達と別れて、そのまま店に戻る。正直言ってヘトヘトで、今すぐにでも爆睡出来る自信があるけど、とりあえず今日の後始末はしておかないとな。

「このままだと明日の営業に影響するよ。まずはジェムの準備だな」

振り返った俺の言葉に、クーヘン達はこれ以上ないくらいに凹んでいる。さっきホテルで食事をしていた時は、ご機嫌で乾杯なんかしていたのに一体どうしたんだ？

心配になって覗き込むと、クーヘンとお兄さん一家は突然揃って俺達に向かって深々と頭を下げた。そりゃあもう、地面にめり込まんばかりの勢いだったよ。

「おいおい、突然どうしたんだよ」

驚いた俺が慌てたようにそう言うと、クーヘンは頭を下げたままため息を吐いた。

「もう、穴があったら入りたい気分です。店を開けるまでは偉そうな事を言っておいて、いざ人が大勢来てくださったら、全くどうしたら良いのか分からずただただアタフタするだけでした。ケンがいてくれなければどうなっていたかと考えたら……」

後ろでもごもご言っているお兄さん一家も似たような感じだ。

「それにしても、ギルドマスターも感心していましたが、本当に素晴らしい的確な指示でしたね。あれほどの人手を捌くような経験をされた事があるのですか？」

「いやぁ……」

不思議そうに聞かれてしまい、俺は何と答えるべきか困ってしまった。

その通り。実は経験なら腐る程ある。何しろ俺が勤めていた会社は、超大手の電機メーカーだったんだよ。そこの営業部の末端にいた俺は、入社直後に何度も大手量販店のオープニングセールに駆り出されました！　なので、無駄に場数だけは踏んでいるんだよ。

元いた世界の事を不意に思い出して、懐かしさに目が潤む。

「まあ、これでも色々と経験しているんだよ。ちょっと色々ズレてるけどね」

誤魔化すようにそう言って肩を竦める。もうこの話はここまでだって。

その後は手分けして改めて在庫の確認をして、さっきの続きのジェムを割る作業を続けた。

俺達がせっせと割るジェムを、女性陣が確認しながら袋に詰めていく。

それが終われば、後は単品のジェムも在庫から取り出して、カウンター奥の棚に入れていった。

「本当に遅くまでありがとうございました。明日は、開店前の様子次第で、朝からギルドの方が応援に来てくださるそうです。なので、明日はどうぞゆっくりお休みになってください」

「大丈夫か?」

「はい、今日で色々と分かりましたので、明日はもっと上手くやります」

そう言われてしまっては、確かに手出ししすぎるのも悪かろう。

「分かった、じゃあ明日はゆっくりさせてもらうよ。昼には何か差し入れしてやるよ」

「ああ、それは有り難いです。では楽しみにしていますね」

笑顔で手を叩き合った俺達は、これで撤収する事にした。

外の厩舎では、皆が固まって団子になって爆睡している。

シャムエル様曰く、チョコの背後で巨大化した猫族軍団も、時々姿を見せて大歓声を浴びていたらしい。怖がらせないように裏庭で転がったり伸びをしたり、時には爪を研いだりして、とにかくお客様が退屈しないようにしてくれていたらしい。揃ってなんて良い子達なんだよ。

「そっか、ありがとうな」

順番に起きてきた子達を抱きしめてやる。それから全員揃って宿泊所へ戻った。

「おかえり、初日は大盛況だったね。昼過ぎに一度店を覗きに行ったんだけど、お邪魔かと思って中には入らなかったんだ」

宿泊所の前で、丁度エルさんと会ったらそんな事を言われた。

「そうなんですね。もう俺達、今すぐここで倒れて熟睡出来るくらいにへとへとっすよ」

苦笑いする俺の言葉に、エルさんも笑っていた。

「じゃあ、もう邪魔はしないからどうぞごゆっくり」

そう言って手を振ってギルドの建物に戻っていった。

その後ろ姿を見送り大きなため息を吐いた俺達は、そのまま解散して各自の部屋に戻った。

「ああ疲れた。ええと、お前らは腹は減ってないか？」

ニニの首に抱きついてそう尋ねると、皆揃って大丈夫だと言ってくれた。

「お疲れ様でした。大盛況でしたね」

姿を現したベリーに笑いながらそう言われて、胸当てを外していた俺はそのままベッドに倒れこんだ。

「いやあ、久々にヘトヘトになるまで働いたよ。そうそう、毎日こんな感じだったんだよ……」

久し振りの心地よい疲労にベッドに転がったままぼんやりしていると、アクアとサクラが二人掛かりで籠手《こて》や脛当《すねあ》てを外してくれた。

「ご主人、綺麗にするね！」

いつもの如く、そう言ったサクラがニュルンと広がって俺を一瞬だけ包み込む。元に戻った時には、汗ばんでいた服や首筋も綺麗さっぱり、汗をかいていた髪の毛もサラサラになったよ。

「ありがとうな。今日はもう疲れて動けないから、このまま寝るよ……ニニ、マックス……お願い、します……」

半寝ぼけでそう呟くと、喉を鳴らしながらニニが隣に転がるのが分かり、俺はもふもふの腹毛に子猫のように潜り込んだ。ああ、癒されるこの柔らかな腹毛の海……。

マックスのがっしりした毛が太腿《もも》の辺りに当たり、巨大化したラパンとコニーのウサギコンビが俺の背中側に潜り込む。

「ほら、触ってもいいわよ」

姿を現したフランマが腕の中に潜り込み、尻尾で俺の手を叩いた。

フランマの尻尾キタ～！　半寝ぼけで尻尾を掴んだ俺は、そのまま気持ち良く眠りの国へ垂直落下していったのだった。

いやあ、本当に疲れた。今日はここまで！　これにて終了！


ぺしぺしぺし……。

ふみふみふみ……。

カリカリカリ……。

翌朝いつものモーニングコールチームの攻撃に、俺はニニの腹毛に埋もれたまま呻《うめ》くような声で返事をしただけだった。

駄目だ。全く目が開かない。そのまま気持ち良く二度寝の海へ落っこちていった。

「起きないねえ」

「まあ、昨日は大活躍でしたからね」

「どうしますか？」

「起こしますか？」

「お疲れみたいだし、起こさなくていいんじゃない？　ハスフェル達もまだぐっすりだしね」

「じゃあ、もうちょっと一緒に寝る！」

「あ、ずるい。わたしも！」

「私も一緒に寝る！」

「いいんじゃない？　じゃあ私はここで寝る！」


「ううん……喉渇いた……」

喉の渇きを覚えて目を覚ました俺は、横向きに寝ている俺の目の前に転がっているタロンの後頭部に小さく笑って、指で突っつこうとした。

「あれ？　腕が動かないぞ……？」

無言で自分の状態を確認した俺は、堪え切れずに吹き出した。

ニニの腹に乗り上げるみたいにして横向きに寝ている俺の胸元には、フランマが俺の左腕を押さえ込んで潜り込み抱き枕状態になっている。そしてその上の右腕に、ソレイユとフォールの二匹が並んで全身で押さえ込んでいる状態になっていた。

要するにニニの腹の上に横向きに寝ている俺の左腕、フランマ、俺の右腕、その上にソレイユとフォールという密着ミルフィーユ状態だ。そりゃあ、俺の腕が動かないわけだ。

ため息を吐いて、なんとか腕を引っこ抜いて起き上がろうとしたが果たせなかった。両腕が思いっきり痺《しび》れていて、全く感覚が無い。

「うわあ、痺れが半端ない」

そのまま後ろ向きに転がってウサギコンビにもたれかかって悶絶していると、ニニの腹の上でミルフィーユ状態になっていた皆が起き出した。

「あ、ご主人起きた。おはよう」

ご機嫌なフランマが、俺が伸ばしたままの腕に頬擦りするのと、俺の本気の悲鳴が部屋中に響き渡るのはほぼ同時だったよ。


俺が悲鳴を上げた瞬間、大きな音と共に手に剣を持った金銀コンビの二人が突然俺の目の前に現れ、その直後に二度目の炸裂音と共に、更に他の神様軍団までが武器を手に現れたのだ。

全員まさかの転移の術。驚きのあまり固まる俺を見て、金銀コンビは無言で顔を見合わせた。

「なあ、今の悲鳴の理由は？」

その質問に、俺はようやく状況を理解して申し訳無さに消えたくなった。

要するに、彼らは何らかの方法で常に俺の事を守ってくれているのだ。それで俺が突然本気の悲鳴を上げたものだから、即座に全員が転移の術で駆けつけてくれたのだろう。

「い、今の悲鳴は痺れている俺の腕に頬ずりされて激痛のあまり上げたもので別に誰かに襲われたわけじゃあ無いですごめんなさい」

一息に言った俺の言葉を聞いた彼らは、これ以上無い大きなため息を吐き、俺はもう一度心の底から謝った。それから全員揃って大爆笑になったのだった。

「全く、驚かせるんじゃないよ」

「本当だ。一体何事かと思ったじゃないか」

金銀コンビのからかうようなその言葉に、俺はようやく動くようになった腕を振った。

「いや、本当に申し訳無い」

彼らの後ろでは神様達全員が揃って笑っている。机の上にはシュレムもいるよ。

皆、服だけで防具の類は一切無く身軽な服装だ。俺の足元では、申し訳無さそうな従魔達が揃って並んでいる。

笑いながら順番に撫でてやると、皆嬉しそうに喉を鳴らしていた。


食事の後、部屋で好きに寛ぐ彼らを横目に俺は差し入れのサンドイッチを量産した。

今日のメニューはハイランドチキンのチキンカツサンドと、グラスランドブラウンボアの猪ステーキサンド。やや硬めのコッペパンに刻み玉ねぎ入りの甘辛味噌だれ。

濃厚な野生肉《ジビエ》に甘辛味噌だれがピッタリなんだよ。これは美味いので定番レシピに決定した一品だ。

「お待たせ。差し入れを店に持っていったら、そのまま従魔達の狩りだな」

差し入れを詰めた木箱は、鞄に入ったサクラに飲み込んでもらう。

ギルドにお願いして預けてあるグラスランドブラウンブルの肉の熟成期間は、まだ仕上がるまで一週間程あるので、それまでは遠出は出来ない。近場でジェムを集めたり料理をしたりしながら、従魔達には狩りに行ってもらう予定だ。

「そうだな。じゃあ何処へ行くかな？」

「いやいや、俺はまだ料理をするからね」

「なんだ、たまには一緒に来いよ。腕が鈍るぞ」

真顔のハスフェルにそう言われて、言い返す間も無く他の皆まで同意したものだから、今日は俺も一緒に狩りに行くのが決定したみたいだ。

相変わらず、俺の決定権は食事関係にしか無いみたいだね。あはは……。


到着したクーヘンの店の前には、昨日ほどではないが行列が出来ている。しかもロープでつながれた移動式のポールが用意されていて、奥の円形広場へ誘導するように並べられている。皆、それを見て素直に列に並んでいる。おお、あんな便利なものがあるのなら昨日出してほしかったよ。

今日も横の通路では、チョコが出てきてパフォーマンス中だ。しかもチョコの足元と背中にはレッドクロージャガーのシュタルクとレッドグラスサーバルのグランツが、小さな姿になって昨日のタロンのように三匹仲良く遊んでいる。

行列に並んでいる人達は、笑顔でそんな従魔達を楽しそうに眺めている。

「もしかして、あいつらも楽しんでいる？」

「そうだね。クーヘンの役に立てるって言って皆喜んでいたよ」

肩に座ったシャムエル様の言葉に笑って頷き、チョコ達の横を通って裏から店の中に入った。

店の中も、人は多いけど昨日程の切羽詰まった感じは無いみたいだ。

「お疲れさん。昼飯の差し入れに来たよ」

声を掛けてやると、クーヘンが嬉しそうに振り返った。

「ありがとうございます。休憩室にお願いします」

それだけ言って、もう次の人の計算を始めている。

「了解、頑張ってな」


休憩室の机の上には、今日もギルドマスターからの差し入れの飲み物の入った箱が置かれていた。

その横に、差し入れのサンドイッチの入った箱を並べて置く。それから山盛りのフライドポテトと唐揚げの大皿も並べておく事にした。ギルドの応援要員の人が思ったよりも大勢いたからな。

「まあ、これだけあれば、なんとか足りるだろう」

小さくそう呟いて、木箱にメモを挟んでおく。

「お疲れ様です。しっかり食べてください。ケンより。よし、これで良いな」

「ああ、そうしておけば、誰からの差し入れかギルドの人にも分かるね」

右肩に座ったシャムエル様が、感心したように笑っている。

「そうだな。早駆け祭りのお陰で、俺の名前はすっかり有名になったみたいだしな」

「人気者だね」

「ちょっと面白そうだったから、走ってみたかっただけなんだけどなあ」

「格好良かったよ」

シャムエル様にそう言われて、俺は小さく笑ってふかふかの尻尾を突っついた。

「お陰で、この触り心地抜群のふかふかの尻尾を堪能させてもらったからな」

「もう駄目。尻尾はお触り禁止です」

何故かドヤ顔のシャムエル様に、俺はもう一度笑ってわざと尻尾を突っついてやったら空気に殴られたよ。


街を出た俺達は、ハスフェルの案内で街道を離れて森の中へ入っていった。

「じゃあ、先に行ってくるね」

ニニと猫族軍団が一斉に巨大化して狩りに走っていった。

かなりの距離を走り、林を抜けた先に広がっていたのは見覚えのある巨大なスミレみたいな花だったよ。

「ああ、これはゴールドバタフライか。確か、あの花の蜜を吸いに出てくるんだよな」

「そうだ、ヒトヨスミレは真冬以外は何度も咲く。ただし、不定期な上に咲くのはその名の通り一日だけだ。ヒトヨスミレが咲くと、それに合わせてゴールドバタフライが一斉に羽化するんだ」

「へえ、ヒトヨスミレが咲く時期に合わせて一斉に羽化するわけか。じゃあ、頑張って集めさせてもらうよ」

マックスの背から降りて、ゆっくりと花に近づいていった。

ハスフェル達もそれぞれの従魔達から降り、レオ達は馬を林の木々に繋いでいる。

「そっか、従魔達と違って馬は繋いでおくのか」

「まあ、慣れているから逃げる事は無いけど、逆に狩りをしている時に乱入されると困るでしょう。せっかくの羽を壊されたりしたら勿体無いからね」

レオの言葉に、納得した。確かにそれは駄目だな。

「お、そろそろ来るぞ」

その時、ギイの声が聞こえて花畑に散った全員が身構える。マックス達も今回はやる気満々で展開している。

林から凄い数のゴールドバタフライが飛び出してくるのが見えて、俺は久し振りに抜いた剣をしっかりと握って、近づいてくるゴールドバタフライを一息に叩き斬った。即座に次のゴールドバタフライ目掛けて剣を振り上げる。

もうそこからは必死になって剣を振り回し続けた。だけど、なんとなく腕が鈍っているような気がして密かに焦った俺だったよ。確かに、たまには狩りにも行かないと駄目だな。


「いやあ、頑張ったよな。俺」

ようやく目に見えて蝶達の数が減ってきて、そろそろ終わりにしようと一旦剣を収めた。

今回も、集めた素材の羽とジェム半分は俺が貰い、残りをクーヘンにあげるんだって。有り難いんだけど、アクアとサクラの中にあるジェムの総数を考えて、ちょっと気が遠くなったよ。

「なあ、次が出る前にとりあえずここから移動しよう。ちょっと疲れたから休憩したいです！」

俺の言葉にハスフェルは鼻で笑った。

「だから言っただろうが。たまには戦わないと腕が鈍るぞ、となʼ」

思いっきりその通りなんだけど、素直に認めるのはちょっと悔しい。笑って誤魔化し、サクラから万能薬入りのお茶を入れた水筒を取り出した。

「はあ、染み渡るよ……」

一気に飲み干してそう呟くと、それを見ていたハスフェルがニンマリと笑った。

「無事に体力が回復したみたいだな。そろそろ構えろよ」

「ふえっ？」

水筒の蓋を閉めながら顔を上げた俺が見たのは、林から先程と変わらないくらいの数のゴールドバタフライが湧き出してくるところだった。

「か、勘弁してくれ～！」

叫んだ俺は、悪くないよな？

結局、そのまま否応無く戦い続け、二面目をクリアーする頃には力尽きて地面に転がった俺だったよ。

「お疲れ様。しかし相変わらず持久力が無いね」

胸元に現れたシャムエル様に呆れたように言われたが、呻き声が出ただけで、もう口答えする元気も残っていない。無言で放心する俺を見てシャムエル様は小さくため息を吐いた。

「仕方無いなあ、ほら飲みなさい」

出してくれた水筒の水を、重くなった腕で受け取り素直に飲んでみる。

「おお？　何だこれ、凄く甘くて美味い水だな」

一口飲んで驚いた。さっき飲んだ万能薬入りのお茶よりもはるかに甘くて美味しい。そしてあんなに疲れ切っていた筈の身体が軽い。驚く俺に、シャムエル様はドヤ顔になった。

「特別製のお水だからね。あ、その水筒もあげるから、サクラに持っていてもらうと良いよ。それも勝手に増えるからね。今みたいに動けないくらいに疲れた時にはオススメだよ」

おお、またしてもレアなマジックアイテムもらっちゃったぞ。

「ええと、美味しい水が出る水筒？」

「ちなみにこれは直接飲む為の水で、お茶やお料理に使ったりすると、ただの水になっちゃうから注意してね」

そう言われてよく見ると、以前もらった、いくらでも水が出てくる水筒とは色が違う。

「ありがとうございます。大事に飲ませてもらうよ」

ある程度の回復をする万能薬入りのお茶や水よりも、こっちの方が回復具合は格段に良い。有り難く頂きます。

サクラに水筒の蓋をしっかりと閉めて渡した。

「全回復の水入り水筒だよ。普段使ってる水筒と間違えないようにな」

「分かった。名前は、全回復の水入り水筒？」

ううん。ちょっと語呂が悪い。最初にもらった水筒は、水が出る水筒と呼んでる。それ以外に預けているのは、普通の水筒と万能薬入りのお茶。

「美味い水の水筒、で良いんじゃね？」

「分かった。じゃあそれで預かるね」

細長い触手がニュルンと伸びて、一瞬で貰ったばかりの水筒を収納した。起き上がって大きく伸びをする俺を、ハスフェル達は面白そうに眺めている。

「成る程。あんな風に追加で色々と調整しているのか」

「そりゃあ面白がって、ずっと付いているわけだな」

「まあ、人の子はすぐに壊れるから、微調整は大事だな」

「確かに」

何やら漏れ聞こえる会話が若干怖いんですけど……頼むからそう簡単に壊さないでくれよな。

振り返ると、ニンマリと笑った彼らと目が合う。

「ほら、次が出るぞ」

「いやもうマジで勘弁してください！　もうジェムも羽も充分集まりましたから！」

慌てて立ち上がり、とにかくマックスの背中に飛び乗ろうとして振り返ったらニニや巨大化した猫族軍団がいる。

「ええ、いつの間に交代したんだ？」

「さっき、シャムエル様とお話ししていた時よ。皆お腹いっぱいになったもんね」

「そっか、そりゃあ良かった。おかえり。じゃあ行くか」

しかし、ニニは何を言っているんだ？　みたいな目で俺を見たのだ。

「ほら、そろそろ次が出るわよ、ご主人！」

当たり前のように言われて、素直に従いそうになって焦った。

「いやいや、だからもう良いって！」

「マックスやご主人だけ楽しんで狡《ずる》い！」

巨大化した猫族軍団全員の抗議の叫びに、俺はちょっと気が遠くなったよ。

結局、大喜びの猫族軍団が三面目完全クリアーするまで、俺は端っこの方で時折逃げてくる蝶を斬り続けたのだった。


「もう今日は終了～！」

叫ぶ俺に、苦笑いしたハスフェル達もようやく頷いてくれた。そこで我に返る。マックス達がまだ戻ってきていないのだ。

「仕方がない。歩くか」

そう呟くと、レッドクロージャガーのフォールが俺の側へ来てくれた。

「ご主人、私の背中へどうぞ」

そう言って伏せてくれたフォールの背中は、骨ががっしりしている分、ニニよりは乗りやすそうだ。

「ありがとうな。乗せてもらうよ」

そう言って胴体部分に跨《またが》ってみたが、首を振って降りる。

「ごめん。毛が短くて摑むところが無いからニニより怖いよ」

せっかくの申し出だったが、残念ながらネコ科の猛獣は基本的に騎獣には向いてないみたいだ。

笑ってそう言った時、突然、フランマが姿を現して俺の目の前で一気に巨大化したのだ。

「うおお凄え。もふもふ具合も、巨大化して一層パワーアップしたぞ」

思わずそう叫ぶくらい、ニニと同じくらいの大きさになったフランマは、それは見事なもふもふっぷりを見せていた。

「この辺りは、人がいないから私に乗っても大丈夫でしょう？　はいどうぞ」

目の前で伏せてくれた、白とピンクのもふもふの背中に乗らせてもらうと、跨った足がほぼ全てふかふかの毛に埋もれてしまった。

「うわあ、至福のもふもふタイムじゃんか……」

そう言って、前に倒れ込んで両手両足で首の後ろ辺りにしがみ付いた。

「何この、幸せ空間……」

そう呟いて目を閉じた瞬間、俺は疲れていた事もあり眠りの国へ墜落した。仕方が無いよ。これは、不可抗力だって……。


ぺしぺし……。

「う、うん……」

ぺしぺしぺしぺし……。

「待ってってば……」

ちっこい手が頰を叩く感触に、ふいに目を覚ました俺は内心で考える。あれ？　いつ街へ戻ったっけ？　と。

眠い目を擦ってなんとかして目を開いた時、飛び込んできたのはモフモフのピンクの海だった。

「……何だこれ？　ピンク色？」

ぼんやりとそう呟いた時、また頰を叩かれた。

「ええ！　ここ何処だよ？」

起き上がった俺は、ようやく自分が何処にいるのかを理解した。

目の前には呆れ顔のシャムエル様。そして俺は、巨大化したフランマの背中に突っ伏して熟睡していたのだ。

「もう日も暮れたし、そろそろ人目のある場所に出るからいい加減に起きてくれないと困るんだけどね」

ため息を吐いたシャムエル様にそう言われて周りを見渡すと、ニニと並んでこっちを見ているマックスと目が合った。困ったようなその視線に俺はもう一度乾いた笑いを零した。

「あはは、ごめんごめん。フランマの背中があまりにも気持ちが良くて、つい寝ちゃったよ」

誤魔化すようにそう言いながら、急いで背中から降りる。

おお、手をついただけで、このもふもふよ……。

「ごめん、いつもの大きさに戻ってくれるか」

苦笑いする俺がそう言うと、フランマは一瞬でいつもの大きさに戻ってくれた。

「急に静かになるからどうしたのかと思ったわよ。そんなに私の背中は気持ち良かった？」

からかうようにそう言われて、俺は笑って小さくなったフランマを抱きしめた。

「最高級のホテルのベッドなんかより、はるかに寝心地が良かったぞ」

おう、このもふもふ……堪らんよ……また意識をもっていかれそうになり、慌てて顔を上げる。

「このままここで夜明かしする気かって」

笑ってそっとフランマを地面に下ろしてやり、マックスに駆け寄る。

「ようやくのお目覚めか？　面白いからこのまま放って帰ろうかと思ったのに」

その声に振り返ると、笑顔の神様軍団が勢揃いして俺を見ていた。

「それは勘弁してくれよ。ってか、起こしてくれよ」

笑って言い返すと、またしても全員が声を上げて笑った。

「いやあ、いきなり静かになるから何事かと思って見たら熟睡していて驚いたよ。しかも走るフランマの背中から落ちる様子も無い。それはそれで才能だよなって話していたんだぞ」

笑いながらのギイの言葉に、俺も笑うしかなかった。うん、座り心地は最高だったけど、巨大化したフランマの背中はもの凄く危険だって覚えておこう。

その後はマックスに乗せてもらい、出発して間も無く街道が見えてきた。

「そういや腹減ったな。帰ったら、すぐに飯だな」

ふと思いついた呟きに全員から同意の声が上がる。

「分かった。今夜は肉を焼こう」

手を叩いて喜ぶ神様達に笑い返し、俺達は街を目指して一気にスピードを上げたのだった。


「さてと、それじゃあ今夜はステーキだな」

宿泊所に戻り、全員がいつものように俺の部屋に集まる。

台所の大きな机に、追加で購入した合計8台のコンロとフライパンを並べる。

ステーキ用の分厚い肉を軽く叩いて筋を切り塩胡椒をしておく。レオがそれを見て焼くのを手伝ってくれた。

肉を焼いている間に、各自のお皿に付け合わせのフライドポテトと温野菜を並べ、野菜スープを鍋に取り分けて温めておく。

丸パンと食パンを取り出し、携帯オーブンも並べておく。パンは、好きに焼いてくれ。

肉の焼ける香ばしい匂いが立ち込め、焼けた肉をお皿にのせる。

フライパンの脂を集めて、すり下ろした玉ねぎと生姜、それからみりんとバターと醤油で即席ステーキソースをまとめて作る。

「お待たせ。はいどうぞ」

空になったフライパンを置いて、俺も席に着く。

「ご苦労さん。まあ飲んでくれ」

ハスフェルが出してくれた赤ワインで乾杯した。

やっぱり肉は良いね。早くグラスランドブラウンブルの熟成肉が食べたいよ。


それからしばらく、午前中は朝市に行ったり料理の仕込みをしたり、クーヘンの店に昼を差し入れてそのまま狩りに出るという日が続いた。

身体が鈍っている自覚があったので、俺も諦めてジェム集めに参加したよ。

そんな感じで大量の作り置きと果物の在庫も相当量が確保された。それからホテルハンプールの絶品料理も、また追加で大量にデリバリーしてもらった。

クーヘンの店は、毎日大勢の人であふれている。ブームって凄い。クライン族の作るちょっとした細工物は、街の女性達の憧れの品になっているらしい。特に、シンプルな模様の細工だけの指輪と、革紐を使った大振りなペンダントが人気らしく、これは毎回品物を追加する端から売れているんだって。

そして、王都の商人達に主に販売している単価の高い品々。クーヘンは強気の値段設定を心配していたけど結果は大成功だった。それらの細工物は大人気ですぐに大量の追加注文が来たらしく、これも大急ぎで郷から追加を持ってきてもらった程なんだって。

ジェムの売れ行きも予想以上だった。特に予め割って袋に詰めたジェムの数々は大人気で、もう閉店後の追加のジェム割り作業は日課になっているらしい。

これらの日常使いの安価なジェムはもちろん、恐竜のジェムや樹海産のジェムも王都の商人達に飛ぶように売れているらしい。まあ、あの金庫が空っぽになる事は無いだろうけど、追加のジェムをまた大量に預けさせてもらったよ。

今のところ売り上げと在庫に大きな誤差は生じていないらしく、それを聞いて安心したよ。

そしてようやく、明日はお待ちかねの熟成肉の引き取りの日になった。

それで相談の結果、その日の夜はクーヘンの家で野生肉《ジビエ》を味わい尽くす事にして、翌日、スライム集めの為に船で東アポンへ出発する事にした。

当初の目的地だった筈の工房都市バイゼンが、どんどん遠ざかっている気がするのは、俺の気のせいじゃないよな？

「これは全部まとめてクーヘンに進呈しようと思うんだけど、構わないよな？」

その日の夕食の後に俺が取り出したのは、早駆け祭りで貰った副賞のホテルハンプールのレストランチケットの残りだ。それから豪華客船エスメラルダの乗船券とお食事券。

当然ながらあの乗り放題乗船券でこの船にも乗れるので、俺とハスフェルは貰った意味無いんだよな。って事で相談の結果、俺とギイのレストランチケット、それから俺とハスフェルの乗船券とお食事券をまとめて全部、クーヘンに進呈する事にした。

翌日、いつもの時間にモーニングコールチーム総出で起こされた俺は、大きく伸びをして思いの外長居した部屋を見回した。

高い天井と大きなベッド。案外広い庭はベリーとフランマ、それから従魔達の憩いの場になっていた。

「安くて良い宿だったよな」

小さく呟いて立ち上がった俺は、水場で顔を洗っていつものようにスライム達を水槽に放り込んでやった。嬉しそうに水浴びしている従魔達を見ながら身支度を整える。

『おはよう、もう起きてるか？』

丁度終わったタイミングで、ハスフェルからの念話の声が届く。

『おはよう。準備完了だよ』

『じゃあまずは屋台で朝食にしよう』

『了解』

庭に出ていたベリー達にも声を掛けて、従魔達も全員揃って部屋を後にした。

各自好きに買い込んで広場の端で食べるのもいつもの光景になった。街の人達もすっかり慣れてくれて、もう声を上げて逃げられる事もない。

「良い街だったよな」

小さく欠伸をして、タマゴサンドをシャムエル様に齧らせてやる。

「ここのタマゴサンド、相変わらず美味しいね。在庫は大丈夫？」

「任せろ、毎日買い込んだぞ」

胸を張ってそう言ってやると、シャムエル様は大喜びしていた。タマゴサンドが一番のお気に入りみたいなので、これは絶対に品切れしないように在庫数には常に気をつけているよ。

各自好きに食べ終えると、そのままクーヘンの店へ向かう。

明日出発する事はもう知らせてある。それで今日は最後のお手伝い、ジェムを割る作業をする予定だ。

いつものように従魔達と馬達を厩舎で待たせておき、俺達は揃って裏口から店に入った。

「おはようございます。如何《いかが》ですか？　昨夜沢山届きましたよ」

笑顔で振り返ったクーヘンの前には、細やかな木彫り細工や銀細工のペンダントがいくつも並んでいた。

歓声を上げて駆け寄るグレイとシルヴァを見て、男性陣は皆苦笑いしている。

彼女達の右中指には、綺麗な金細工の指輪がある。もちろんここで買ったものだ。お気に入りらしいので、贈った身としては嬉しいよな。

「へえ、格好良いのがある」

俺が手に取ったのは、革紐の付いた平たいペンダントで、正面から見たドラゴンの頭部の構図で、瞳には真っ赤な石が嵌め込まれている。何となくこれなら俺でも身に付けられそうな気がした。

「あ、それは……」

俺が手にしたそれを見たクーヘンが、慌てたように口を開き掛けて黙った。

「あ、ごめん、注文品だった？」

慌てて持っていたそれをトレーに戻す。しかしクーヘンは笑って首を振りそのペンダントを手にした。

「どうぞ。こんな物ではお礼にもなりませんが、これは私が作った品なんです」

ドラゴンのペンダントを渡されて、思わずマジマジと見詰める。

「すっげえ。クーヘン、これを作っちゃうんだ」

そもそも、銀細工をどうすれば作れるのかすら俺にはさっぱり分からない。

「良いのか？　売り物なんだろう？」

「いいえ、それは元々貴方に貰ってもらおうと思っていた品物なんです。これは皆様もお取りください」

そう言って取り出したのは二つ折りになった携帯用のナイフだ。柄の部分は何かの角っぽい。どれも綺麗に作られていて使いやすそうだ。

それからクーヘンは、ハスフェルとギイの二人にもペンダントを贈っていた。複雑に絡み合った縄の模様が銀細工で作られている一品だ。

笑顔で頷くクーヘンにお礼を言って、ナイフはベルトの小物入れに入れておき、ドラゴンのペンダントはその場で身に付けた。革紐の長さは少し短めにして、胸当ての中に入れておく。

「良いのを貰ったね。綺麗な想いが詰まってるよ」

目を細めて嬉しそうに笑うシャムエル様にそう言われて、俺は胸元を見た。

「綺麗な想い？」

「そう、作り手の想い。とっても綺麗な良い品だよ」

改めてそう言われて、嬉しくなってそっと胸元を叩いた。

「ありがとうな。大事にするよ」

シャムエル様も嬉しそうにドラゴンのペンダントを叩くのを、俺は笑って眺めていたのだった。

その日俺達は、倉庫にこもって延々と頼まれたジェムをひたすら割り続けた。割ったジェムは、それぞれ決められた数で販売用の袋に入れていく。

葉っぱに肉球模様のクーヘンの紋章のスタンプが押されたこの袋も密かな人気になっていて、袋を作ってもらっているお店は大忙しらしい。

クーヘンの店が繁盛すると、それに付随して他の店にも様々な波及効果が現れているらしい。

例えば今まで何もない寂しい場所だった円形広場には、人通りが絶えないクーヘンの店を見て屋台が何軒か出始め、そうなると今度はそれを目当てにまた人が集まる、といった感じで新たな好循環が生まれている。それに、屋台のおかげで俺がいなくなった後も昼食の心配はいらなくなったみたいだ。

また、祭りが終わったにもかかわらず、街や港は王都から来る人であふれている。

普段なら祭りが終わった後は一気に人がいなくなり、祭りの期間中との落差がいつも悩みのタネだったらしいが、今回はその落ち込みがあまり無いらしく、商人ギルドのアルバンさんは良い店が出来たと喜んでいるみたいだ。

昼食は、その円形広場へ交代で見に行き、好きな物を買い込んで休憩室で食べたよ。パン屋の屋台で、美味しかった厚焼き玉子のサンドイッチを買い込ませてもらった。

昼休憩の後は、クーヘンと一緒に在庫の整理を手伝った。マーサさんも来てくれて、冒険者時代の話なんかを聞きながらのんびり作業をしたよ。

オンハルトの爺さんは、新しく届いた追加の細工物のクーヘン達が決めた値段を見て、満足そうに笑っていた。来週にはまた王都から商人が来るそうだから、準備は万全にしておかないとな。


夕方、サクラに鞄に入ってもらった俺はレオと一緒に冒険者ギルドへ行き、楽しみにしていた熟成肉を全部引き取ってきた。

そのままクーヘンの店に戻って、ネルケさんと一緒に台所で夕食の仕込みを行った。

そして店が閉店した後、いよいよお楽しみの夕食の時間になった。

最初はステーキを焼く予定だったのだが、せっかくだからとリード兄弟や冒険者ギルドと商業ギルドのギルドマスター達にも声掛けをして、裏庭で盛大にバーベキューパーティーをする事にしたのだ。

裏庭にはリード兄弟特製の巨大な即席肉焼き台が作られ、その中に置かれているのは商人ギルドのギルドマスターのアルバンさん提供の、業務用の大きなコンロだ。

「それにしても本当によろしいんですか？　グラスランドブラウンボアやブラウンブルなんて、すごい高級品だし、滅多に手に入らない野生肉《ジビエ》ですよ？」

「大丈夫だって。物凄い量があるから、減らすのを手伝ってくれ」

笑う俺に、クーヘンも嬉しそうに笑う。

「ではお言葉に甘えて遠慮無く頂きます。飲み物は用意しましたから、どうぞお好きに飲んでください」

焼き台の左右には大きな机が並べられていて、丸椅子も人数分以上に並べられている。

その横の地面に直接置かれた大きな箱にはぎっしりと氷が敷き詰められていて、瓶に入った飲み物やワインが冷やされていた。

大量の熟成肉だけでなく、各種チキンの肉も取り出して一緒に並べておく。こうしておけばあとは好きにやるので俺も一緒に食べられるよ。


白ビールで乾杯した後は、とにかく肉を焼きまくった。レオとオンハルトの爺さんが肉焼きの番をしてくれたおかげで俺は手伝う事が無くなり、始めから終わりまで好きなだけ食べられたよ。とは言え食べた量は、他の奴らの半分程だったと思うけどね。あはは。

初めて食べた熟成肉は、笑いが出るくらいに美味かった。それに、特製の生姜風味の玉ねぎソースに絡ませたグラスランドブラウンボアの味付き肉が大好評で、急遽追加を作ったりもした。

シャムエル様もご機嫌で、焼けたお肉をパンに挟んで幾つも食べていたよ。

話題は尽きず、皆笑顔で豪華な夕食を楽しんだ。

「ほう、工房都市を目指しておられるのか」

アルバンさんに、ここを出た後何処へ行く予定なのかと聞かれた俺は、アポンとターポート辺りにちょっと寄り道してから、最終的には工房都市バイゼンを目指しているのだと話した。

「ヘラクレスオオカブトの角で剣を作るのならば、確かに工房都市で依頼するのが一番でしょう。作ってくれる武器職人に当てはあるのですか？」

「ええ、以前知り合ったドワーフの革職人に紹介してもらいました。なので、バイゼンに着いたら訪ねてみるつもりです」

「ならば大丈夫ですかね。念の為、ギルドへの紹介状を書いておきましょう。そこから職人ギルドと繋ぎを取って職人を紹介してくれますよ。後ほど宿泊所へ届けて差し上げます」

おお、こんな所にまた別の繋ぎを取ってくれる人がいたよ。

「お願いします。紹介してくれた革職人の方は、工房都市を出てかなり経っていると聞きましたからね、その武器職人の方も今はもう工房都市にはおられない可能性もありますからね」

「まあ、もしも必要ならお使いください」

笑ってアルバンさんはそう言うと、手にしていた残りの黒ビールを一気に飲み干した。

もう満腹になっている俺は、さっきからこっそりサクラに出してもらった万能薬入りのお茶を飲んでいるよ。

この大食漢の底無し連中と同じペースで食べたり飲んだりしたら、明日寝込むのは確実だ。せっかく明日出発するつもりなのに、行けなくなったら大変だよ。


大満足のバーベキューパーティーが終わり、後片付けを手伝ってからマックス達が待っている厩舎へ向かった。

「本当に美味しかったです。ご馳走様でした」

一緒についてきてくれたクーヘンに笑顔でそう言われて、俺も笑って頷いた。

「俺も楽しかったよ。ああそうそう。今日食べた色んな野生肉《ジビエ》は、ネルケさんに塊で渡してあるからさ。良かったら皆で食べてくれよな」

驚くクーヘンに、俺は笑って肩を竦めた。

「だから、ちょっとは減らす手伝いをしてくれって」

軽く言ってやると、苦笑いしてもう一度お礼を言われた。

そう、料理上手なネルケさんは、台所に置くタイプの食材用の時間遅延の収納袋を持っていたのだ。準備中にその話を聞いて、一通りの肉をそれぞれ塊で渡しておいたのだ。

それからエルさんにお願いしてグラスランドチキンを一羽、ギルドで捌いてもらって肉をネルケさんに渡してもらうように頼んでおいた。

全部合わせるとかなりの量があるけど、お兄さん一家も皆よく食べていたから、余る事は無かろう。いざとなったら従魔達が何とかしてくれるよ。

「それからこれ、良かったら使ってくれよな」

出来るだけさり気なく、取り出した包みをクーヘンに手渡す。

「今度は何ですか?」

「たいしたもんじゃあないよ。後で確認しておいてくれ。それじゃあな」

包みの中には、例の大量の各種チケットが入っている。

気付かれて返されたら大変なのでそう言って手を振ると、慌てたように呼び止められた。

「ああ、待ってください。明日の出発は何時の船なんですか?」

「ええと、確かちょっとゆっくりだった筈。なあハスフェル、明日の船って何時だっけ？」

「忘れるなよ。朝の十点鐘だ」

「おう、そうだったな。ありがとう。って事だから朝の十点鐘だってさ」

この世界では、教会が時間の管理をしていて、どういう仕掛けかは分からないけど時計みたいなものがあるらしい。それで毎正時にその数だけ鐘が鳴るのだ。この場合、だいたい午前10時くらいだ。

「分かりました。せっかくですから見送りに行かせてもらいます」

目を細めたクーヘンは、小さくため息を吐いた。

「本当に、行ってしまわれるんですね。寂しくなります」

「俺も寂しいよ。でもまた来るからさ。クーヘンはしっかり頑張って店を発展させてくれよな」

「ご期待に添えるように頑張ります」

顔を上げたクーヘンは自信ありげにしっかりと頷き、俺達は笑って拳を付き合わせた。

「絆の共にあらん事を」

クーヘンの顔を見て、例の台詞を言ってみる。

「絆の共にあらん事を」

目を輝かせたクーヘンが、満面の笑みで応えてくれた。

お兄さん一家とマーサさんにも見送られて、エルさんとアルバンさんと一緒に店を出て宿泊所へ向かった。

「やあ、本当に美味かったよ。それで、明日は何時の船で出発なんだ？」

別れ際に、真顔のアルバンさんにそう聞かれた。

「ええと、朝の十点鐘の船です」

前回と違い、今回は川の流れに沿って進むのでかなり速いらしい。来た時は船内で一泊したけど、今回は夕方には東アポンに着くんだってさ。

「そうか、残念だが流しの冒険者は翼を持つ鳥のようなものだからな。また気が向いたら早駆け祭りに参加してくれ。もちろんそれ以外の時季でも、来てくれるならいつでも大歓迎だからな」

アルバンさんも名残惜しそうにそう言ってくれたので、俺は思わず右手を差し出した。笑顔でしっかりと握り返してくれる。

「絆の共にあらん事を」

例の台詞を言ったら、一瞬目を瞬いたアルバンさんは破顔して俺の言葉を繰り返した。

「絆の共にあらん事を」


何となく、そのままエルさんも一緒に俺の部屋に集まる。

ハスフェルが机の上に酒の瓶を取り出したのを見て、俺は酒用の透明な氷を取り出して大きめに砕いた。

「君達には本当に感謝しか無いよ。お陰で祭りは大成功だったし、ジェムだって安定供給が出来るようになった。王都の商人達も喜んでいたよ」

グラスをゆっくりと回しながら、エルさんがしみじみとそんな事を言う。

「今生の別れってわけでなし、そんな顔するなよ」

からかうようなハスフェルの声に、エルさんは照れたように笑った。

「ああ、すまない。ちょっと感傷的になったみたいだ」

誤魔化すようにそう言って、グラスを傾ける。

俺も自分の持つグラスを覗き込む。最近の俺が飲んでいるのは米の酒だ。透明で香りもとても良い、大吟醸の一級品だよ。ゆっくりと口に含んで、果物みたいな香りを楽しんだ。

「エルさん。まだ飲めますか？」

ふと思いついて、ハスフェルと話をするエルさんを見た。

「もちろん。こんなの飲んだうちに入らないよ」

振り返ったエルさんは、確かに言葉通りに顔色一つ変わっていない。

おお……ここにもいたよ、底無し。にんまり笑った俺は、サクラが入った鞄から大きな瓶を取り出して机に置いた。

以前、樹海の村でリューティスさんから貰った、例の樹海産の超強い火酒だ。

「はっきり言って、絶対にそのまま飲めない樹海産の火酒です。とんでもなく強いので、俺は水で思いっきり割って飲みますよ」

「ぜひ飲ませてくれたまえ！」

「ああ良いな、久し振りに俺も飲みたいから、少し入れてくれるか」

ハスフェルが、笑顔で空になったグラスを差し出す。

その隣ではギイを先頭に、大人しく座って飲んでいた神様軍団までが全員揃って満面の笑みで空のグラスを差し出している。

「とんでもなく強いから、飲み過ぎるなよ」

そう言いながら瓶をハスフェルに渡す。

「じゃあ少し頂くよ」

栓を開けた酒瓶を軽く上げて、自分のグラスに大きな氷の塊を落としてからそこに火酒を注ぐ。エルさんにも同じようにオンザロックにする。瓶はギイに渡され、順番に全員がオンザロックを作る。戻ってきた瓶を受け取り、氷の入った自分のグラスに数滴落として水をたっぷりと注いだ。

「この出会いと別れに」

厳かなエルさんの言葉に、俺達も唱和する。

「この出会いと別れに」

差し出したグラスに、ランプの光が反射してとても綺麗だった。

数滴でもやっぱり俺には強過ぎる酒だよ。美味しいと言って平然と飲むエルさんや神様達がちょっと羨ましかったのは内緒な。


「うう……頭、痛い……」

いつものようにニニのもふもふの腹毛に埋もれて眠った俺だったが、珍しく起こされる前に目を覚ました。

目を覚ました理由は簡単だ。とにかくもの凄い喉の渇きと酷い頭痛。

「まずった。今日出発だったよな……うう、サクラ……美味い水の水筒を頼むよ……」

「おはようご主人、はいどうぞ」

触手が伸びて、水筒を目の前まで差し出してくれる。

「おう、ありがとうな」

なんとか起き上がって、とにかく水を飲む。

「美味っ！　何これ、めちゃめちゃ甘いぞ」

驚きつつもう一度水筒から水を飲む。気が付けば、喉の渇きも酷い頭痛も綺麗さっぱり無くなっていた。

「おお、凄えな、美味い水の効果」

栓をしてサクラに返す。

「おはよう。二日酔いにそれを飲むなんて、なんて贅沢だろうね」

からかうような声に振り返ると、ニニの腹の毛に埋もれたシャムエル様が笑って俺を見ていた。

「まあ、延命水の効果は色々とあるから、二日酔い程度ならすぐに治るね」

「延命水？」

振り返ると、もふもふ尻尾の毛を身繕いしていたシャムエル様が当然のように顔を上げた。

「そうだよ。その水は、元は神々が人の身体を作る際に使う材料の一つでね。それぞれを整えて正しき場所に収める効果があるんだ。だから、ケンの場合は私が一番良く整えた状態になるわけ」

尻尾を抱えたままドヤ顔でそんな事を言われて無言で慌てる俺だったが、ふと我に返る。

「あ、そうか。俺、神様軍団に毎食飯を振る舞ってんだから、水ぐらい頂いても構わないよな」

とりあえずそう思って自分で自分を納得させておく。延命水って名前の意味は考えない事にしよう。でも、寿命が延びたらちょっと嬉しいかも。


顔を洗ってサクラに綺麗にしてもらった俺は身支度を整えてベリー達には果物を、肉食チームにはグラスランドチキンの胸肉を切り分けて出してやった。

マックスとニニにも、大きなのをひと塊取り出してやる。

『おはよう、もう起きてるか？』

その時、念話でハスフェルの声が聞こえて、マックスを撫でていた俺は顔を上げた。

『ああ、おはよう。今、従魔達に肉を出したところだよ』

『どうする？　もう朝飯に行くか？』

確か、少し前に8回鐘が鳴っていたから今は8時半ぐらいか。

『じゃあ、そろそろ行くか。最後にギルドに顔を出してから港へ行けば、丁度いい時間になるよな』

『了解』

そう言って気配が途切れる。空になった従魔達用のお皿をサクラに預ける。

「じゃあ行くか。色々あったけど良い街だったよ。また来よう」

小さくそう呟いてから一通り部屋を見て回り、忘れ物が無いのを確認してから全員揃って廊下へ出た。

いつもの屋台で食事をして、残りのコーヒーを飲みながらゆっくりとギルドへ向かう。

「ああ、ちょっと待ってくれるかい。アルバンから紹介状を預かっているから渡すよ」

カウンターの奥からエルさんが手を振ってそう言っている。

「おお、昨日言ってた紹介状、本当に用意してくれたんだ。あれだけ飲んでいたのにアルバンさん仕事早っ！　エルさんも樹海の酒を飲んだ翌日に平然と仕事しているし」

すぐに封筒を持ったエルさんがカウンターから出てきた。

「ところでケンは、王都へ行く予定は無いの？」

突然そんな事を聞かれて、ちょっと考える。

「まあ、いつかは行くつもりですけどね」

「確かにこの後の予定は、アポンからターポートへ行って、最終的にバイゼンだって言っていたね」

苦笑いして頷く俺に、エルさんは持っていた封筒を差し出した。

「こっちが、アルバンから預かった紹介状だよ。バイゼンへ行って必要なら使ってくれってさ」

「ええ、そう聞いています。ありがとうございます」

お礼を言ってその封筒を受け取る。

「それから、こっちは私が書いた紹介状だよ」

目を瞬く俺に、エルさんはにっこりと笑った。

「こう見えて、一応全冒険者ギルドを束ねる総本部の副部長をやっているんだ。まあ、別に偉いとかそんなんじゃあないよ。王都に冒険者ギルドの総本部があるんだよ。いつか是非とも王都の冒険者ギルドへも行って登録しておくれ。その際に、これを見せれば色々と便宜を図ってくれるからね」

「へえ、そうなんですか。もしも行く事があれば使わせていただきます」

せっかくのご厚意だからね。喜んで頂いておく。

「それじゃあ名残惜しいけどここでお別れだね。ますますの活躍を期待するよ。きっとすぐに君達の噂が聞けるだろうから、楽しみにしておくよ」

「いやあ、あんまり目立つのは本意じゃないんですけどねえ」

苦笑いする俺の言葉に、エルさんは目を瞬かせた後に笑い出した。

「その従魔達を連れている時点で、永遠に叶えられない願いだと思うけどね。まあ、願うだけなら誰でも出来るよ」

「あはは、それはもう諦めてます。もっとテイマーが増えてくれれば、俺達が目立たなくなると思っているんですけど」

すると、エルさんは嬉しそうに大きく頷いた。

「確かにそうだね。行く先でもしもクーヘンみたいにテイマー希望の人がいれば、弟子入りとまでは言わないけど、少しでも指導して頂けるようにギルドマスターとしては願うよ」

「あはは、これぱっかりはご縁のものだからなんとも言えませんけどね。まあ心に留めておきます」

受け取った二通の封筒を一旦鞄に入れてから背負い直す。

「それじゃあもう行きますね。色々とお世話になりました。ありがとうございます」

「ああ、身体には気をつけてな。いつでも大歓迎だよ、また気が向けば早駆け祭りに参加してくれたまえ」

あの騒ぎを思い出して遠い目になる俺を見て、エルさんは堪える間も無く大笑いしていた。

笑いを収めて右手を差し出されたので、握り返した俺は例の台詞を口にした。

「絆の共にあらん事を」

目を瞬いたエルさんは、満面の笑みで大きく頷いた。

「良い言葉だね。絆の共にあらん事を」

笑顔で頷き合い手を離した俺は、その場にいた冒険者達からの大歓声に見送られて、ギルドを後に港へ向かったのだった。


予想通り、港で俺達を迎えてくれた船舶ギルドの職員さんは、俺とハスフェルが持っているチケットを見るなりまたしても別の入り口へ連れていき、やっぱり一等船室に案内されたよ。

しかも、一般船室の乗船券しか買っていない、ギイを始めとした神様軍団全員と一緒にね。前回と同じく従魔達は、デッキに作られた専用の厩舎に案内されていたよ。

「なあ、あれってクーヘンだ。見送りに来てくれたんだな」

間も無く出発の時間になったので、俺達もデッキへ出て港の景色を楽しんでいたら、ハスフェルが俺の肩を叩いて埠頭《ふとう》の先を指差した。

そこには従魔達を全員連れたクーヘンが立っていたのだ。恐らく従魔達が教えたんだろう。彼は真っ直ぐに俺達を見ていた。

「本当にありがとうございました！　どうかお元気で！　いつでも遊びに来てください！　お待ちしています！」

両手を振って叫ぶ彼の声が、俺達の耳に届く。鑑識眼と同じで、どうやら耳も聞きたい言葉を拾えるみたいだ。俺達も笑って大きく手を振り返した。

「クーヘンこそ頑張れよ！　それじゃあまたな！」

大きな声で叫び、身を乗り出すようにして両手を振った。

多分、声が聞こえたんだろう。驚いたクーヘンが一瞬手を下ろしたが、満面の笑みになってもう一度両手を振った。

その時、大きく汽笛が鳴り響き大きな銅鑼《どら》の音がしてゆっくりと船の外輪が回り始めた。岸からの見送りの人達も一斉に手を振る。

ゆっくりと遠ざかるクーヘンと従魔達の姿を、俺達は色んな思いを込めて黙っていつまでも見つめていたのだった。

港が遠くなり、俺達も顔を見合わせて笑い合う。

「さてと、夕方までだからあっという間さ。のんびり昼寝でもする事にするよ」

東でもらったレストランチケットが大量にあるので昼食の心配をしなくて良い。午前中は皆と一緒に部屋でカードで遊んで過ごし、午後からはのんびりとデッキに置かれたソファーで昼寝を楽しませてもらった。

そして夕方、夏の遅い夕日が沈み始める頃、見覚えのある東アポンの街に到着した。

第42話　スライム集めと○○かけた俺

「おお、そんなに時間は経っていないのに、なんだか懐かしい」

デッキに出て見覚えのある東アポンの港の景色を見ながら思わず俺はそう呟いていた。

無事に接岸が完了して、俺達はまた一般とは別のタラップから港に降り立ち、ギルドカードを提示してそのまま街へ出る。

俺達を見て騒めく人々に諦めのため息を吐き、出来るだけ平然とそれぞれの従魔達の手綱を引いて素知らぬ顔で歩いていった。

「どうする？　宿を取るならギルドにお願いするべきだよな」

すっかり暗くなった空を見て、ハスフェルは苦笑いしている。

「じゃあ、一泊だけ宿を取るか」

「そうだな。顔を出さずにそのまま素通りしたら、後で文句を言われそうだ」

ギイの言葉に、俺達三人は顔を見合わせて乾いた笑いをこぼした。

「おやおや。ハンプールの英雄のお越しだよ」

からかうようなディアマントさんの声に、ハスフェルが笑顔で手を上げた。

「なんだよ。ハンプールの噂がここまで聞こえているのか？」

「当たり前だろうが。魔獣使いの冒険者達が10連勝を阻んだって、こっちでも大騒ぎだったんだからね」

あの大騒ぎを思い出して、俺は遠い目になったよ。

「来てくれて嬉しいよ。今回は何泊するんだ？」

俺の様子に気付いたのか、笑いながらディアマントさんが話題を変えてくれた。

「すまんが一泊だけだ。それよりジェムが大量にあるが必要か？」

ハスフェルが、俺を見ながら笑っている。

「有り難い。それじゃあ奥で話そう」

一緒に来た神様軍団を振り返ると、全員が笑って手を振ってくれる。

「おや、知り合いか？　ずいぶんと豪華な団体だね」

ディアマントさんが呆れたようにそう言って笑っているけど、まあその感想は間違ってないと思う。

はっきり言って、そこだけスポットライトが当たっているみたいだ。特に女性二人に。そして彼女達のすぐ隣に立って、騒めく冒険者達を無言で威圧するオンハルトの爺さん。当然彼女達はそんな周りはガン無視で、肩に乗せた小さくなったスライム達とたわむれている。

「ええと……」

横目でハスフェルを見ると、彼は笑って肩を竦めた。

「まあ、俺の古い友人達だよ」

何やら含んだ言い方に、ディアマントさんはちらりとハスフェルを見て、頷いた。

「了解だ。では何も聞かないよ」

ハスフェルが念話で何か言ったらしく、神様軍団は壁際の椅子に座って勝手に寛ぎ始めた。

「じゃあ出しますね」

案内された部屋で、相談しながら低価格帯のジェムや恐竜のジェムや素材をガンガン出していく。

買い取り金は俺の口座にまとめて振り込んでもらうようにお願いしたんだけど、幾らになるのか考えてちょっと気が遠くなったよ。

「これって何とかしてお金をまとめて使う方法を考えないと、俺の口座に無駄に金が増えるだけになるぞ」

いくら食品を買い込んだところで、使う金額なんてたかが知れている。贅沢な悩みだとは思うけど、マジでどうするべきだ？

「多分、お前さんはバイゼンへ行けば大喜びするだろうから、もしかしたら家が欲しくなるかもな」

俺の呟きを聞いていたハスフェルにそう言われて、驚いて顔を上げた。

「ええ？　バイゼンって、今のところ最終目的地になってる工房都市だよな？　何々？　そんなに面白い所なのか？」

にんまり笑ったハスフェルは大きく頷いた。

「まあ楽しみにしていろ。あそこで心ゆくまで買い物を楽しむと良い。俺もなんなら便乗させてもらうからな」

「良いんじゃないか。何処かの街に帰る家があるのも良いと思うぞ」

ハスフェルとギイからそんな事を言われて何だかその気になってきた。

「じゃあ楽しみにしておくよ。あ、デカい家を買って皆で住むってのもありかもな」

半分冗談、半分本気でそう言うと、突然頭の中に大歓声が聞こえた。

『良いじゃないそれ！　絶対やりましょうよ！』

『それなら私達も協賛するわよ！』

『俺達も出すぞ！』

頭の中で拍手喝采する神様軍団の叫ぶ声に、堪える間もなく吹き出した俺だったよ。


一泊だけ手続きをして揃って宿泊所へ向かった。そして俺の部屋に全員が集まる。

今日の夕食は、グラスランドブラウンボアで作る牡丹鍋だ。夏だけど気にしない。

「こうなると豆腐が欲しいよな。絶対何処かにあると思うからこれも探そう」

うどん出汁から作った濃い赤味噌のつゆに生姜汁と色んな野菜やキノコ、薄切り肉を大量に投入。

火力を強くして一気に肉に火を通せば完成だ。

「はいお待たせ。肉も野菜もまだまだあるから、無くなったらここから取って入れてくれよな」

たっぷり出来上がったので、大鍋から各自が持っている小鍋に取り分けてやる。俺も自分の携帯鍋にたっぷり取り分けた。

「ご苦労さん。まあ飲んでくれ」

差し出されたのは、氷の入った米の酒だ。

「良いねえ。牡丹鍋と大吟醸」

「何これ美味しい！」

「本当ね。肉の味が濃厚なのにスープが負けていない」

シルヴァとグレイはそう言ったきり黙々と肉を食っている。気に入ってもらえて俺も嬉しいよ。沢山あるから好きに食ってくれ。

「ちょっと生姜が効いているのも良いな」

「濃い味噌が肉にぴったりだ」

「確かに美味い。そして酒が進むぞ」

レオとエリゴールとオンハルトの爺さんが、それぞれ負けじと山盛りに取っている。食うの速いな、おい。

「取ったら、次の人用にそこの野菜と肉を入れておいてくれよな」

まだ一杯目を食べている俺がそう言うと、頷いたレオがせっせと野菜と肉を追加して、ちゃんと弱火にしていたコンロの火も強火にしてくれた。

「あ、じ、み！　あ、じ、み！」

俺の頬に尻尾を振り回して叩きつけながら、シャムエル様がいつものお皿と小さなお椀を手にしている。お椀に一通り入れてやり、お皿にはご飯を一口。

「はいどうぞ。今日のメニューは牡丹鍋だよ」

「牡丹鍋？」

お椀を受け取りながらシャムエル様が首を傾げる。

「俺のいた世界では、そう呼んでいたんだよ。ほら、猪肉が牡丹っていう花みたいに見えるだろう？」

サクラが切ってくれた薄切り肉を、肉用のお箸でつまんで何枚か丸く重ねて置いてやる。

「ああ、本当だ。赤い花みたいだね」

シャムエル様の言葉に、覗き込んだオンハルトの爺さんも感心したように笑っている。

「それに花の名前を付けるとは、お主のいた世界は、何とも雅《みやび》な世界だったのだな」

「どうだろうな。誰が付けたのかは俺も知らないよ」

誤魔化すようにそう言うと、オンハルトの爺さんも笑って頷いていた。

「牡丹鍋美味しい！　味噌スープともよく合うね。うん、これは良いね！　美味しいよ！」

どうやらシャムエル様のお気に召したようで、何度も美味しい美味しいと繰り返してあっという間に完食したよ。

「もうちょっとください！　今度はご飯と一緒に食べてみる！」

お椀を差し出されて、仕方がないので俺の鍋とお茶碗から適当にお代わりを入れてやった。

最近、シャムエル様の食べる量が増えているような気がするのだが……大丈夫なのか？　下手に太ったりしたら……うん、手触りが良くなるだけだから問題無いな。

それに、あれは仮の身体だって……うん、さっぱり分からん。って事で、これもいつもの如く明後日の方向に全部まとめてぶん投げておく事にしよう。

吟醸酒を飲みながらのんびりと猪肉を味わう。俺がお代わりを取りに立った頃には既に四周目に突入していて、無くなった肉を見てサクラがせっせと薄切り肉を追加してくれていたよ。

「ご飯も欲しいから、俺は食べますよっと」

自分用のお茶碗にご飯をよそう。

「ご飯食べるなら、ここにあるからな」

振り返ってそう言うと、既に俺の背後にはシルヴァとグレイが空の皿を手に並んでいた。

「この汁をご飯にかけると美味いぞ」

両手に持った鍋とお茶碗を見せてそう言うと、目を輝かせた二人は山盛りのご飯を皿によそっていた。あれだけでも軽く二合ぐらいはありそうだ。もうちょい米も炊いておこう。

まだまだ食べている神様軍団を横目に、俺は大吟醸をのんびりと飲んで過ごした。


「じゃあ、明日はこの辺りで緑と青のスライムをテイムして、そのままターポートかな？」

すっかり空になった大鍋をアクアに綺麗にしてもらって手早く後片付けをしながら、明日の予定を確認する。

「そうだな。それなら対岸に転移の扉があるから、スライムを捕まえたらそのままターポートへ向かえる。その後は、転移の扉でカルーシュ山脈にある例の地下洞窟へ向かうか」

ハスフェルの言葉に、ギイも頷いている。

「じゃあ、その予定で行こう。うう、例の地下洞窟って本当に危険は無いんだろうな？」

最後の皿をサクラに飲み込んでもらいながら俺がそう言うと、ハスフェルに鼻で笑われた。

「未開の地下洞窟に、危険が無いわけがあるまい？」

「安全第一で頼むよ。俺は本当に危険なのは嫌だからな」

「まあ、この面子《メンツ》で早々危険なんて無いさ」

「でも、転移の術で逃げてきたじゃないか」

「あれは反則だ。あれと俺達が手加減無しの本気で戦えば、下手をしたらこの世界の枠組みが崩壊するぞ」

驚きに目を見開く俺に、ハスフェルは何故かドヤ顔になった。

「な、俺達が泡食って逃げてきた意味が分かっただろう？　ちなみに、俺達が地下洞窟へ入っている間は、シュレムには転移の扉の前で待っていてもらうよ。あそこなら、万一の事があって戻っても、人に見られる心配は無いからな」

「おいおい、神様でさえも保険をかけていくような所に俺も行くのかよ……」

そう呟いてちょっと気が遠くなった俺は……間違ってないよな。


ぺしぺしぺし……。

ふみふみふみ……。

カリカリカリ……。

「うん……起きるよ……」

半分寝ぼけたままほぼ無意識で答える。

「ああ……喉渇いた……」

ぺしぺしぺし……。

ふみふみふみ……。

カリカリカリ……。

先程よりも強い力でまた頬や額を叩かれて、目が開かない俺は唸り声を上げてニニの腹毛に潜り込もうとした。

ザリザリザリ！

ジョリジョリジョリ！

唐突に耳の後ろ辺りを舐められて、悲鳴を上げた俺は横に転がって逃げる。

「待った待った！　起きるって！」

慌てて横に転がったが、ソレイユとフォールが二匹揃って胸元に飛び込んできて、俺の顎《あご》の下側を舐め始めた。

「痛い痛い！　ギブギブ！　起きるから勘弁してくれって！」

もう一度叫んで反対側に転がると、激突した先はもふもふのニニの腹毛だった。

「ああ、駄目だ……これが俺を駄目にするんだって……」

そのまま潜り込もうとしたら、力一杯頭を叩かれた。

「いい加減に起きなさい！」

呆れたシャムエル様の声に、俺は笑って何とか起き上がった。

ニニがご機嫌で目を細めて喉を鳴らしていたので首筋の辺りを撫でてやると、俺の脇にタロンとソレイユとフォールが揃って頭を突っ込んできて自分も撫でろアピールをする。

「はいはい、毎朝起こしてくれてありがとうな」

順番におにぎりの刑にしてやり、当然のように隣に並んだ草食チームも順番に撫で回してやったよ。最後に、モモンガのアヴィをおにぎりにしてから立ち上がり、椅子の背に留まっていたファルコとプティラも撫でてから水場へ向かった。

「ご主人、綺麗にするね！」

手と顔を洗うと、ニュルンと伸びたサクラがいつもように綺麗にしてくれる。

「ありがとうな。水浴びタイムだな」

胸元に飛び込んでくる二匹を撫でてやり、そのまま水槽に放り込んでやる。水槽から流れる水の先では、飛んできたファルコとプティラが嬉しそうに羽を広げて水浴びをしていた。

「皆綺麗好きだな」

水槽に指を入れて水滴を飛ばしてやると大喜びするもんだから、どんどん水遊びがエスカレートして、最後には両手で水をすくってザバザバかけたら全身びしょ濡れになってしまった。

水槽から上がってきたサクラにもう一度綺麗にしてもらってから部屋に戻る。マックスの首に抱きつき、むくむくを堪能してからいつもの防具一式を順番に身に付けていった。

『おはよう、もう起きてるか？』

ハスフェルの念話が届いて顔を上げた。

『ああ、おはよう。もう行くか？』

『早く行こうとシルヴァ達がうるさいんでな。屋台で何か食って、さっさと行くとしよう』

『了解。じゃあ出るよ』

サクラに鞄に入ってもらい従魔達を連れて外に出た。

「おはよう。良いお天気だから絶好の狩り日和よ」

満面の笑みのシルヴァにそう言われて、もう俺は笑うしかなかったよ。

「無事に七色揃うように祈ってるよ」

彼女達の両肩には、小さくなったスライム達が左右に二匹ずつドヤ顔で並んでいる。

う、羨ましくなんて……。


全員揃って外に出ると、何人かの冒険者が俺達を見て驚いたように立ち止まったがすぐに身構えるのをやめてくれる。

「へえ、ちゃんと覚えてくれたんだ」

嬉しそうにそう呟く。しかもあちこちからハンプールの早駆け祭りの英雄って言葉が聞こえてくる。

「なあ、まさかとは思うけど、ここでも早駆け祭りの賭け券って売っていた？」

「さすがにここまでは来ないさ。第一ハンプールのギルドの管轄外だ」

ハスフェルの笑う声に、俺は何度も頷く。

「じゃあ何故早駆け祭りの話題が出るんだよ？」

「そりゃあ、行った奴らが大勢いるからさ」

無言になる俺にハスフェル達は大笑いしている。早駆け祭り舐めていたよ。まさかそんなに人気の祭りだったとはね。

俺は、以前も買ったお粥の店へ行き、今日のお粥を買ってきた。

今日は鳥のつくね団子入りだ。それから串焼き肉もひと串買って一緒に食べた。狩りに行くからしっかり食べておかないとな。

小さなお椀を抱えたシャムエル様が、俺の肩で飛び跳ねて自己主張をしている。

「あ、じ、み！　あ、じ、み！」

「はいはい、どうぞ。ってか、もう絶対味見ってレベルじゃねえだろう」

差し出すお椀にスプーンでお粥と鳥のつくね団子も入れてやる。串焼きはいらないんだって。

「分かってないなあ。横からちょっと貰うのが嬉しいんだよね」

「あはは、何となくそれは分かる気がするな」

まあ、本人がちょっとだと言うのなら、ちょっとなんだろう。多分。

食べ終えたらマックスの背に乗りゆっくり街を出る。街道沿いに少し進んでから横の平原へ走り出た。そのまま東に向かって俺達三人の乗る従魔達が一気に走り出した。背後を神様達の乗る馬が続く。

「あの双子の樹まで競争！」

マックスの頭に座ったシャムエル様がまたもやそんな事を言い出したもんだから、俺達三人は歓声を上げて、遥か遠くに見える二本並んだ木に向かって一気に加速した。

「よっしゃ〜！　一番取ったぞ！」

ハスフェルの喜ぶ声に、僅かに遅れた俺とギイは笑って拍手をしてやった。

「ああ、悔しい！　だけど、これでそれぞれ一勝二敗だな。次は絶対勝つぞ」

興奮して飛び跳ねるマックスを宥《なだ》めるように、首筋を叩いてやりながらそう言って笑う。

「ええ、次は絶対に負けませんよ。私も悔しいです！」

そう答えるマックスの尻尾はものすごい勢いで振り回されている。

「分かったからちょっと落ち着け。振り落とされるって」

俺の言葉に、慌てたようにマックスが大人しくなる。

ようやく追い付いてきた馬に乗った神様達が、それぞれハスフェルの背中を叩いていく。全員揃ったところで、スライムがいる茂みを探す事にした。

🐾

「さてと、緑と青のスライムちゃんは何処にいるのかな？」

俺の呟きに、シルヴァとグレイが笑って拍手している。皆で少し離れて並び、ゆっくりと周りを見ながら静かに林沿いの茂みの横を進んでいく。

「あの奥の茂みに、スライムの巣があるぞ」

オンハルトの爺さんがそう言って指差した場所には、確かにこんもりとした大きな茂みがある。マックスの背から降りて茂みに近づいていく。剣を抜いた俺は、振り返って彼らに頼んだ。

「それじゃあこっちへ追い込んでくれるか」

「了解だ。じゃあ行くぞ」

横に並んだ神様軍団が、ゆっくりと奥側から茂みに近寄っていく。茂みがざわついて、気配を隠さない神様軍団に怯えたスライム達が次々に茂みから飛び出してきた。クリアーとピンククリアーの中から、濃い緑の子が飛び出してきた。

「緑見っけ！」

そう叫んで、背後から思いっきりぶん殴る。

スポーンと間抜けな音がして、緑のスライムは吹っ飛んで隣の茂みに突っ込んでいった。

「何処ですか？　緑のスライムちゃん」

剣先で茂みをかき分けると、縮こまってブルブル震えている緑のスライムを発見した。

そのまま掴んで引っ張り出してやると、嫌がるように身をくねらせたが、逃げる事は無かった。

「俺の仲間になるか？」

「はい！　よろしくです！　ご主人！」

そう答えて唐突に光り、ビーチボールよりも大きくなる。手袋を外した俺は、右手をスライムの額に当ててやり名前を告げる。

「お前の名前はドゥ。お前は俺じゃなくて、凄い人の所へ行くんだからな。可愛がってもらえよ」

紋章の浮いた額が光り、シュルシュルと小さくなる。そっと抱き上げてやり振り返った。

「どっち……はい、シルヴァだな。よろしくな。ドゥだよ」

そう言って、抱いたスライムをシルヴァに向けてやる。

「この人がお前のご主人だよ」

ドゥは、伸び上がって俺を振り返ってから前を向いてシルヴァを見た。

「新しいご主人ですか?」

「そうよ。私はシルヴァ。よろしくね。ドゥ」

満面の笑みで差し出された両手にスライムを乗せてやる。

「新しいご主人、よろしくです!」

嬉しそうにそう言うドゥを、シルヴァは満面の笑みで抱きしめた。それからもっと小さくなって、シルヴァの右肩に並んで留まった。

もう一匹緑のスライムをテイムしてやり、トロワと名付けてグレイに託した。

その後何度か茂みからスライムを追い出してもらったんだが、緑とクリアーとピンククリアーばかりで青い子がいない。

「ふむ、場所を変えるか。青はここにはいないようだな」

オンハルトの爺さんの言葉に皆も頷き、少し離れて待っていてくれたマックス達のもとへ向かった。

「探そうとすると案外見つからないものだな」

マックスの首に抱きついて、ため息を吐いて呟く。

「全くだ。ジェム集めをしていた時は、色など気にもしていなかったわい」

オンハルトの爺さんの言葉に、全員が笑って頷いている。

「じゃあ次へ行こう」

マックスに飛び乗ってそう言うと、全員素早く騎乗してまた別の林を目指して走り出した。

その後、無事に青のスライムも見つけて、二匹テイムしたよ。名前は、シルヴァのがカトル。グレイがサンク。

はい、ここまで引き続きフランス語の数字の2、3、4、5だよ。安直と言うなかれ。毎回名前考えるの大変なんだよ。

まだそれ程時間は経っていないので、このままオレンジの子を探しにターポートへ転移の扉で行くよ。

ハスフェルが呼んだ大鷲とその仲間達に全員が乗り込む。俺は巨大化してくれたファルコとプティラに全員乗せてもらい、一気に空に飛び立っていった。

かなりの高度で川を越え、あっという間に到着した西アポン側の川沿いの森の中にある転移の扉を開く。そこは粗末な石の祠《ほこら》跡だったよ。

五番の扉で降り、階段を上がって地上へ出たよ。ここの目印は、よく分からない古いオブジェみたいな石板が置かれているだけだった。

石板のあった森を抜けて川沿いの草原へ出て、クーヘンから聞いた辺りへ向かう。

しばらく探した結果、無事にスライムの巣を発見したよ。

俺がマックスの背から降りると、シルヴァとグレイが顔を見合わせて頷き合い、揃って俺の所へ来た。

「ねえケン。お願いがあるんだけど聞いてもらえる？」

両手を握ったお願いポーズのシルヴァの様子に嫌な予感がしたが、とりあえず頷く。

「おお、改まって何だよ。一応聞くけど無茶はやめてくれよ」

「あのね、サクラちゃんとアクアちゃんの色の子達も欲しいの！」

「お願いします！」

揃ってお願いポーズの二人を見て。俺は安堵のため息を吐いた。

「何だよ、改まって言いに来るからどんな無茶振りかと思ったよ。透明の子達なら幾らでもいるからテイムするよ」

「ありがとうケン！　大好き〜！」

モテ期キタ〜！

両隣から抱きつかれた俺は脳内ファンファーレの音を聞きつつ、前回同様どうしたら良いのか分からずにまたしても固まってしまったのだった。


その結果、二人にテイムしたクリアーとピンククリアーの子は、順番にフランス語の数字の6を意味するシス、7のセット、8と9でウィットとヌフと名付けた。

「オレンジがいないな、ここは透明な子ばっかりだよ」

俺の言葉に、ハスフェルも頷いて肩を竦めた。

「じゃあ、場所を変えよう」

新しく仲間になった、それぞれ二匹のスライム達は、得意気に彼女達の頭の上で伸び上がっている。透明なその体は、太陽の光に当たってキラキラとまるで宝石のように輝いていたよ。

それぞれの馬に乗るのを見て、俺もマックスの背に飛び乗った。しばらく走ってまた別の雑木林で止まる。

「あの茂みにスライムの気配がするよ。さっきの所よりも大きな巣みたいだから期待出来るかな？」

レオの声に、シルヴァとグレイが頷いている。

「じゃあ、一度追い出してみてくれよ」

剣を手にそう言うと、いつもの如く全員揃って茂みを取り囲み、唯一開いた俺の立っている場所に向かってスライムを追い立て始めた。

茂みがガサガサと騒めいた直後、ものすごい数のスライム達が一斉に俺に向かって跳ね飛んできた。

「うわうわ！　ちょっと幾ら何でも数が多過ぎるって！」

とりあえず剣で顔の前をガードしながら叫んだその時、跳ね飛んだオレンジ色が目の前に飛び出してきた。

「よっしゃ！　オレンジ！」

咄嗟に剣でぶっ叩くと、木に激突したオレンジのスライムはペシャリと広がって張り付きそのままズルズルと流れ落ちていった。

「ご、ごめん、死んだかも……」

慌てて駆け寄ってみると、バレーボールくらいの大きさに戻ったオレンジのスライムがプルプルと震えて縮こまっていた。

「おお、ちゃんと生きていたな。よしよし。お前、俺の仲間になるか？」

小さく笑って手を伸ばして掴んでそう言ってやる。

「はい！　よろしくですご主人！」

光って元気良くそう言ったスライムに、右手を当てて命名してやる。

「お前はディス。だけどお前は俺の所じゃなくて、別の凄い人の所へ行くんだぞ。可愛がってもらえよな」

紋章を付与したディスを満面の笑みで両手を差し出すシルヴァに渡してやる。

「ほら、この人が新しいご主人だよ。可愛がってやってくれよな」

「よろしくねディスちゃん。シルヴァよ」

嬉しそうに話し掛けるシルヴァに笑って頷き、俺は振り返ってハスフェルに合図をした。

また追い込まれたスライムが一斉に茂みから飛び出してくる。見つけたオレンジの子を捕まえてテイムしてオンズと名付けてやる。

ちなみに、さっきのディスがフランス語の数字の10で、オンズは11って意味だ。

「はい、どうぞ。これで全部だな」

グレイに渡してやり、嬉しそうにスライムに話し掛けるグレイを眺めていた時だった。

「ええ！　ちょっと何これ〜！　私のスライムちゃん達が消えた〜！」

シルヴァの悲鳴が聞こえて慌てて振り返った。そして、目に飛び込んできたその光景に俺も思わず声を上げた。

「ええ、ちょっと待てって！　そいつ何だよ？」

叫んだ俺は、間違ってない……断言。


半泣きになっているシルヴァの目の前にいるのは、掌に乗るくらいの大きさの、羽の生えたスライムだった。なんと、スライムなのに宙に浮いている。

まるで天使のような一対の翼を広げたそのスライムは、見事なまでに全身金色だった。

しかしつるんとしたその額には、間違い無く俺の紋章が刻まれている。そしてその大きさは、羽を広げていてもリアル雀サイズ。

全員が呆気にとられて声も無く呆然としていると、今度はグレイの悲鳴が聞こえてまたしても振り返る。

一瞬だったけど確かに見た。オレンジの子が透明な子にくっついた瞬間、全部のスライム達がまるで吸い込まれるように透明の子にくっ付き、もうそこにいたのは羽の生えた全身金色の小さなスライムだったのだ。

パタパタと羽を軽く羽ばたかせたそいつは、軽々と浮き上がってグレイの目の前に浮かんだまま留まった。

「ああ、ついに見つかっちゃったよ。超レアな隠しキャラ発見だね。二人共おめでとう」

一人平然としているシャムエル様の言葉に、見事なまでに全員が揃って俺を振り返る。

「ま、まさかの隠しキャラだったのかよ……」

膝から崩れ落ちた俺は、そのまま地面に座り込んで笑い出した。

「虹色スライム七匹にクリアー二匹で合成かよ。シャムエル様、最高だな」

笑い転げる俺に、シャムエル様が右肩から地面にワープしてドヤ顔になった。

「ケンは、隠しキャラを見つける醍醐味が分かるみたいだね。その金色のスライムは、凄い力を秘めているから大事にしてあげてね。ちなみにクリアーとオレンジの子をくっ付けると合成するし、分解したければ元に戻れって言えば良いよ」

半泣きだったシルヴァが、目の前にいる金色のスライムに向かって口を開いた。

「元に戻ってください」

次の瞬間、元に戻ったスライム達がボトボトと地面に落っこちてあちこちに転がる。それを見た瞬間、全員同時に吹き出して大爆笑になった。

「良いなあ、隠しキャラ。ちょっと俺も欲しいかも……」

地面に転がったまま、笑い過ぎて出た涙を拭きながらそう呟くと、アクアとサクラが凄い勢いですっ飛んできた。

「お願いご主人！　アクアもやりたい！」

「金色合成やりたい！　やりたい！」

俺の目の前でポンポンと跳ね回る二匹を見て、小さく笑った俺は大きく頷いた。

「よし、こうなったら俺も隠しキャラゲットするぜ！」

俺の宣言を聞いた全員が、ほぼ同時に手を上げて声を揃えて叫んだ。

「俺も欲しいぞ！　お願いします！」

相談の結果、ここで全員分のオレンジのスライムをテイムしてから転移の扉で移動したよ。

その結果、丸一日がかりでカラースライム七色とクリアー二色で合計九匹ずつのスライムを全員にテイムした。滅茶苦茶疲れたけど、七色揃ったスライム達は超可愛い。しかも神様から秘めた凄い力があるなんて言われた日にはもう！

勢揃いしてドヤ顔になるスライム達を前に、俺達は大喜びで合成と分解を何度もやっては、その度に笑って手を叩き合っていたのだった。


だけど全員にこれだけの数のスライム達をテイムするのは、本当に大仕事だった。

一息ついた直後から物凄い眠気と倦怠感に襲われた俺は、もう動けない程に疲れ切っているのをようやく自覚したのだった。

疲労困憊《こんぱい》な俺を見てさすがにこのまま移動するのは無理だと判断した神様軍団の提案で、今夜はここで野営する事にした。

俺のテントは金銀コンビが組み立ててくれたよ。俺はその間中、マックスにもたれて半分意識を飛ばした状態で転がっていた。

「テントが出来たぞ。椅子も出したからとりあえず中に入って座れよ」

ハスフェルに肩を借りてゆっくりとテントに入る。何とか椅子に座ったけど駄目だ。目が開かない……。

「ご主人、夕食は何を出す？」

「そうだな。すぐに食べられそうな……ああ、ホテルハンプールの惣菜を色々出してくれるか。あとビーフシチューも頼むよ」

机に突っ伏したままの俺の言葉に返事をしたサクラが、頼んだものを次々と取り出して並べてくれた。

全員が隠しキャラをゲット出来たんだから、ここは豪華料理で祝杯を上げないとな。

しかし、山盛りの料理を見てもいつもみたいに温めたり盛り付けたりする元気も無い。

座ったまま疲れ切って動けない俺を見て、レオが大鍋からビーフシチューを取り分けて別の鍋で温めてくれた。

「おにぎりも出してくれるか。米が食いたい……」

半分寝そうになりながらそう言うと、サクラはちゃんとお皿に並べたおにぎり各種を俺の目の前まで持ってきてくれた。

「ご主人、大丈夫？　美味しいお水、いる？　どうぞ」

目の前に水筒を差し出して心配そうに俺を見ている。しかもちゃんと蓋を開けてくれる気配りっぷり。

介護されている感満載だけど、今は本当にヘロヘロなので有り難くお世話になっておく。そのまま一気に水を飲む。

「ああ、この水本当に美味え……」

全部飲んじゃったけど、また増えるから良い。

「おお、ちょっと元気になったぞ」

美味い水のおかげでちょっと復活したので料理を取ろうと思って手を伸ばしたが、レオに止められた。

「取るよ。何が良い？」

「じゃあビーフシチューと薫製肉、あとは適当に」

頷いたレオが、お椀にビーフシチューをたっぷりと入れてくれ、他にも色々取り分けてくれた。

何この至れり尽くせりっぷりは。

お礼を言って、俺は豪華な夕食を楽しんだ。

後半はハスフェルが出してくれた白ビールを飲みながら、テニスボールサイズになった七色スライム達を机に並べて、金色のスライムになってもらって遊んでいた。

「なあ、今の収納や浄化の能力ってどうなっている？　ってか、そもそもこの金色の姿の時の自我って誰なんだ？　それとも全く別のスライムなのか？」

両手で包んで軽くおにぎりの刑にしてやり、ややいつもより硬めの弾力に笑ってこね回していると、伸び上がった金色スライムが得意そうに胸を張った……多分。

「今はアクアがいるよ。だけど他の子もいるから、呼んでくれたら交代するからね」

「へえ、外面《そとづら》はアクアなんだ」

もう一度撫でてやると、ちょっと伸びたスライムがパタパタと羽ばたきながら俺の目の前まで飛んできて留まる。

「この姿の時はアクアゴールドか」

笑って突っついてやると、くるっと一回転した金色のスライムが得意気に伸び上がった。

「名前を呼んでくれたら、それぞれの持つ荷物の出し入れも全部出来るからね」

俺には分かる。今のはドヤ顔だ。

「へえ、そうなんだ。じゃあ地下洞窟では、普段はこの状態でいてもらっても良いかもな」

笑って目の前のアクアゴールドを突っついてやった。

「しかし、名前を付けるのには苦労したよ。学生時代に妙な事覚えていると役に立つもんだな」

小さく呟いた俺は、目の前のアクアゴールドを見て笑った。

そう、何しろ名前だけでも俺が七匹、ハスフェルとギイが八匹ずつ。レオとエリゴール、それからオンハルトの爺さんの三人がそれぞれ九匹ずつだよ。

シルヴァとグレイに渡した子達で、数字のストックは使い果たしたので、俺のスライムから順番にギリシャ文字とドイツ語のアルファベットの読み方で命名した。絶対忘れるから、ちゃんとメモは取ってあるよ。

第43話　寝過ごした朝と反省会？

「寝てますね」

「うん、そうだね。よく寝てるね」

「どうしますか？　起こして良いならすぐにでも起こしますけど？」

耳元で聞こえる小さな声に、俺はちょっとだけ呻き声を上げて柔らかな腹毛の海に潜り込んだ。

「まあ、回復するには寝るのが一番だからね。好きなだけ寝かせてあげればいいよ。ハスフェル達もまだ寝ているみたいだしさ」

「じゃあ、もうちょっと一緒に寝る！」

「あ！　タロン狡い。私も一緒に寝るの！」

ぼんやりと聞こえる声を聞いていたら、横向きに寝ている俺の腕の中にもふもふの塊が潜り込んできた。俺の顎の辺りに柔らかな頭が押し付けられる。柔らかなそれにくっつかれて気持ち良く眠りの国へ再び旅立った俺に、もうそこから先の記憶は無い。

目を覚ました俺は、腕の中で熟睡し過ぎて溶けているタロンを見て笑った。

「ええと、何時だ？　また寝過ごしたのかよ」

昨夜休んだ時はまだ若干疲れが残っていたけど、目覚めた今はもういつも通りだ。

「おはようご主人、やっと起きたわね」

顔を上げたニニが笑いながらそう言って、俺の頬を軽く舐めた。

「こらこら痛い痛い！　ニニの舌はザラザラだから顔は舐めちゃ駄目だって」

悲鳴を上げてニニの頭を押さえてそう言ってから、ふかふかの首回りをもみくちゃにしてやる。

ニニの喉の音を聞きながら、もう一度眠りの国へ旅立ちそうになって慌てて顔を上げると、俺の腕の中からずり落ちたタロンがそのままニニの腹から毛の流れに沿って転がり落ちる。

「うわあ！　お前幾ら何でも熟睡し過ぎだぞ」

咄嗟に差し出した手で、何とか地面に激突する前に止める事が出来た。

「こら、起きろって」

地面に下ろして揺すってやると、タロンは嫌がるように頭を抱えて丸くなったよ。

「さてと、起きるか……ってか、今何時だ？」

どう見ても昼過ぎの日差しに気付き、急いでサクラに綺麗にしてもらった俺は、手早く身支度を整えた。

「起きたか？　開けるぞ」

「おう、寝過ごしたみたいだな。ごめんよ。朝は何か食ったか？」

剣を装着しながらそう言うと、テントの垂れ幕を巻き上げてくれたハスフェルは笑って首を振った。

「朝飯は、サクラがタマゴサンドとカツサンドを出してくれたから、飲み物は各自で用意してそれを頂いたぞ」

驚いてサクラを見ると、隣に現れたシャムエル様がドヤ顔になった。

「ベリー達に果物を出してから、ついでに彼らの分も出すように頼んだんだよ。それが出来るのは私だけだからね。例えば、ハスフェルが直接サクラちゃんに食べ物を出してって頼んでも、サクラちゃんは絶対に従わないよ」

確かにそうだろう。それは俺の持ち物を他の誰かが勝手に出すようなものだからな。でもシャムエル様は別格か。まあ創造主様だもんな。

「じゃあ、まだ腹は減ってないか？　俺は何か食いたい」

出しっぱなしだった大きな机にサクラを抱き上げて乗せてやり、自分用にアイスオーレとタマゴサンドとサラダを一皿と唐揚げも出した。腹が減っているからしっかり食うよ。

「それなら、俺達の分も何か適当に出してくれるか？」

そう言われてサンドイッチやサラダと一緒に唐揚げを山盛りに出してやる。

お皿を持ってもふもふダンスを踊っているシャムエル様には、タマゴサンドの真ん中部分と唐揚げ、アイスオーレもいつもの盃に入れてあげると、鼻の先を黄色くしながらご機嫌で食べていたよ。

食後のお茶を飲みながら、表で寛ぐハスフェル達を振り返る。

「それでこの後はどうするんだ？」

「もう出掛けても大丈夫か？」

すっかり元気なので頷くと、ハスフェル達は大喜びでいきなり片付け始めた。

「ではすぐに移動しよう。今から行けば夕方には地下迷宮の入り口に行けるぞ。今夜は野営して明日から攻略開始だな」

「いやあ、楽しみだなあ」

嬉しそうなハスフェルとギイの言葉に、最後のお茶を飲み干した俺は二人を見た。

「待った。今、すごく不穏な言葉を聞いた気がするぞ?」

椅子を畳んでいたハスフェルが振り返る。

「今、地下迷宮って言わなかったか? 何だよそれ! 迷宮って何だよ!」

「いやまあ……とりあえず、何が出るかは行ってみてのお楽しみだ」

誤魔化すように笑って目を逸らした!

俺、本当にそんな所に行っても大丈夫か? 本気で泣きたくなったが今更行かないとは言えずに、泣く泣く机を片付けたのだった。


撤収を終え、またしても大鷲達に乗って転移の扉まで移動した俺達は、そのままカルーシュ山脈の麓《ふもと》にある七番の転移の扉まで飛んだ。

しかし、何度見てもやっぱりここは、そのまんまエレベーターホールで笑っちゃうよ。

そこで、剣を差して革製の防具を身に付けて従魔達を連れている自分の違和感たるやもう……。

ここへ来る度に笑いを堪えられない俺を、ハスフェル達が不思議そうに見ている。

「気にしないでくれ。ちょっとした思い出し笑いだからさ」

笑いながら顔の前で手を振る俺に、シャムエル様が胸を張った。

「これはケンの世界にある転移の扉を参考にしたんだよね。あそこは本当に色んなカラクリがあって面白いんだ」

「ほう、お前のいた世界にも転移の扉があったのか」

オンハルトの爺さんの感心したような言葉に、俺は笑い過ぎて出た涙を拭いながら首を振った。

「転移の扉とは全く違うって。俺のいた世界では、何十階っていう背の高い建物が沢山あって、上の階へ階段で上がるのは大変だから、金属製のロープで吊り下げた箱型の乗り物をその建物の中で上下させていたんだ。それぞれの階で扉が開くから、人や荷物が乗ったり降りたりするわけ。分かる？」

「つまり、行けるのはその建物の中の他の階だけか？」

「もちろんそうだよ」

感心する一同を見て、また俺が笑う。

「ええ、じゃあこれとは違うね」

俺の説明に驚いたシャムエル様を見る。

「あれ？　俺が元々いた世界は、シャムエル様が作った世界じゃあないのか？」

てっきりそうだと思っていたのだが、俺の質問にシャムエル様は照れたように首を振った。

「あれほど完璧に安定した世界を作るのは、今の私には絶対に無理だね。多分、まだあと数万年は修行して、ようやく作れる……かな？」

その言葉に、俺は無言でシャムエル様を見た。

「ええと……つまり、創造主様はシャムエル様の他にもいるわけ？」

するとシャムエル様はいきなり体ごと後ろを向き、首だけ振り返った。何そのジト目。

「それは禁断の質問だよ。私は絶対話さないからね。そんな事をしたら呼ばれたと思ってこの世界へ乱入してくるもん。せっかく私が丹精込めて構築した世界なのに、父上が来たら乗っ取られちゃうよ」

神様軍団もその言葉に揃って頷いている。

おう、まさかの創造主様に父上がいたとは……今の話を聞くに、俺のいた世界を作ったのはその父上って事だよな。しかも、あの神様軍団の反応を見るに、何やら問題のありそうなお方の模様……。

しばし考えた俺は無言で首を振り、全部まとめて明後日の方向へ力一杯ぶん投げた。

どう考えてもこれは人間である俺ごときが聞いちゃいけない話だな。うん、全部聞かなかった事にしよう。

「とにかく地上へ上がろう。それで今夜はここでキャンプするんだろう？」

エレベーターホールの真ん中で立ったまま話をしていたので、気分を変えるようにそう言ってやると、明らかにホッとした様子のシャムエル様が大きく頷いた。それを見た皆も笑って頷き合い、順番にいつもの急な階段を登っていった。

そろそろ足が痛くなってきた頃に無事に地上に到着した。

俺達が出てきたのは、森の中にある朽ちた祠だった。祠の周りは、半径10メートルくらいにぽっかりと円形に草地が広がっている。すぐに来てくれた大鷲達に神様軍団と従魔達は乗せてもらって、俺と従魔達はファルコに乗せてもらって移動した。

ちなみに馬達は、何と大鷲があの大きな足で文字通り背中から鷲掴みにして獲物を運ぶみたいにして飛んだのだ。馬達も暴れる事なく大人しく運ばれている。

「私だってあれくらい出来ますよ」

俺が大鷲達の見事な馬運びを見て感心していると、ファルコが拗ねたみたいにそう呟いている。

「そうだよな。ファルコにだって当然出来るよな。じゃあ、いざという時はよろしくな」

「ええ、任せてください。誰一人取りこぼしたりしませんからね」

得意気にそう言って俺に甘えるファルコを見て、子供の頃に友達が飼っていた超甘えん坊の文鳥を思い出したのは内緒な。


到着してみると、岩に出来た亀裂がそのまま地下洞窟の入り口になっていた。

ハスフェル曰く調べた限り入り口はここだけで、入ってしばらくは一本道なのだが、例の暗黒竜と出くわした広い場所から先は枝道が何本もあるらしい。

「以前入った時に上層部はかなりマッピング出来ているからな。今回は、出来ていない部分を通りながら深層部を目指すぞ」

「し、深層部まで行くんだ……」

「そりゃあそうさ。これだけの顔触れで新規の地下迷宮に挑めるなんて、そうそうある事ではないぞ。最深部まで行かずになんとする」

「俺的には、タッチアンドゴーで一回入って出てくれれば、もうそれで充分なんですけど……」

俺の控えめな提案は、誰にも聞いてもらえず宙に消えていったよ。


「それじゃあ、まだ明るいし、もう入るのか？」

暮れ始める空を見上げて聞くと、ハスフェルは首を振った。

「今夜は野営して、夜明けと同時に入るよ」

「じゃあここでテントを張るのか？」

周りを見渡しながらそう言うと、右肩にいたシャムエル様が俺の頰を叩いた。

「野営するならあそこが良いよ。水場があるからね」

シャムエル様が指差したのは、今いる草地と森の境界を流れる小川の奥だ。そのすぐ横には、綺麗な水の湧く小さな泉がある。それを見て全員が水場の近くへ移動した。

飛び去る大鷲達を見送り、日が暮れる前にテントを取り出して手早く組み立てた。

「今夜は景気付けに肉を焼くぞ！　レオ、手伝ってくれるか」

野菜や付け合わせの入ったお皿や、肉焼き用の強火力コンロを並べてフライパンも取り出しながらそう言うと、何故かレオだけでなく全員が手分けして食事の準備や肉を焼くのを手伝ってくれた。

お陰で俺は肉をサクラに切ってもらって塩胡椒しただけで、あとはほとんど何もしなくてすんだよ。

「おお、手伝ってもらったら早く出来たな。よし、食おうぜ」

すり下ろし玉ねぎで作る特製ステーキソースをかけながらそう言って笑う。

「ご苦労さん。飲むか？」

ハスフェルが赤ワインを見せてくれたが、俺は笑って首を振り緑茶のピッチャーを見せる。

「俺はこっちで良いよ。無事に地下迷宮から戻ってきたら、その時は心置きなく飲ませてもらうよ」

笑った神様軍団が持っていたグラスを掲げるので、俺はマイカップの緑茶で乾杯して、炊き立てのご飯と一緒に分厚いステーキを楽しんだ。

「あ、じ、み！　あ、じ、み！　あ〜っじみ！」

何やら新しくなった味見の歌を歌いつつ小皿を持って踊っているシャムエル様に、俺の皿から一通り取り分けてやる。

「はい、どうぞ」

「わーい！　今夜はステーキだ！」

ご機嫌で受け取ったシャムエル様は、お皿に顔から直ダイブしていった。

「相変わらず、豪快に行くなあ」

ご機嫌で食べるその様子を見ながら、俺は残りのステーキをご飯にソースごとのせてステーキ丼にしたよ。

「なあ、思っていたんだけど今日は皆手伝ってくれたよな。お陰で俺は早く食えたからさ。有り難かったけど、どうしたんだ？」

なんの気無しの言葉だったんだが、ハスフェルとギイがいきなり食っていた手を止めて真顔で俺を見た。

「な、何だよ？」

思わず仰け反ると、二人だけじゃなく神様軍団全員が、俺に向かって何やら申し訳無さそうに深々と頭を下げたのだ。

「ちょっ！　一体何事だよ」

慌てて食っていたお皿を置くと、俺の隣に座っている金銀コンビが、顔を見合わせて揃って眉を寄せた。

「いや、ちょっと最近、お前に無茶振りが過ぎたなと……」

「ケンは優しいから、つい、な……」

言葉を濁す二人に驚いて他の皆を見る。全員が食べる手を止めてこっちを見ていた。

「我ら、揃って其方の優しさに甘え過ぎておったよ。それで……料理は無理でも、この程度なら手伝えるのではないかと……我らでも少しは役に立てたか？」

申し訳無さそうに説明してくれたオンハルトの爺さんの言葉を理解出来るまで、かなりの時間を要した。

「ええと、つまり……ドユコト？」

「だってさ、いくら何でもあれだけの数を一日でテイムするなんて無茶が過ぎるよ。一応、寝ている間に処置はしたけど、大丈夫？　胸が苦しかったりしない？」

お皿の横に座って食後の身繕いをしていたシャムエル様が、真顔でそんな事を聞いてくる。

「ええ？　胸が痛いって何だよ？　俺は別に心臓は悪くない……よ？」

まさかの今更何処かに不具合発生？　慌てる俺を見て、シャムエル様が笑って首を振る。

「そうじゃあなくてね。ええと本来、テイムには気力も体力も使うから、一日でテイム出来る数が限られているんだ。だけど、君の場合は私が念入りに作ったから、色々と規格外に頑丈なんだよ。まあ、だから樹海のジェムモンスターに丸呑みされても死ななかったんだけどね」

今、とんでもない爆弾発言をサラッと複数頂いた気がするんだけど、これは何処から突っ込むべきだ？

「ええと、まず……一日にテイム出来る数が限られているって、何？」

何やら嫌な予感がしてそう聞くと、シャムエル様は頬を膨らませてため息を吐いた。

何その可愛い仕草。その膨れた頬っぺた突っついても良いか？　思考が脱線しそうになったが、何とか無理やり引っ張り戻す。

「だって昨日一日でケンがテイムした数って、改めて数えたら全部で六十匹だよ。しかもダブっている色の子もいたよ？」

「あはは、昨日はもう勢いで集めたから気が付かなかったよ。確かにダブってる子がいたな」

笑いながら、一日で六十匹もテイムした自分に感心していたら、シャムエル様からまたしても爆弾発言頂きました。

「その数は、完全に限界超えて致死量だったから、それを思い出した時、本気で慌てたんだよ」

妙にしみじみと言われた言葉に、俺の思考も止まる。

「へ？　何が致死量？」

駄目だ。頭が理解する事を拒否している。

「だから、人の子が一日で六十四匹も一人でテイムするのは自殺行為なの！」

その言葉に、俺は驚きのあまり持っていたカップのお茶をこぼしてしまった。

「……マジ？」

「マジマジ！」

俺の言葉に真顔のシャムエル様が何度も頷いている。

「全回復する筈の美味しい水を飲んでも倦怠感が残っていたのは、そのせいか……」

「だから君が寝ている間に、大丈夫なように色々と調整しておいたんだ。本当に無茶は駄目だからね。彼らには、あんまりケンに無茶言わないようにしっかりと言い聞かせておきました！」

いつの間にか、シャムエル様の隣には小人のシュレムも現れてウンウンと頷いている。

「もしもまた無茶振りされるような事あらば、いつなりと呼ぶが良い。またじっくりと言い聞かせて進ぜる故な」

おお、正座再びかよ。苦笑いした俺は、しょげ返る神様達を見る。

「別に、俺はそんな無茶を言われた覚えは無いんだけど？」

「ケンは優し過ぎるの。テイムの上限があった事に後で気付いて本当に慌てたんだ。まあ、ケンを止めるのをすっかり忘れて、揃った子を見て一緒になって喜んでいた私も悪いんだけどさあ……」

シャムエル様までが、そんな事を言って凹んでいる。

どうやら、隠しキャラを見つけてテンションが上がっていたのは俺だけじゃあなかったみたいだ。

「それでいきなり、皆が俺に気を遣ってくれていたわけか」

無言で頷く彼らを見て、もう俺は笑うしかない。

「成る程。食事の時に少しでも手伝ってもらえると有り難いから、これからもお願いするよ。だけど変に気を遣うのはやめてくれよな。俺は本当に嫌ならちゃんと言うよ」

「本当に？」

シルヴァの声に、俺は笑って肩を竦めた。

「まあスライム集めに関しては、我ながら無茶したと思うよ。だけどなあ……超レアな隠しキャラを自力で発見したんだぞ。テンション上がらない方がおかしいって」

「だよね！」

「だよな！」

満面の笑みのシルヴァと手を叩き合い、茫然とこっちを見ているハスフェル達を振り返った。

「じゃあ、とっと片付けて休むとしようぜ。それで明日は夜明け前に起きて行くんだろう？」

そう言ってやると、破顔したハスフェルが大きく頷いた。

「おう、じゃあ改めてこれからもよろしくな」

握った拳を差し出されて、笑って拳をぶつけ返した。順番にギイ、レオ、エリゴール、オンハルトの爺さんと拳をぶつけ合って振り返ったら、満面の笑みのシルヴァとグレイも同じように拳を差し出していた。

「これからも、よろしくね」

　二人が声を揃えてそんな事を言うもんだから、そっと拳を返した。実はその時、ちょっと不整脈が出たんだけど……これは大丈夫だよな？


「ところでさっき、ちょっと聞き逃せない言葉を聞いた気がするんだけど？」

　食べ終えた俺が尻尾を突っつきながらそう聞くと、振り返ったシャムエル様が尻尾を取り返して首を傾げた。

「何が？」

「さっき、俺が頑丈だったから樹海のジェムモンスターに丸呑みされても死ななかったって言ったよな？」

　俺の言葉にシャムエル様の尻尾が、いきなり倍くらいに膨れる。おお凄いぞ。

「あはは、よく聞こえる耳だね」

　誤魔化すように笑うシャムエル様の尻尾をもう一度突っつく。

「おう。おかげさまでよく聞こえるよ。で？」

　シャムエル様は、振り返ってこっちを見ているハスフェルと顔を見合わせている。

「まあね、あれが出てきて一瞬で君が飲み込まれた時、正直言ってもう終わったって思ったもん。それなのに、よく見たらまだ君は死んでなくて、それどころか中から反撃していたでしょう？」

「おお、確か剣が無くて、ナイフで中から突き刺しまくったんだよ」

その言葉に、神様軍団から感心したような声が上がる。

「タートルツリーに飲み込まれて死ななかった貴重な人間だな。勇者に栄光あれ」

笑ったオンハルトの爺さんが持っていたグラスを上げてそう言うと、皆も笑いながらそれに続いた。

「勇者に栄光あれ！」

「やめてくれ。人を勝手に勇者扱いするな！」

そう叫んで必死で首を振る俺を見て、シャムエル様はつまらなそうに頬を膨らませた。

「ええ、普通は勇者って言われたら嬉しいんじゃないの？」

「全然、全く嬉しくないって。俺は平凡で良いよ。勇者なんて絶対やだ！」

「ええ、良いって言ってくれたら、張り切って何か出そうと思っていたのに」

「何かって……何？」

「何かすっごく強い悪者！」

「俺は絶対行かないからな！」

顔の前で力一杯バツ印を作って首を振る。

「シャムエル。からかうのはそれぐらいにしておいてやれ」

そう言ったハスフェルを見ると、笑うのを必死で堪えて男前が台無しな顔になっている。ちなみに、他の神様達も似たような有り様だ。

それを見て俺が吹き出したのを合図に全員が笑い出し、しばらく笑い声は途切れる事が無かった。

「俺で遊ぶんじゃねえよ！」

なんとか笑いを収めた俺がそう叫ぶと、それを聞いた皆がまた笑う。いい加減腹が痛くなってきた頃に、ようやく笑いは収まったのだった。

「ああ苦しい。もう勘弁してくれ。笑い過ぎて死んだらどうしてくれる」

シルヴァとグレイは笑い過ぎて泣いているし、レオ達も机に突っ伏してまだ笑っている。

「じゃあもうお開き！　飲みたい奴は勝手に各自で飲んでくれ。俺は片付けて寝るぞ」

ダルい返事が聞こえて机の上を片付ける。挨拶を交わし、それぞれ自分のテントへ戻っていった。


「なんだか知らない間に色々あったみたいだな」

苦笑いしてマックスの首に抱き付いた。

「笑い事にしていましたが、皆本当に心配していたんですよ」

優しい声に振り返ると、フランマと並んですっかり爺さんの貫禄を取り戻したベリーが俺を見ていた。

「本当にな。あれ程に慌てふためく彼らとシャムエルを見たのは初めてかもしれんなあ。いや、珍しいものを見せてもろうたよ」

机の端に座って腕を組んでいる小人のシュレムも、そう言って苦笑いしている。

「何だか知らないけど、心配かけたみたいだな。まあ、あんまり無理しない程度に頑張るよ」

「そうだな。まあ、何事も程々にな」

頷きながら、俺は手早く防具を外してアクアに綺麗にしてもらった。

「じゃあ、今夜もよろしくお願いします！」

そう言って振り返ると、地面に転がっていたニニが顔を上げて声の無いにゃーをしてくれた。

「なんだよ、この可愛い子は！」

笑ってニニの首に抱きついて、もふもふの毛を堪能する。マックスがいそいそと近くへ来て、ニニの横にくっ付いて転がる。

「ここが良いんだよな」

そう言いながらその隙間に潜り込み、ニニの腹にもたれかかる。すぐに、胸元にタロンが潜り込んできて、背中側にウサギコンビがくっ付いてくる。

俺的最高のもふもふパラダイスの完成だ。

ニニの背中側にベリーが足を折って座り、フランマとソレイユとフォールがベリーにくっ付く。

スライム達がランプを消してくれてテントの中は一気に真っ暗になった。

「ニニ……重くないか？」

ふかふかの腹毛の海に顔を埋めながら聞くと、大きく喉を鳴らしていたニニが口を開いた。

「大丈夫。全然重くないわよ。だから安心して休んでね。地下迷宮でも私達がちゃんと守るからね」

「うん、よろしくな……」

「おやすみ。良い夢を」

遠くにシュレムの声が聞こえて、俺は返事をしたつもりだった。

だけど、実際にはニニの腹に潜り込んだ直後に、それはもう気持ち良く、眠りの国へ旅立っていったのだった。

第44話　災難の玉突き事故！

ぺしぺしぺし……。

ふみふみふみ……。

カリカリカリ……。

「うん、起きるよ」

わざと眠そうな声で答えた俺だったが、実は少し前から既に目は覚めている。やっぱり行きたくないんだよなあ……。

いやマジで、あの錚々《そうそう》たる顔ぶれの神様軍団が、戻る為の目印に小人のシュレムをわざわざ残して行くような場所だぞ。しかも文字通り前人未到の地下洞窟！　本当に、俺みたいな素人が行っても大丈夫な場所なのか？

考えれば考える程怖い展開しか想像出来なくて、目が覚めてからずっと悶々《もんもん》としているのだ。

うう、いっそ腹痛とかで留守番組に入れてもらえないかな……ああ、駄目だ。怪我でも病気でもあっという間に治るアイテムがこの世界にはあったよ。しかも俺、持ってるし。

あ、洞窟の崩落事故とかあったら行かなくてすむんじゃね？　これって試験の日に、学校が火事になって試験が出来なければ良いのに！　とか思っている子供と同じ思考だよ。

ぺしぺしぺし……。

ふみふみふみ……。

カリカリカリ……。

あれ？　おかしいなあ……また起こされているぞ？　起きたんじゃないのか、俺？

ザリザリザリ！

ジョリジョリジョリ！

唐突に、いつもの如く耳の後ろから首元に掛けて舐められて、俺は悲鳴を上げて飛び上がった。

「うわあ、起きるから待ってくれって！」

腕立ての要領でニニの腹に手をついて勢い良く起き上がると、背中に飛び乗ったタイミングのソレイユを見事に吹っ飛ばしてしまった。

「あ……ごめん」

振り返ってそう呟くと、次の瞬間、巨大化したソレイユが一気に飛び上がってきた。

「ご主人、よくも私を吹っ飛ばしたわね！」

笑った声でそう叫んでそのまま俺に飛びかかる。

「うわあ、だからごめんって！」

笑いながら悲鳴を上げた俺はニニの腹に逃げ込み、そのままニニの前脚の間へ潜り込む。

「じゃあこっち！」

そう言ったソレイユは俺の背中側の服の隙間から鼻先を突っ込み、背中を思い切り舐め上げた。

「うひゃあ！　だからごめんって！」

「逃さないわよ！」

笑ったニニが俺をそのまま前脚で押さえ込み、額を思い切り舐め始めた。

「だから無理だって！　肉がもげるよ！」

そこに更にタロンとフランマ、フォールまでもが乱入してきて、もう俺は揉みくちゃだ。

「待って！　痛いって！」

すると今度は耳やら額やら背中やら、至る所にもふもふが押しつけられて別の意味で俺はまた撃沈した。

「もう駄目……俺、ここから動かない……」

俺の着ていた服はめくれ上がって完全に腹が見えている。その背中に巨大化したソレイユがくっ付き、右脇腹に猫サイズのタロンとフォールが二匹並んで潜り込み、俺は、ニニの腹にうつ伏せで顔を突っ込んで倒れている状態。そして左脇腹にはフランマが潜り込んで、更には尻尾で俺の背中から脇腹にかけてソフトタッチで攻撃中。朝から何のご褒美ですか、これは……？

「お前は、相変わらずだなあ」

ハスフェルの呆れたような声に顔を上げると、いつのまにか開いた垂れ幕から、既に身支度を整えた神様軍団が揃って笑いながらこっちを見ていたのだ。

「あはは、おはよう。待って、顔洗ってくるからさ」

慌てて立ち上がり、ずれた服を直しながら水場へ走る。背後から聞こえる笑い声に俺も声を上げて笑い、跳ね飛んできたテニスボールサイズのスライム軍団を次から次へと水場に放り込んでやった。大急ぎで俺も顔を洗い、水場から出てきたサクラに綺麗にしてもらう。

戻って、取り敢えずコーヒーのピッチャーを取り出してから、自分の身支度を大急ぎで整えた。

適当にサクラが出してくれたサンドイッチを並べて、それぞれ好きなのを手に取った。


「さてと、じゃあ行くとするか」

ハスフェルの声に、全員が嬉しそうに立ち上がる。

「ああ、本当に大丈夫かなあ……」

小さな声で呟くと、右肩に現れたシャムエル様が笑って俺の頬を叩いた。

「だから大丈夫だって。君は普通の人間よりもかなり頑丈に作っているからね」

どうしてだろう。自信満々の神様にそう言われても不安しか無い。

「大丈夫ですよ。ご主人。我らがついていています」

「そうよご主人、安心してね」

マックスとニニが自信満々でそう言ってくれるが、やっぱり不安しか無い。しかしあっという間に撤収作業が終わってしまった。

ちなみに、俺がやったのは椅子と机を畳んだだけ。あとは全部スライム達がやってくれたよ。

相談の結果、洞窟内では金銀コンビが先頭で彼らの従魔達がその後ろ、レオとエリゴールがその後ろに並び、俺と俺の従魔達、シルヴァとグレイ、それからオンハルトの爺さんという布陣に決まった。またしても守られている感満載。でも良いよ。安全優先でお願いします！

地下洞窟へは入れない神様達の馬は、俺が従魔達と戯れている間に、大鷲達が転移の扉のシュレムの所まで運んでくれた。

ちなみにスライム達は、全員金色スライムになり、それぞれの主人の横を飛んでいたり肩に乗ったり頭に乗ったりしている。

アクアゴールドは、何故かご機嫌で俺の頭の上に乗っている。別に良いけど何で飛ばないんだ？

「出発だ！」

ハスフェルの言葉を合図に、いよいよ地下洞窟への探検が始まった。


足を踏み入れた地下洞窟は、ひんやりとした冷気をまとっている。

まずはそれぞれランタンを取り出して火を灯し、俺達一行は一本道を進んでいく。

「ここってどれくらいの時間がかかっているのかなあ？」

歩きながら小さな声でそう呟く。

「どれくらいって、何が？」

俺の右肩に座ったシャムエル様が不思議そうに首を傾げる。

「この前行った東アポンの洞窟は、もの凄く大きな鍾乳石とかがあっただろう？　此処もあんな鍾乳洞があるのかなって思ったんだ」

頭上を見上げてそう言うと、納得したようにシャムエル様も上を見た。

「ここは地下洞窟を開放する時に作った普通の地下道だから、まあすぐに出来たよ」

「へえ、そうなんだ。確かにここはただの岩の洞窟って感じだよな」

「ちなみにここは地下迷宮の名前の通り、各階層がはっきりと分かれているんだ。それに通路もかなりしっかりと確保されているから、各階層の移動は比較的容易だよ」

「へえ、つまり奥に行ってもここみたいに、それなりに余裕を持って歩けるって事だな?」

頷くシャムエル様を見て、シルヴァ達も笑っている。

「狭い通路で泥だらけになるなんて、嫌よね」

シルヴァの言葉に、グレイも頷いている。まあ、俺も嫌だよ。

「水に濡れる事はあるけど、泥だらけは無いね」

断言するシャムエル様の言葉に二人は喜んでいる。それを聞いて密かに俺も喜んだよ。

「この地下迷宮は、最初の階層が出来てから数十年で物凄い成長を見せた、今までとは違った面白い洞窟なんだよね」

鼻の辺りを膨らませながら、嬉しそうなシャムエル様が不思議な事を言う。

「へえ、数十年程度なら鍾乳石は無いな」

「え? どうしてそうなるの? もちろんあるよ。此処は、未だかつて無いくらいのもの凄く大きな鍾乳石だらけなんだからね!」

自慢気なその言葉に、俺の方が首を傾げる。

「ええと……この世界では、鍾乳石ってそう簡単に出来るものなのか?」

「そんなわけないよ。これくらい育つのに、軽く数百年掛かるね」

シャムエル様のちっこい掌を二つ並べて見せられて、眉を寄せる。

「いやいや、この地下迷宮が数十年で出来たのなら、そんな大きな鍾乳石があるわけないだろう?」

「そうか、ケンは地下洞窟の出来る過程を知らんのか」

オンハルトの爺さんの声が聞こえて思わず振り返ると、シルヴァとグレイまで何やらウンウンと頷いている。

するとシャムエル様が俺の頬を叩いた。

「ケンの世界の感覚では、東アポンの洞窟だったら出来るまでにどれくらいの時間がかかるの？」

「あの洞窟？　そりゃあ……軽く見積もっても何十万年って単位だと思うけどなあ」

「あの地下洞窟は、十年ちょっとで仕上がった洞窟だよ」

あの見事な百枚皿や巨大な鍾乳石の数々を思い出して無言になる。するとシャムエル様は、小さな石を取り出した。

「これが、洞窟の核になる石だよ」

差し出されたそれは、ごく普通のそこらにあるただの石に見える。

「まず、洞窟を作りたい場所にこの石を埋めるんだ。すると地脈の流れが変化して、核になる石をどんどん地中へ引き摺り込んでいきます。ある程度の深さまで潜り込むと石は地中に巨大な結界を張ります。ここまで良い？」

地下洞窟の作り方の説明をしてくれているわけだな。頷く俺を見て、更に説明を続けてくれる。

「地中に張られた結界内では、その直後から地上の時間経過とは違う流れになります。つまり、時間軸が別になって速く過ぎるようになります」

「時間が速く過ぎるようになる？」

「そう。例えばこの地下迷宮の場合は、結界が張られた直後は千倍だったんだけど、その後もどんどん加速し続けて、最終的には百万倍までいったんだ。さすがにその時は驚いたよ」

「待て！　百万倍ってなんだよそれ！　って事は今、外の世界ではどれだけ時間が流れてるんだよ！」

意味を理解して慌てた俺に、シャムエル様は笑って首を振った。

「大丈夫だよ。外の世界への出入り口を作った時点で時間軸は同一に戻っています！」

「良かった……」

苦笑いしたところで、前を進むハスフェルが立ち止まり、即座に全員が足を止める。

「この先に百枚皿が広がる最初の空間がある。トライロバイトが大繁殖しているがどうする？　戦ってみるか？」

ジェムは腐るくらいあるんだけど、久し振りに戦っておいた方が良いかな？

考えている内に、その広場に到着してしまった。


東アポンで見た百枚皿がショボく見えるくらいに巨大な百枚皿が見渡す限り広がっていて、その巨大な百枚皿の中で、以前見たトライロバイトよりも遥かに巨大なのが大量に発生していた。小さい奴でも50センチ超え。全長1メートルクラスの体に30センチ以上ある角を持ったのもゴロゴロしている。

確か、前回の洞窟でのトライロバイトは、掌くらい。たまにいた角持ちの亜種のでも、全長が40センチ前後だったはずだ。

「あそこにいたのはブラックで、ここにいるのはシルバーだ。亜種は一本角。あのデカい複数の角付きが最上位種のゴールドトライロバイトで、素材が角だ」

ハスフェルの言葉に、ギイも笑って頷く。

「角の形は色々だが、素材としての評価は変わらないから気にしなくて良い。これは工房都市へ持っていけば喜ばれるぞ」

「へえ、そうなんだ。じゃあ頑張ってみようかな」

そう言った俺は、アクアから西アポンで買ったミスリルの槍を取り出してもらう。トライロバイトには、剣よりもこっちの方が有効だからな。

神様達も広がってそれぞれの武器を取り出して構えている。女性二人は今回は見学するみたいだ。

「私は、先に進みますね」

姿を現したベリーは、そう言い残してあっという間にいなくなってしまった。まあ、賢者の精霊を俺が心配するのは失礼だよな。

苦笑いして槍を持ち直して身構えた。スライム達がバラバラに戻り、アクアとサクラとアルファとベータが俺の左右と背後を守ってくれる。

「よろしくな。でも無理はするなよ」

「大丈夫だから、背中は任せてね！」

得意気なアクアの声に、俺は槍を突き上げた。

「ああ、じゃあ行くぞ！」

ミスリル製の槍を構えて叫ぶ俺に、皆が笑顔で拳を突き上げた。

「行くぞ～！」

何故か、シャムエル様が俺の右肩で大声で叫んだ。まるでそれを合図にしたかのように、百枚皿にいたトライロバイト達が一斉に跳ねたのだ。

「うひゃあ〜！」

悲鳴を上げて吹っ飛んでくるトライロバイトを槍で突き刺す。二匹一度に串刺しにして自分で自分にびっくりした。

「うっわ凄え、全然抵抗無く突けたぞ」

足元に転がる大きなジェムを見て槍を握り直した。

跳ね飛んでくるトライロバイトの動きはかなり適当で、転んだりしない限り危険は無さそうだ。

背中の守りはスライム達にお任せして、跳ねるトライロバイトを槍で突きまくった。周囲でも魔法が炸裂《さくれつ》する音や、従魔達の大暴れする水音も聞こえる。

「皆凄いな。俺達も負けていられないぞ！」

隣の百枚皿で暴れまわっているマックスと猫族軍団にそう言ってやると、全員が嬉しそうに応えて更に大暴れし始めた。程々で良いからな。

「ご主人気をつけて！　大きいのが来るよ！」

アクアの声に振り返ると、五本角の超巨大なトライロバイトが跳ね飛んでくるのが見えた。

「的がデカいと楽だよ！」

そいつを突き刺した瞬間、アクアの悲鳴が聞こえた。

「違う！　そっちじゃなくて左後ろ！」

その瞬間、俺の左斜め後ろから一本角のトライロバイトがものすごい勢いで突っ込んでくるのが僅かに視野の隅に見えた。

「こっちか!」

咄嗟に払おうとしたが、僅かにそいつの方が速かった。左足に激痛が走り、余りの痛みに声も出ない。

30センチ以上ある太い角が俺の左の太腿《もも》にまともに突き刺さった激痛と急激な貧血で、そのまま後ろに尻餅をつくように倒れ込む。

「ああ、ケンが!」

「ケン!」

シャムエル様の悲鳴と、ハスフェルの俺を呼ぶ声が重なる。

「じっとしていろ!」

俺の横まで文字通り一瞬ですっ飛んできてくれたハスフェルが、左太腿に突き刺さっているトライロバイトを掴んで力一杯引き抜いた。その瞬間に物凄い量の血飛沫《ちしぶき》が飛び散り、目の前が真っ暗になって気が遠くなる。

しかし、その直後に脳天まで突き抜ける激痛に襲われ、俺は悲鳴を上げる事も気を失う事も出来なかった。しかし、突然の出来事に硬直していたのは一瞬だったようで、即座にサクラが出してくれた万能薬のおかげで痛みは嘘のように消えて無くなり、ハスフェルの大きなため息が聞こえた。

「お前は全く……油断するなといつも言っているだろうが! 万能薬も即死には効かんぞ」

「うう、申し訳ありません。助けてくれてありがとうございます……」

お礼を言いながら、今更ながら身体が震えてきて握っていた槍が手から転がり落ちる。それを見たハスフェルが、黙って拾ってくれた。

「大丈夫か？　痛みや痺れは無いか？」

手を引かれて立ち上がりながら心配そうに言われて、大丈夫だと答えてもう一度謝る。武器を収めた神様達も駆け寄ってきてくれて、口々に心配されてまた謝る。

だけどその直後に酷い貧血に見舞われて、またしてもその場に尻餅をつく事になったのだった。


出してもらった椅子に座ってしばらく休ませてもらう。分厚いズボンの左太腿部分に開いた大きな穴を見て今更ながらに怖くなり、俺は身体の震えを誤魔化すのに苦労していた。

「怪我は万能薬で治るが、貧血や精神的な恐怖感は万能薬では治らん。もう、今日は無理せず休んでいろ」

オンハルトの爺さんに真顔でそう言われてしまい、俺は小さく頷いた。確かに、まだ鼓動はいつもよりも速いし、手が震えているのが自分でも分かった。

「そうだな、情けないけどそうさせてもらうよ。ちょっと本気で怖かった。貧血は寝れば治ると思うから気にしないでくれ」

出来るだけ平気そうに言ったけど、神様達はきっと俺の強がりなんか全部お見通しなんだろう。

笑って背中を軽く叩かれて、俯いた俺はもう一度謝った。

「ジェムも集め終わったしとにかく移動しよう。大丈夫か？　歩くのが無理なら背負ってやるぞ」

真顔のギイにそう言われて、慌てて俺は立ち上がった。

まだ少し残る震えは、もう生理的なものだから仕方が無い。何度か屈伸して痛みも貧血も無いのを確認した。

「まあなんとか大丈夫だよ。自分で歩ける」

「なんなら私が運んであげるわよ」

笑顔のグレイにそう言われて必死で首を振った。ああ、またしても不整脈……。

念の為、全回復出来る美味い水を飲んでから出発した。

だけどいざ歩いてみると、驚く程いつも通りで貧血も痛みも無い。狭い通路を歩きながら何度も皆から大丈夫かと聞かれて、その度に俺は笑って軽く飛び跳ねてみせたのだった。

「この先にグリーンスポットがあるよ」

シャムエル様の言葉に、俺は頷きつつ前回の大騒ぎを思い出して遠い目になる。大丈夫だ。今回はもうひと張り予備のテントも持ってきている。

「今のところ恐竜を見ないけど、ここにはどんなのがいるんだ?」

「色々いるよ。だけどまあ、今回は地下迷宮のマッピングを完成させるのが一番の目的だから、何がいるかは確認してもらった方が良いけど、あまり無理して戦う必要は無い……よね?」

最後はハスフェル達を見ながらそう言ったシャムエル様の言葉に、先頭を歩いていたハスフェルが振り返って苦笑いして頷いた。

「まあ、ジェムの在庫もかなりあるからな。相手を見て考えるよ」

「準備運動で怪我して申し訳ありませんねえ」

俺の言葉に皆が笑った。笑ってくれた。

しかし考えたら情けなくて消えてしまいたくなる。せっかくアクアが警告してくれたのに、周囲への警戒を怠り思い込みだけで目の前の獲物に集中したんだもんな。今回の怪我は、ある意味自業自得。俺が下手打った為だよ。怪我したのが自分で良かったと思っておこう。自分のミスで誰かが怪我するなんて絶対駄目だからな。気をつけよう。


到着したグリーンスポットは地面に生える緑の草もまばらで、低木の茂みと水場があるだけのささやかな場所だ。だけど大人数で野営するだけの広さは充分にある。時間が経てば緑が生い茂る立派なグリーンスポットになるだろう。見上げた高い天井には僅かな裂け目があり、そこから星が少しだけ見えている。

「じゃあ、今夜はここで野営だな」

ハスフェルの声にそれぞれテントを張り始める。俺は茂みの横にある大きな岩の横にテントを張る事にした。

だけど下を向いたら軽い目眩《めまい》を覚えて、咄嗟にその岩に手をついて深呼吸をする。

「大丈夫か？　テントくらい張ってやるから座って休んでいろ」

ハスフェルの声にお礼を言って頷き足元を見ると、今立っている場所は少し水が溜まって濡れている。岩の端に濡れていない箇所があったのでそこに座ろうと思い、岩に手をついてゆっくりとそこへ向かった。

合体したアクアゴールドが、テント張りをハスフェル達に任せて俺の所へ飛んできてくれて頭の上に乗る。

「じゃあ悪いけどもう少し休ませてもらうよ」

そう言ってその場に座ろうとした瞬間、何故か落下する浮遊感があり、直後に水音と衝撃に息が止まる。そのまま視界が暗転した。

ハスフェルと誰かの悲鳴が聞こえて、慌てて顔を上げた俺は絶句して硬直した。何故か俺のすぐ目の前に岩の壁があり、背中側に水が流れていてびしょ濡れだ。だけど身体は動くし視界は暗いけど見えているから貧血じゃない。

「え?　何だこれ?」

自分の置かれた状況が全く分からずに慌てたその瞬間、俺の身体は水の圧力で一気に押し流された。

「どっへ〜〜〜〜!」

真っ暗な筒状の水路の中を、間抜けな俺の悲鳴が流れて消える。

そう、地面で唯一濡れていなかったあの場所は、すぐ下にあった水路の天井部分で、俺はうかつにもそれを踏み抜いて水路に落ちてしまったのだ。

「ウォータースライダーかよ〜〜〜〜!」

叫んだところで、流される身体が止まるわけもない。仰向けに流されている水路の底は完全にツルツルで全く引っ掛かりが無い。真っ暗な狭い水路を俺は何の抵抗も出来ないままに、あっという間に流されていったのだった。


「待って！　これはマジでヤバイって！」

ようやく状況を理解した俺は思わずそう叫んだ。水の勢いはマジで怖い。とにかく身体の前側に持ってきた腰の剣と、斜めに背負った鞄を失くさないように必死で掴む。

『ご主人！　そのままじっとしていてね！』

その時、頭の中にアクアの声が聞こえた。驚く間もなく全身をスライムに包まれる感覚があり、直後に濡れていた身体が一瞬でサラサラに戻る。

『みんなで包んで守っているよ、もうすぐ落ちるから丸くなって衝撃に備えてね！』

「わ、分かった。よろしく頼むよ！」

俺の頭の上にいた為にアクアゴールドは一緒に落ちたらしい。不意に口の周りに空間が出来て息が楽になった。

「スライムってこんな事まで……ふぎゃぁ～～～～～！」

いきなり空中に放り出された俺がまた悲鳴を上げる。相当長い間浮遊感があり本気で焦った。落ちた先が地面だったら、いくらスライム達が守ってくれていても一巻の終わりだよ。

しかし落ちたのは地面ではなく巨大な滝壺《たきつぼ》の中だった。これが幸いだったかどうかはまた別の話……。

「ゲフッ！」

着水の瞬間、全身を叩きつけるような衝撃で息が止まる。その直後に上下がメチャメチャになり、膝を曲げて鞄と剣を抱えた俺は、ただただ悲鳴を上げて耐える事しか出来なかった。

しばらく無抵抗で揉みくちゃにされた後、いきなりポッカリと水面に浮かび上がる。

『ごめんね。守ってあげられるのはここまでだから、自分であそこまで泳いでくれる？』

アクアの声に顔を上げると、俺を包んでいたスライムが弾けるみたいにいなくなるのが分かった。

「アクア！　何処へ行ったんだ！」

必死で泳ぎつつ叫ぶと、アクアゴールドがパタパタと羽ばたきながら目の前に現れてくれた。

「とにかくこっちへ来て。水から上がらないとね」

どうやら滝壺の上は広い空間になっているらしく声が反響している。不思議な事に、ぼんやりと遥かに遠い頭上の壁面全体が光っているのが見えた。

「何が光ってるんだ？」

そう呟きながら、ぼんやりと光っているように見えるアクアゴールドの後を追って、必死になって遠い岸を目指して泳いだ。

「うう、服を着て靴を履いたまま泳ぐのって難しい」

思った以上に抵抗が強く、なかなか進めなくて必死になってもがいていると、不意に腹に砂利が当たる感覚があったので、あとはもう這うようにしてとにかく水から上がった。

「はあ、地面だ。生きてる〜！」

そう叫んで、そのまま砂利の地面に倒れ込んだ。

今更ながら身体の震えが止まらない。生きているって感じた瞬間に恐怖感が湧き上がるって、人間の身体って上手く出来ているんだなあと妙に感心した。

「ご主人大丈夫？　怪我はない？」

胸当ての上に飛んできたアクアゴールドが心配そうに覗き込んでくれた。

「ああ、おかげで生きているし怪我も無いみたいだ。本当にありがとうな、お前らがいてくれたおかげで死なずにすんだよ」

笑って、手を伸ばしてアクアゴールドの丸い頭を撫でてやる。

「乾かすから待ってね」

そう言って、いつものように一瞬で濡れた身体と服を乾かしてくれた。起き上がってふらつきつつも水から離れる。せっかく乾かしてもらったのにまた濡れるのは嫌だって。

「かなり落ちた気がするんだけど、ここは何処なんだ？」

ぼんやりと光る壁のおかげで、薄暗いが何とか視界は確保されている。見た所、ここは大きな体育館なんかよりもはるかに大きくて広い。光る壁面には穴らしきものが高い位置に幾つもあり、勢いよく水が吹き出して滝壺に流れ落ちているのがぼんやりと見えた。あそこから俺も落ちたわけだな。

「ええと、何処かに出口はあるのか？　それともここにいる方が良いんだろうか？」

完全にはぐれてしまった以上、どうするべきかの判断が俺には付かなかった。

第一、相当な距離を落ちた覚えがあるって事は、今いるこの場所はかなり深い地層の可能性が高い。となると、まだ地下洞窟に入ってすぐの彼らと簡単には合流出来ないだろう。

「それに俺とスライム達がこっちにいるんだから飯が……これはまずいよ。あいつら燃費悪いのに」

しっかり食べないと体力が保たないと言っていたシルヴァやグレイの言葉を思い出して俺は焦った。

「ああ、どうすりゃ良いんだよ。俺一人でノコノコ外へ出ていって肉食恐竜なんかと鉢合わせしたら、瞬殺される未来しか見えねえよ。駄目だこれ。完全に詰んだぞ」

顔を覆ってそう呟く。助かったと喜んだのも束の間、ここから先の展開がどう進んでも全滅ルートしか無い気がする。


「良かった無事だったんだね！」

突然、聞き慣れたシャムエル様の声が聞こえて慌てて右肩を振り返った。

「シャムエル様！　来てくれたのか」

思わず抱きしめて力一杯頬擦りした。ちょっと出た涙は誤魔化しておく。

「おお、この柔らかな手触りと尻尾……これこれ、生きてるって良いなあ……」

「だから、私の大切な尻尾を揉むんじゃありません！」

顔を埋めてもふもふを堪能していたら、いきなり空気に殴られて仰け反る。しばし、顔を見合わせた俺とシャムエル様は、ほぼ同時に吹き出した。

「全く、本気で心配した私の気持ちを返して！」

「いやあ、マジで死ぬかと思ったけど、スライム達が守ってくれたよ」

苦笑いしてそう答えた瞬間、また頭の中に声が聞こえた。

『ケン！　無事か！』

『おお、ハスフェルか』

ものすごい大きなため息と、神様軍団の歓声も聞こえた。

『位置は把握した。しかし相当奥だから簡単には合流出来ないぞ。頑張って俺達が行くまで生き延びてくれよな』

苦笑いするハスフェルの声を聞いて大きなため息を吐く。

『やっぱりそうなるよな。ああ、マジで肉食恐竜と出会った瞬間、俺の人生終わるぞ』

『増援が行ったから、合流してしばらくそこにいろ』

俺の呟きに、オンハルトの爺さんの声が聞こえた。

「へ？　増援って？」

その時、俺が落ちたであろう穴から吹き出す水と一緒に、緑色の大きな紐と小さな塊が放り出されて落ちるのが見えた。

「セルパン！　プティラ！」

思わず叫んで水辺ぎりぎりまで走る。

すぐに水面に顔を出した二匹は、すぐに俺に気付いて泳いできた。

「ご主人、良かった無事ですね！」

巨大化して岸に上がってきたセルパンに飛び付く。もうこの姿でも怖くない。こいつは俺の為に何処へ行くのかも分からない水路を通って来てくれたんだ。俺の胴体よりも太い体を抱きしめる。それからいつもの大きさになった濡れたプティラも抱きしめる。鈴を鳴らすようなプティラの鳴き声を聞きながら、俺はしばらく動く事が出来なかった。

「無事に合流出来たね。これで万一恐竜と鉢合わせしても何とかなるよ。だけどここは閉鎖空間だから、この近くにあるグリーンスポットへ行こう。ここにいると水棲の恐竜と鉢合わせする可能性が高いからね」

「そ、それは勘弁してくれ。分かったよ。まずはグリーンスポットへ行って野営地を確保しよう」

アクアゴールドが出してくれたランタンに火を入れて明かりを確保した俺は、周りを改めて見回した。

「あの壁は、何が光っているんだ？」

大きな滝壺の上はドーム状の広い空間になっていて、あちこちの壁がぼんやりと光っている。

「ヒカリゴケだよ。この洞窟はあれのおかげでランタンがいらない場所もあるみたいだね」

シャムエル様の説明にもう一度頭上を見上げて納得した。確かに苔《こけ》っぽい。

「成る程。じゃあ、とにかくそのグリーンスポットへ行こう」

鞄を背負い直した俺は、自分に言い聞かせるように大きな声でそう言った。

本気で死ぬかと思ったけどちゃんと生きている。頼もしい仲間達のおかげで怪我も無く歩けるんだから、とにかく勇気を出して前に進もう。俺の左右には巨大化したセルパンとプティラが、ぴったりと寄り添って守ってくれている。

しかし改めて周りを見回した俺は早くも途方に暮れた。出口が何処にも見当たらない。するとシヤムエル様がにっこりと笑って少し離れた場所を指さした。

「ねえ、あそこへ行ってくれる」

しかし、言われた場所に行ってみても何処にも出入り口らしきものは見当たらない。

「これを貸してあげるから、頑張って開けてね」

そう言って渡されたのは、冗談みたいに巨大なハンマーだった。

「この壁の向こう側に通路があるんだ。なので出口は自力で確保してください！」

「はあ？　つまり、これで岩を砕いて穴を開けろって？　無茶言うなよ！」

叫んだ俺だったけど、確かに出入り口が無い以上自力で何とかするしかないのは分かる。諦めて
貰ったハンマーを握り直した俺は、ため息を吐きつつ壁に向かった。

「では開けさせて頂きます！」

そう叫んで、力一杯壁に向かってハンマーを振り下ろすと、物凄い衝撃が走りハンマーが吹っ飛
ぶ。ついでに俺も吹っ飛んだ。

「痛ってえ！」

余りの痛みに腕を抱えて悶絶して転がる。しばらくして壁を見た俺は、思わず叫んだ。

「何で！　ここは見事に穴が開いて拍手するシーンじゃねえのかよ！」

ぶっ叩いたはずの壁には全く変化が無い。どんだけ固いんだよ。呆然と岩を見ていたが、立ち上
がってシャムエル様を振り返った。

「なあ、ツルハシは持ってないか？」

「ツルハシ？　もしかしてこれかな？」

そう言って取り出してくれたのは、やや小さいが間違いなくツルハシだ。

「もうこうなったら、これでコツコツ穴を開けるしかねえ。どれだけかかろうと開けてやるぞ！　おりゃあ!!」

物凄い衝撃と共に振り下ろしたツルハシが岩にめり込む。

「よし、これなら何とかなりそうだ」

小さいがしっかり穴が開いた岩を見て俺は頷き、そこからはもうひたすらに岩を叩き続けた。

「はあ、はあ……ちょっと休憩……」

両手が衝撃に痺れてきて、その場に座り込んだ。

「ご主人大丈夫？　美味しい水いる？」

アクアゴールドがそう言って、美味しい水の入った水筒を渡してくれた。

「おお、ありがとうな」

ツルハシを横に置いて出してもらった美味しい水をゆっくりと飲む。しばらく休憩した後、穴の空いた岩を見て不意に思った。

「もしかして、今なら氷の術が使えるかも……」

そう呟き、飲んでいた美味い水の入った水筒をアクアゴールドに返して、普通の水筒を取り出した。

「これをこうやって、と……」

穴を開けた岩の隙間に水筒の水を流し込んでいく。それから濡らした岩に手を置いた。

「凍れ！」

濡らした壁全体が一気に凍る。

「砕けろ！」

そう叫んだ瞬間、轟音と共に50センチぐらいが丸く一気に崩れ落ちた。

「よっしゃ！　出来たぞ！」

拳を握って叫んだ瞬間、シャムエル様が岩の横に現れた。

「すっごい！　今何をしたの？」

目を輝かせて聞かれて、俺の方が驚く。

「何って、凍らせて砕いたんだよ」

「凍らせただけで、岩がこんなに砕ける？」

不思議そうに聞かれて、俺は掌に小さな氷を作り出して見せた。

「水は、凍る時に膨張して少し大きくなるんだ。なので、今みたいに岩の隙間に入った水を凍らせると、膨張して岩に普段以上の圧力が掛かる。で、その状態で一気に砕いたから、衝撃で一緒に岩も砕けたのさ」

「へえ、凄いや。そんな事も出来るんだね」

これって小学校の理科レベルなんだけどなあ、って突っ込みはぐっと飲みこむ。

水を取りに滝壺へ戻った俺は、取り出したお椀で水をすくった。その時、滝壺の奥から何かがこっちに向かって猛スピードで上がってくるのが見えた。

「逃げて！　首長竜だよ！」

シャムエル様の声に悲鳴を上げて慌てて後ろに走って逃げる。直後に水面に顔を出したのは、とんでもなく巨大な首長竜だった。

しかし、俺と入れ違いに飛び出した巨大化したプティラの鉤爪《かぎづめ》に眉間を思い切り引っ掻かれ、更には鼻先を巨大化したセルパンに咬《か》みつかれた首長竜は、甲高い悲鳴を上げてセルパンごと水中へ逃げていった。

「セルパン！　無理するな！　もう良いから戻ってきてくれ！」

聞こえないと分かっていても叫ばずにはいられなかった。いくら泳げるといってもセルパンは水の中で呼吸が出来るわけじゃない。

しばらくすると静かになった水中から悠々とセルパンが泳いで戻ってくるのが見えて、俺は安堵のあまり地面に座り込んだ。

「うわあ、ここにあんなデカいのがいたのかよ。泳いでてよく食われなかったな俺達……」

静かな水面下にあんなデカいのが潜んでいたのかと思ったら、また足が震えてきた。

「本当にもう勘弁してくれ」

地面に転がる空っぽのお椀を見て、大きなため息を吐く。

「サクラ、水の出る水筒を出してくれるか」

「うん、ここはあれを使うべきだね」

肩の上でそう言って何度も頷くシャムエル様を見て、俺はもう一度大きなため息を吐いたのだった。

それから水筒の水を流しては凍らせて岩を砕く事を繰り返し、かなりの時間をかけてようやく俺が通れるだけの穴を開ける事が出来たのだった。

念の為、もう一度美味い水を飲んで体力を回復させてから通路に出る。

巨大化したプティラとセルパンに前後を守られながら通路を進み、無事にグリーンスポットに到着した時には心の底から安堵したよ。

ここは、真ん中部分に綺麗な水が湧く泉があり低木の茂みと草地が広がっている。大きな岩を背にしてテントを張る事にした。シャムエル様曰く、ここの足元は丸ごと岩盤だから落ちる心配は無いんだって。

「あいつら、飯は大丈夫かな？」

テントを張り終えた俺は心配になってそう呟く。

「彼らも携帯食なら持っているから心配はいらないよ。従魔達もグリーンスポットで猪狩りをしたみたいだよ」

シャムエル様の言葉に安堵の息を吐く。

『なあ、俺も近くのグリーンスポットに到着したけど、この後はどうすれば良い？』

念話でハスフェルに呼びかける。

『ああ、俺達が行くからそこにいてくれ。グリーンスポットにいれば少なくとも安全だからな』

情けないけど、どう考えてもそれが一番良い案だろう。

『分かった。ここで待ってるから拾いに来て』

『なんなら、美味いものでも作ってってくれ』

笑った声でそんな事を言われて頷く。

『了解だ。じゃあ合流したら好きなだけ食わせてやるよ』

『楽しみにしてるよ』

皆の笑う声も聞こえた後にハスフェルの気配が消え、安堵のため息を吐いた時だった。

「やはりケンですか。一体どうしたんです？」

突然掛けられた言葉に、俺は文字通り飛び上がった。

「だ、だ、誰！」

腰の剣に手を掛けて振り返った時、そこにいたのは驚きの目で俺を見ているケンタウロスのベリーの姿だった。

「ベリー！　うわあ、本当にベリーだ！　地獄に仏！　ベリー様〜！」

半泣きになった俺は、思わずそう叫びながら現れたベリーに駆け寄ってしがみついた。

隣にはフランマも現れて、揃って驚いて俺を見ている。

「落ち着いてください、ケン。一体どうして貴方が一人でこんな下層にいるのですか？　ハスフェル達や他の従魔達はどうしたんですか？」

驚きを隠さず、ベリーがそう尋ねる。

「聞いてくれよ。入って最初の百枚皿で、トライロバイトに左太腿をぶっ刺されてさ」

俺の言葉に目を見張り、穴の開いた俺のズボンを見る。

「万能薬のおかげで怪我は大丈夫だったんだけど、かなり血が出て貧血とショックもあって、グリーンスポットの岩場で休もうとしたら……」

「休もうとしたら？」

「いきなり座ろうとした地面が割れて、地下の水路に落っこちてここの滝壺まで一気に流されたんだよ。スライム達が一緒にいて守ってくれたおかげで溺れずにすんだんだ。で、その後セルパンとプティラが俺の後を追ってきてくれて、だけど滝壺から出てきた首長竜に襲われて逃げたんだ。マジで大変だったんだよ。滝壺の壁に自力で穴を開けて通路に出て、ここまで辿り着いたところです！」

改めて言葉にして思った。今生きてるのって……奇跡だよなあ。

「そ、それはまた大変でしたね。貴方が落ちたのは、恐らく小さな首長竜達がいる滝壺の事だと思いますね。天井が高くて、ヒカリゴケのあった場所ですよね？」

力一杯頷くと、呆れたように大きなため息を吐かれた。

「よく生きていましたね。首長竜は水棲恐竜の中でも群を抜いて凶暴なんですよ。まあ、あれは小さいですからまだ逃げられたんでしょうね」

「はあ？　あれで小さいって？」

頭だけでもかなりの大きさだったのに、あれで小さいって……。

本気で気が遠くなる俺に、ベリーは苦笑いしている。

「仕方ありませんね。とにかくハスフェルや貴方の従魔達と合流しましょう。貴方をこんな所に放ってはおけませんから、私達も一緒に行きますよ」

「うう、さすがはベリー！　フランマもよろしくお願いします！」

笑ってそう言い、フランマを抱きしめてもふもふを満喫した。


『おお、ベリーと合流出来たのか！』

突然、頭の中にハスフェルの声が響いて飛び上がった。

「うわあ！　グリーンスポットで会えたんだ。泣きそうになるくらい嬉しかったよ」

気が動転して、普通に声に出して返事する俺……。

『なら大丈夫だな。せっかくだからそのまま先に進んでくれても良いぞ』

「いや待て。全然大丈夫じゃあないって！」

今聞き逃せない言葉を聞いたぞ。誰がそのまま進むって？

『じゃあケンにもマッピングの能力を授けておくよ。そうすればマップも全員で共有出来るもんね』

『ああ、それは良い考えだな。ついでにベリーとも共有させてやれ、そうすれば少なくともここで迷子になる事はあるまい』

『ああ、確かにそれは良い考えですね。では私達が彼のパーティーに入りましょう』

『それで頼むよ。じゃあよろしくな』

「だから待って！　俺を置いて勝手に話を進めるなってば」

「じゃあケン。目を閉じてこっちを向いてくれる」

嬉々としたシャムエル様の声に諦めのため息を吐いた。もうこうなったら俺が何を言っても無駄な抵抗だ。

「ああもう。はい、どうぞ」

目を閉じて勢い良く横を向く。もふっと柔らかい塊が俺の顎に当たり小さな手が鼻の辺りを掴んで押さえつけた。

「額に触りたいから下を向いてくれる？」

シャムエル様の言葉に従い顎を引いて下を向くと、眉間のすぐ上に小さな手が触れた。

『マッピングの能力を授ける。パーティー内で共有せよ』

おお、久々の神様バージョンの声キタ～！　そう思った瞬間、頭の中が一気に広がる感じがあり慌てて目を開いた。

「ええ？　何だこれ？」

なんとも言えない不思議な感覚に何度も目を瞬く。自分の目が見ている光景以外に、頭の中に展開している地図が見えるのが感覚的に分かった。頭の中に立体のカーナビがあるみたいな感じだ。上下左右に広がる立体的な、八階層からなる巨大な地下迷宮の通路と広場の数々と五階層にいる自分の位置。近くの広場にいる恐竜達の詳細な位置まで全て感じられて鳥肌が立った。

「うわあ、何だこれ！」

「上手くいったね。まあ、すぐに慣れるよ。マッピングの能力が発動するのは、地下迷宮や洞窟みたいな閉鎖空間内だからね。近くにいればマップ自体はいつでも見えるからね」

はい、シャムエル様のドヤ顔頂きました！

「おお、ありがとうございます……うわあ、今更だけど俺、ほぼ垂直に近い斜めの水路を落ちたんだな」

そう言ってその場にしゃがみ込んだ。地上が遥かに遠い。確かにこれはハスフェル達と合流するのはかなり大変そうだ。俺が落ちた滝壺は、四階層から五階層にまたがる、かなり大きな空間だったみたいだ。

『上手くいったみたいだな。じゃあ最下層で会おう』

気が遠くなるような言葉を残して、ハスフェルの気配が消える。

でも、頭の中の地図にハスフェル達の位置が分かって何だか安心した。ハスフェルが俺の位置を確認したって言っていたのは、こういう事だったんだな。

そんな風に、夢中になって頭の中にある地図を見ようとしていたら、何だか急に頭がクラクラして目が回ってきた。

「あ、駄目だ……また貧血……」

不意にひどい目眩に襲われて、座っていた地面に手をつく。

俺を呼ぶ叫び声と抱き抱えられる感覚。何とかお礼を言おうとしたけれど、もうそのまま目の前が真っ暗になって何も分からなくなってしまった。


「うう、まさかここまで影響があるなんて思わなかったよ。もう大丈夫だと思ったんだけどなあ」

「人間は、いったん弱るとそう簡単には回復しないようですから、せめて能力の付与は充分体力が回復している時にしてあげてください」

耳元で聞こえる声は、どうやらベリーとシャムエル様の会話みたいだけど、この時の俺は意識が朦朧《もうろう》としていて二人の会話に参加する事は出来なかった。


目覚めは唐突だった。気持ち良く目が覚めた俺の耳に誰かの声が聞こえた。

「ケン、目が覚めましたか！」

蹄《ひずめ》の音がして上から俺を覗き込んだのは、心配顔のケンタウロスのベリーだった。

「ええと、俺……？」

何故か地面に寝ているみたいなんだけど、その割に妙に寝心地が良い。ひんやりふわふわしていてまるでウォーターベッドみたいな感じだ。

「ご主人！　良かった、目が覚めたんですね」

「ご主人！　ああ良かった。良かった」

いつもの大きさになったプティラとセルパンが、俺の胸元に飛び込んできて泣きそうな声でそう言いながら擦り寄ってくる。

腹筋だけで起き上がり、二匹を撫でてやりながら周りを見回して自分が寝ていた不思議な地面を見る。

「ええ、お前らだったのか！」

何と俺が寝ていたのは、直径80センチくらいになったスライム同士が互いにくっついて、三匹三列の大きな正方形になった、どこから見ても完全にカラフルウォーターベッドだったのだ。

「貴方が倒れた直後、貴方を寝かせる場所が無くて困っていたら、自主的に即席ベッドになってくれたんです。気分は如何ですか？　目眩や貧血はどうなりましたか？」

心配そうなベリーの言葉に、起き上がっていた俺は、スライムベッドから降りて立ち上がった。剣帯や胸当て、籠手などの防具はいつの間にか外されている。

「別にどこも痛くないし苦しくもない。驚くぐらいにいつも通りなんだけど？」

ベリーと会った少し後からの記憶がポッカリと抜けていて戸惑っていると、苦笑いしたベリーが水の入ったコップを差し出してくれた。恐らく回復系の水なのだろう。有り難く受け取って一気に飲み干す。

「何これ美味い！」

びっくりする程甘くて美味しい。水が身体中に染み込んでいくみたいで、飲んだ直後は本当に快感に震えてしばらく動けなかった。

「どうやらもう大丈夫なようですね。とにかく中で座ってください。話は何か食べてからにしましょう」

それを見て頷いたベリーが示した場所には、いつの間にか以前恐竜に破られて修理したテントが張ってあった。テントの中に入ると、大きい方の机と椅子が並べてある。

椅子の背にプティラが、椅子の足にはセルパンが巻きついて留まる。そんな二匹を撫でてから椅子に座って、元のサイズに戻って跳ね飛んできてくれたサクラを抱き留める。足元にはバレーボールサイズのスライム達が、ポンポンとカラーボールよろしく跳ね回っている。なんだか皆嬉しそうだ。

「皆ありがとうな。なかなか良い寝心地だったよ」

　笑ってそう言ってやると更に跳ね回って喜んでいた。

　その時、俺の腹が妙な音を立てた。小さく笑って鶏肉の入ったお粥を取り出し小鍋に取って温める。もう一つのコンロでお湯を沸かして緑茶も淹れておく。

「ベリー、フランマもどうぞ」

　果物の入った箱を取り出しながら、いつも左腕にしがみついているモモンガのアヴィを思い出して思わずため息を吐いた。

「ああ、従魔達のご飯なら私が面倒見ているから心配しないでね」

　いつの間にか机の上に現れたシャムエル様が胸を張ってそう言ってくれたので本気で感謝したよ。

「そっか、ありがとうな」

　笑ってお礼を言って、そろそろ温まったお粥をお碗によそった。

「あ、じ、み！　あ、じ、み！　あ〜っじみ！」

　妙なリズムのもふもふダンスを踊っているシャムエル様にも、温めたお粥と緑茶を用意してやる。

　お粥に頭から突っ込むシャムエル様を見て笑いながら、俺も久し振りのお粥を味わった。

　食後のリンゴを食べながら、改めて天井を見上げる。

「なあ、昨夜の記憶が途切れているんだけど、何がどうなったんだか分かるか？」

　机の上に座って身繕いしているシャムエル様にそう言うと、顔を上げたシャムエル様は、申し訳なさそうな顔をした。

「どこまで覚えている？」

その質問に、目を閉じて考える。

「確かここでベリーに会ったんだよな。それからハスフェルと念話で話をして……俺にマッピングの能力を授けてくれて、それからどうしたっけ？」

どうも、その辺りからの記憶が無い。すると、シャムエル様が右肩に現れた。

「今はどう？　マッピング出来ている？」

改めて聞かれて目を瞬く。確かに、昨夜感じていた違和感というか圧倒される感じが全く無い。そもそも新しいマッピングの能力自体すっかり忘れていたくらいだけど、俺の中に地下迷宮の地図があるのが分かった。

「多分大丈夫っぽい。昨日は違和感と威圧感みたいなのを感じて苦しかったんだけど、今はもう全く何ともないよ。ちゃんとマッピングは出来ている。あ、ハスフェル達はもう三階層まで降りてきてくれているんだ。凄え！」

ハスフェル達の位置が分かって俺は驚いた。だけど、彼らは今俺がいる位置とは正反対の階層の端っこにいるみたいだ。

「ああ、ちゃんと馴染んだみたいだからもう大丈夫だね。ごめんね。昨日はスライムテイムのショックから立ち直ったばかりの所に、怪我による出血や墜落によるショックで更に弱っていて、そこにいきなりマッピングの能力を授けたもんだから、どうやらちょっと能力の過剰摂取になっちゃったんだよね。無理がかかって倒れたわけ。本当にごめんね。君が壊れなくて良かったよ」

頼むから、頰を可愛くぷっくらさせながらそんな恐ろしい事を平然と言わないでくれ。

なんだよ。昨日の俺って能力のオーバードーズで倒れたわけ？　あはは、よく生きていたな俺。

考えたらとっても怖い事になりそうなので、これも全部まとめて明後日の方角にぶん投げておく。

少し冷めた緑茶を飲みながら、俺はもう一度大きなため息を吐いたのだった。

実は俺が倒れてから丸一日が経っているのだと聞いて本気で驚いたよ。

食事を終えて一服した俺は、もう一度休む事にした。大丈夫だとは思うけど貧血は怖いもんな。

しかし寝ようにもここにはニニもマックスもいない。そして俺はキャンプに必須の寝袋を持っていない……。

それに気付いて困っていると、スライム達が跳ね飛んで目の前でまた三匹三列の正方形のウォーターベッドになってくれた。

「ニニやマックスみたいな毛は無いけど、これなら寝られるでしょう？　はい、毛布はこれね」

サクラが皆とくっついた状態のまま、以前寝る時に使っていたハーフケットを取り出してくれた。

「おう、ありがとうな。じゃあここで休ませてもらうよ」

「じゃあ一緒に寝ようね」

俺の胸元にもふもふのフランマが潜り込んできて、ランタンの明かりを消してくれたベリーは、スライムベッドにもたれるみたいにして横の地面に足を折って座った。

「テントはミスリルの鈴と結界で守っていますから、尻尾が飛び込んできても弾いてくれますよ」

最後の言葉は笑いを堪えているのが丸わかりで、我慢出来ずに暗闇の中で同時に吹き出す。

「あはは、ありがとうベリー。おかげでゆっくり休めるよ」

「私には造作もない事ですから気になさらず。ではおやすみなさい、ケン」

「ああ、おやすみ」

もふもふのフランマの後頭部に顔を埋めて毛布を被った俺は、気持ち良く眠りの国へ再出発していったのだった。


ぺしぺしぺし……。

カリカリカリ……。

「おはようご主人」

「もう起きてください」

いつもより少ないモーニングコールに目を覚ました俺は、大真面目なプティラとセルパンの言葉に笑ってスライムベッドから起き上がり、二匹を撫でてやった。

「これ、夏場はひんやり快適で良いかも。ありがとうな。なかなかの寝心地だったよ」

そう言って座っているスライムベッドも撫でてやると、突然全体がプルプルと震え始め、ずり落ちた俺は地面に座って大笑いしたのだった。

「大丈夫ですか」

笑ったベリーが手を貸してくれたので俺も笑いながらお礼を言って立ち上がる。顔を洗って手早く身支度を整えてから、作り置きのサンドイッチを食べた。

ベリーとフランマにも果物を出してやり、セルパンとプティラには生卵が欲しいと言われて出してやる。それを嬉しそうに丸飲みする二匹を食後のコーヒーを飲みながらのんびり眺めていたのだった。

「では、まずは彼らと合流しましょう」

「じゃあ、ここのテントは撤収だな」

立ち上がって机を畳みながらベリーを見た。

「この地下迷宮は生態系もかなり個性的ですよ。まあ楽しみにしていてください」

正直言って、俺としては今すぐにでも地上へ帰りたいのだが、護衛してくれる気満々なベリーを見ると、地下迷宮探索はやめて帰りたいなんて今更言えない。テントを畳みながら遠い目になる俺だった。

「よろしくお願いします！」

そう言って、出発準備を終えた俺は改まって深々と頭を下げた。

「お任せください。では行きましょう」

嬉々としてそう言ってくれる笑顔のベリーとフランマとセルパンとプティラ、そしてアクアゴールド。頼もしい筈なのに何故だか不安しかないのは……俺の気のせいか？　本当に気のせいなだけか？

ベリーを先頭にその後ろに巨大化したプティラ、俺とフランマとシャムエル様とアクアゴールド、背後に巨大化したセルパンという現状の最強布陣。俺を守る気満々の隊列でグリーンスポットから出て案外広い通路を歩きながら、それでも不安になるヘタレな俺だった。

驚いた事に、この辺りは壁一面に例のヒカリゴケが張り付くようにして広がっているおかげで、夜目の利く俺達だったらランタンが無くても大丈夫な程の充分な明るさがある。

「このヒカリゴケは三階層の辺りから一気に増えて広がっていて、もうそこから先は、夜目の利く我々なら明かりは必要ありませんよ」

「確かに、ランタンを持たなくても良いのは楽で良いけどさ。急に広い場所へ出たらさすがに見えなくて危険じゃないか?」

不安そうな俺の言葉にベリーは苦笑いしている。

「貴方は本当に……まあ、いざとなったら私が術で光源を確保してあげますからご心配無く」

ベリーの頼もしい言葉に、俺は笑って頷いた。頼れる仲間が増えたおかげで、歩きながら少しは余裕を持って周りを見回す事が出来るようになった。

「へえ、マッピングの能力のおかげで自分の現在位置が大まかにだけど分かるぞ。これってすげえ便利な能力だな」

ベリーのマップを共有出来ているおかげで、今の俺の頭の中にはこの地下迷宮の完全な立体地図がある。

現在位置周辺はかなり詳細に分かるんだけど、それ以外は割とザックリだ。でも情報としてはそれで充分だ。

「さっきも思ったんだけど、ハスフェル達とはまだかなり離れてるんだな」

周辺にいるジェムモンスターの気配と共に、ハスフェル達が何処にいるのかも分かって安心出来たのだが、彼らはまだ一つ上の、四階層の遥か遠い端にいる。合流するまで、これではまだしばらくかかりそうだ。

「この地下迷宮は、あちこちで崩落が起こって数階層に渡る広い空間が出来ている箇所が何か所もあるんです。なので、その周辺では下へ降りるのに崩落箇所を大回りして行かなければならないので彼らも下へ降りるのに苦労しているようですね」

その説明に、俺は大型ショッピングモールの吹き抜けになった建物を思い出した。

エレベーターやエスカレーターがすぐ近くにないと、下の階のすぐ近くの店へ行くのにも大回りしなければならなかったよな。

「成る程、所々にあるこの異様に広い空間はそういうわけか」

感心したように地図を確認しながら俺が呟くと、ベリーは笑って足元を指で示した。

「人の足で行ける最下層は八階層なんですけれど、それより下にも実はまだあと八階層分の巨大な空間があるんですよ」

驚きに目を見開く俺に、ベリーは笑って首を竦めた。

「ただしそこは完全に水没していて、空気のある場所が全くありません。水棲恐竜や水棲生物達の楽園になっていましたよ」

「そりゃあ凄い。水棲恐竜って事は首長竜とかモササウルス？　うわあ、そんなの絶対無理だよ。怖いって！」

慌てる俺を見て、ベリーは笑っている。

「まあ、さすがに八階層より下に、人である貴方達に行けとは言いませんよ」

何やら含んだ言い方に顔を上げる。

「まさかとは思うけど……行ったの？」

すると、ベリーはもうこれ以上無いくらいの満面の笑みで大きく頷いた。

「よくぞ聞いてくれました。いやあ、素晴らしい世界でしたよ。風の術の応用で空気の球を作って進んだのですが、とにかく出てくる恐竜がどれも巨大で驚きました。久々に、思いきり術を使わせて頂きました。恐らく市場にはまだ出た事の無い世界初のジェムも相当数ありましたので、外に出たらまとめて確認してからお渡ししますね」

嬉々としてそんなとんでもない事を言うベリーに、俺は叫んだ。

「待て待て！　そんなジェム何処で売るんだよ！　あ、でも水棲生物って事は、アンモナイトとかシーラカンスとか？　それならちょっと見てみたいかも」

思わず手を打ってそう呟く。恐竜大好き少年だった俺的には、シーラカンスとアンモナイトは、どちらも生で見てみたい。

「おや、それなら、何匹か生け捕りにしてくれば良かったですね」

またしても簡単にそんな恐ろしい事を言われてしまい、俺は慌てて首を振った。そんな俺を見て、ベリーは笑って肩を竦めた。

「アンモナイトとシーラカンスは、相当数のジェムと素材を確保しています。シーラカンスには素材はありませんでしたが、アンモナイトの亜種は、どれも見事な巻貝を残してくれましたよ」

そう言って取り出してくれたのは、直径1メートル近くはありそうな平べったい巻貝の貝殻だった。しかも貝の内側部分は全面に渡って見事に虹色の真珠のような光沢を放っていたのだ。

「へえ、鮑《あわび》の貝殻の内側みたいだな。これは外側部分を綺麗に磨けば置物として売れそうだ」

貝殻の中を覗き込みながらそう呟くと、ベリーは笑顔で頷いている。

「ああ、それも良さそうですね。王都へ持っていけばきっと高値が付きますよ」

「まだ王都へ行くのは先だから、これはクーヘンの店で置いてもらおう」

「貝殻の大きさは、かなり個体差がありましたね。それは少し小さめくらいですよ」

その言葉に、俺は返そうとしたその貝殻をもう一度見た。

「はあ？　これが少し小さめ？」

「ええ、私が集めた中で一番大きかった貝殻は……ちょっとここでは出せないですね」

その言葉に、俺は持っていたアンモナイトの貝殻を落っことしそうになって、慌てて掴み直した。

「ここでは出せないって、ええとつまり……」

「一番大きな貝殻は、直径30メルトくらいですね。さすがにあれが出た時には、私も興奮しましたよ」

それを聞いて虚無の目になる。市場にまだ出た事の無い新しい恐竜のジェムだけでなく、超デカいアンモナイトの貝殻が相当数……その場で気絶しなかった俺を誰か褒めてくれ〜！

「ええと、これは返すから……」

手にしていた巨大なアンモナイトの貝殻を返そうとしたが、ベリーは笑って首を振りさっさと進んでしまった。

「ああ、待って！　アクア、これアンモナイトの化石……じゃなくて、アンモナイトの貝殻だよ」

「はあい、了解！」

アクアゴールドが巨大なアンモナイトをパクッと飲み込んでくれた。

セルパンが待っていてくれたので、慌ててベリーとフランマの後を追って通路を走っていった。

「アンモナイトは、先程貴方にお見せした平べったい形の他には、こんなのもありましたね」

前を歩くベリーが次に見せてくれたのは、先が尖った細長い縦長の渦巻模様の貝殻だった。これも長さが1メートル以上ある。

「この形ではそれ程大きなのはありませんでしたね。一番大きくて3メルト程度でしたよ」

直径30メートルの貝殻と聞くと、長さ3メートルの筒型の貝殻は小さく感じるが、比較対象がおかしいだけだよな。これもアクアゴールドに渡し、ヒカリゴケが照らす薄明るい通路を俺達は進んでいった。


しばらく進むと、不意に視界が開けた。

「ここは三階層分吹き抜けになってる場所だな」

通路から出た所で現在位置を確認した俺は、思った以上に明るい空間を見上げて悲鳴を上げて通路に駆け戻った。

「翼竜が！　しかも何あの大きさ！」

ドーム球場よりもはるかに広い、頭上に広がる空間は圧巻だった。そしてその広い空間を自由自在に飛び回っている巨大な翼を持った恐竜。

「うわあ、あれってもしかしてプテラノドン？　それともランフォリンクス？」

「両方いますよ。翼竜が出るのはここだけなので、もう少しジェムを確保しておきましょうか」

嬉々としてそう言うと、ベリーは巨大な翼竜が飛び交う広場へ悠然と出ていってしまった。

「大丈夫なのか？　いや、置いていかれた俺の方が大丈夫じゃないって」

セルパンの陰に隠れるように下がったヘタレな俺だったよ。

広場へ出ていったベリーは、頭上を見ながら腕を上げて口を開いた。

「風よ切り裂け！」

その途端に、ベリーの手から巨大な竜巻が発生して広場を蹂躙《じゅうりん》した。

それはまさに一方的な蹂躙。駆逐。駆除ってレベル。もうはっきり言って、賢者の精霊の圧倒的な力を見せつけられるだけの結果になったよ。何の抵抗も出来ずに、竜巻に巻き込まれて次々とジェムになって落ちてくる翼竜達。一面クリアーした後には、見渡す限りゴロゴロ転がる巨大なジェム……。

「怖っ！」

思わず叫んだ俺は、間違ってないと思う。

「ジェム集めに行ってくるね！」

アクアゴールドがそう叫んだ瞬間、分解してボトボトと地面に落ちて嬉々として跳ね飛んでいった。

「あはは、しかし凄えなんてもんじゃねえなこれ」

近くに落ちていた巨大なジェムを拾った俺は、もう乾いた笑いしか出ない。

「翼竜は、さすがに貴方に戦えとは言いませんよ。でも、せっかく地下迷宮のこんな深い所まで来ているんですから、貴方も少しくらいは戦ってみてはいかがですか？」

からかうようにそう言われて、俺は必死になって首を振った。

「絶対無理！　俺は、戦うなら草食恐竜限定です！」

「回収完了だよ。亜種の素材は鉤爪だったね」

アクアが取り出して見せてくれたのは俺の指よりもはるかにデカい鉤爪で、翼の関節部分にある爪らしい。

「うわあ、もうこれを見ただけで怖さしかねえよ」

アクアに返して上を見ると、ポツリポツリとまた翼竜が飛び始めていた。

「では行きましょう」

しかし、不安そうに上を見る俺に、ベリーは笑って肩を竦めた。

「大丈夫ですよ、簡単な姿隠しを使っていますから、上空の彼らに我々は見えていません」

ベリーの隣では、フランマも当然とばかりに頷いている。

「じゃあ信じて行くよ」

そう言って大きく深呼吸をしてから、俺は恐る恐る足を踏み出して広場に入っていった。

確かに、ベリーの言った通りで上空の翼竜達は俺達に見向きもしない。

どうなってるのか考えたところで分かるわけもないので、これもまとめて明後日の方向にぶん投げておく。

広場を通り抜けた先にあった別の通路へ無事に駆け込んだ時には、本気で安堵のため息を吐いたよ。

ほんのり明るいその通路を歩いていると、不意にハスフェル達の強い気配を感じた。

「ようやく合流出来そうですね。では、この先の巨大空間へ一緒に行きましょうか。大きい草食恐竜がいますよ」

嬉々としてそんな恐ろしい事を言うベリーに、俺はまたしても必死になって首を振ったのだった。

「絶対無理だってば！　俺が行っても、プチッと踏み潰される未来しか見えねえよ！」

思わず力一杯叫んだ瞬間、前方から吹き出す音が聞こえた。

「相変わらずだな、お前は。心配する必要は無かったかな？」

呆れたような声と共に通路の先に懐かしい顔ぶれが見えて、俺はちょっと本気で泣きそうになった。

「ご主人！」

マックスとニニが同時にそう叫んで、一気に飛び出してきた。そして初めて合流した時のように俺を地面に押し倒したニニとマックスに、その場で揉みくちゃにされてしまった。

「待て、こら、お前ら、ちょっと、お、ち、つけって！」

物凄い音で喉を鳴らしながら頭を擦り付けてくるニニの頭を左手で抱えて、右手で突進してくるマックスの頭を押さえる。

「待て、マックス、ステイ！」

俺の叫びに我に返ったマックスがお座りするのを見て何とか起き上がり、まずニニの額にキスをしてからマックスに飛びついた。背中からまたニニが飛びついてくる。

他の子達も順番に抱きしめてやり、顔をにぎにぎと握っておにぎりの刑に処する。

ああ、やっぱりもふもふは俺の癒しだね。

EN
KEN

第45話　失くした物と失くさなかったもの

再会した従魔達だけでなく神様軍団からも大歓迎を受けた俺は、また最初と同じ並び順で道を進んでいった。

ハスフェル達と合流した事で、俺のパーティーに神様軍団が全員入った状態になったらしく、彼らもベリーの持っているマップを共有出来るようになり、これでマッピングは完璧になった。

あれ？　って事は、もしかして俺がリーダー？　一人大混乱している俺を放ってベリーと話をしていた金銀コンビがいきなり笑い出した。

何事かと驚いて見ていると、最下層の下にある巨大な水没空間の話をしていたらしい。

「絶対無理！　そもそも人の姿では水中では息が出来ません！」

行きたいと大はしゃぎする神様達に、顔の前で大きくばつ印を作って必死になって叫ぶ俺。

「私は大丈夫よ」

「はあい、私も大丈夫で〜す」

グレイとシルヴァの二人が、嬉々としてそう言ってドヤ顔になる。

「必要なら、全員空気の泡で包んであげるわよ」

そりゃあ水と風の神様なら水中くらいチョロいよな。思わず納得しかけて必死に首を振る。

「俺は絶対行かないってば！　頼むから人の話を聞けよ。ってか、そのドヤ顔やめて」

必死になってそう言うと、美女二人がとても分かりやすく膨れた。

「ええ、せっかく良い所見せようと思ったのに」

「私達がいれば、水の中でも絶対に安全よ」

うっかり頷きかけて、滝壺にいた首長竜の大きさを思い出して我に返る。あれは絶対無理！

「じゃあ、それは諦めるから、この先の広場へ行きましょうよ。急いでいたから通過したけど、すっごく楽しそうな場所だったからね」

「あ、そうね。じゃあそっちへ行きましょうよ」

二人の言葉に当然のように皆が頷き、そのまま一本道をどんどん進んでいった。

当然だが俺に反論の余地は無い……号泣。

「間も無く到着するぞ。さて、どうするかな」

「ええと、何がいるのか……聞いて良い？」

心配になった俺がそう言うと、先頭にいたベリーが振り返った。

「草食恐竜が沢山いますよ。ブラキオサウルスやディプロドクス、アパトサウルスなどですね」

その言葉の意味を理解した俺は必死になって首を振った。

「いや、そもそも人が狩れる大きさじゃあないぞそれ！」

「大きいですけど、あれは草食で狩るのは容易でしたよ」

「いや、それは基準がおかしいだけだからさ！」

必死になって首を振り、俺は行かないアピールをする。

「俺達は、この空間を迂回して降りてきたので、ここまで来るのに苦労したぞ」

「まあ、どうなってるかは、お前さんの目で見て確認してくれ。ちなみに、ヒカリゴケが壁中に大繁殖しているから、俺達ならランタン無しでも充分見えるぞ」

ハスフェルとギイの説明に頷く。

「おお、そうなんだ。ランタン無しで歩けるのは有り難いよな」

今だって、トンネル内の上部にヒカリゴケがあるおかげで、薄暗いが歩く程度なら全く問題無い。本当の漆黒の暗闇ではさすがに見えないから、ヒカリゴケに感謝だよ。


「到着だな。ほらケン。見てみると良い」

先頭のハスフェルが振り返って手招きするから、仕方なく前に進み出てトンネルの先を覗き込んだ。

「うわっ、各階層が横から見えるぞ！」

思わず声を上げるくらいに、目に飛び込んできたのは凄い光景だった。

確かに聞いていたように、遥か上空まで見通せる広い空間になっていた。遥か遠い突き当たり正面側の壁は、ほぼ垂直に各階層が崩落していて、まるでマンションの断面図を見ているみたいに、各階が横に層になって見える。一つの階がどれだけ大きいのかも見えて気が遠くなったよ。

「うわあ、デカい。デカ過ぎるって！」

そして長い首を揺らして悠然と歩いているのは、ブラキオサウルス。あれ？　ブロントサウルスだっけ？　頭から尻尾の先まで30メートル以上はありそうだ。

ここから見てあの大きさなら……うっかり足元へ行ったら、間違い無くプチッと軽く踏み潰されて俺の異世界人生が終わるのは確実だよな。

しかしビビっていたのは俺だけだったらしく、巨大な恐竜に神様軍団は大喜びしている。

「なあ、待ってくれよ。お前ら、どうやってここまであんなに早く降りてきたんだ？」

いまにも突撃していきそうな神様軍団に、とにかく質問して足留めをする。

「二階層から三階層へ降りる場所は、すぐ近くにあったんだがそこから下が無くて大変だったんだよ。結局、三階層からここまで大鷲を呼んで運んでもらったぞ」

「へえ……いや、今の話はおかしい。こんな地下までどうやって大鷲が来るんだよ」

当然の疑問だったが、振り返ったハスフェルは得意気に自分が持っている剣を見せてくれた。

「ここに赤い石があるだろう？　これは俺の友である大鷲の飼い主が俺にくれた石さ。これがあれば大鷲は呼べばどこであれ来てくれる。あの大鷲達もただの鳥ではないからな」

驚く俺を見て、ハスフェルは持っていた剣を抜いて刃の部分を下に向けて、柄に付いている石の部分を見せてくれた。

壁面の断面を近くで見ると、一つの階層の高さがマンションの十階分くらいは余裕でありそうだ。

「うわあ、俺って本当にどれだけ落ちたんだよ」

今更だけど、よく生きていたなと本気で感心したよ。丈夫な身体に作ってくれたシャムエル様に感謝だな。

「しかし本当にあれを狩るのか？　そもそもあいつら、一体どうやってあのデカいのと戦う気なんだろう」

完全に虚無の目になった俺を置いて、ハスフェル達は遠くに見える巨大な恐竜を指差して、どこから行くのかと嬉々として相談している。

俺は絶対無理。そうだ、俺は端っこの安全地帯で料理でもしてようかなあ……こっそり広場の端へ逃げようとした所をハスフェルにみつかってしまい、肩を竦めた俺は恐る恐る振り返った。

「いやあ、どう考えてもあんなデカいの相手に俺が戦力になるとは思えないからさ。それならいっそ、邪魔にならないように端っこで料理でもしていた方が良いかと思って……」

ハスフェルは無言で俺を見て、振り返って悠々と歩く巨大な恐竜達を見た。

「何を甘い事を、毎回逃げてばかりだと腕が鈍るぞ」

「俺だって戦うけど、アレは無理。ってかそもそもお前ら、あのデカいの相手に一体どうやって戦うつもりなんだよ」

必死に顔の前で手を振り、無理アピールをする。

「ハスフェル、無茶言わないでやってよ」

笑ったレオとエリゴールが、意外な事に俺の味方をしてくれた。思わぬ加勢に喜んでいると、大真面目にレオとエリゴールはハスフェルに向かってこう言ったのだ。

「俺達が恐竜退治を楽しんでいる間に美味い飯を作ってもらう方が、絶対皆幸せになれるぞ」

「そうだ、俺はもう不味い携帯食なんて食いたくない」

レオの言葉に真顔のエリゴールがそう言うと、ハスフェルも苦笑いして頷いた。

「確かに。俺も、久々に食った携帯食のあまりの不味さに本気で嫌になったからなあ……それなら、あそこかな？」

ハスフェルが指差す場所には、確かに小さいが綺麗な水が湧き出している。

「アレって飲める水？」

肩に座ったシャムエル様に聞くと、顔を上げて泉を見たシャムエル様は笑顔で頷いた。

「もちろん。綺麗な良い水だよ」

「了解、じゃあ俺はここで料理をするよ」

誤魔化すように笑ってそう言い、とにかく水のある場所へ急いで向かった。

何故か、全員が俺についてくる。

「ええと、もしかして腹減ってる？」

全員無言で頷くのを見て、笑った俺は大小の机と椅子を取り出して組み立てた。確かに、そろそろ昼飯かな。

「そうそう、これよ。これが食べたかったのよ！」

「ああ、美味しい……身体に染み渡るわ」

涙ぐみながらシルヴァとグレイが、出してやったサンドイッチを黙々と食べている。

他にも唐揚げやポテトサラダ、野菜なんかも色々出してやり、俺はいつものタマゴサンドとベーグルサンドと唐揚げを取って、コーヒーをマイカップに入れて席に着いた。

「あ、じ、み！　あ、じ、み！　あ〜っじみ！」

シャムエル様がまたしても妙なリズムで踊りながらお皿を振り回している。

「はいはい、シャムエル様はタマゴサンドだな」

笑ってタマゴサンドをはじめ一通り切り分けてお皿に並べてやる。

「はいどうぞ。召し上がれ」

「わ〜い。今日はタマゴサンドとベーグルサンド」

大喜びでタマゴサンドに齧り付くシャムエル様を見て、俺もベーグルサンドを食べ始める。

デザートにイチゴを出してやり、俺も少しもらって食べながら何を作るか考える。

「やはりケンの作ってくれる飯は美味いな。さてと、ただ食いにならぬように我らも働くとするか」

オンハルトの爺さんの言葉に全員が返事をして次々に立ち上がった。スライム達があっという間にそれぞれのお皿を綺麗にして片付ける。

「行ってくるよ。ここは守っておくから心配いらないぞ」

レオとエリゴールがそう言うと、取り出した数本の大きな槍を地面に突き立て始めた。俺がいる壁際の水場の周りを半径5メートルくらいの半円状に囲むみたいな位置だ。

「この槍より外には出ないでね」

平然とレオが言うので、俺は半ば呆然としながら頷いた。

「君の安全の為の囲いだよ。それじゃあ夕食楽しみにしているね」

満面の笑みでレオがそう言うと、皆も笑ってあっという間に走っていってしまった。

「ええ？　こんなので本当に大丈夫なのか？　でもまあ、神様が大丈夫だって言うんだから……きっと大丈夫なんだよな？」

見たところ、2メートル間隔くらいで槍が地面に突き立っているだけで他には何もない。

首を傾げつつ、手早く机の上を片付けてまずはサクラに手を綺麗にしてもらった。


「じゃあサクラ、今から言うものを出してくれるか」

俺の言葉に、サクラが返事をして頼んだものをどんどん取り出してくれる。

調理用の道具やお皿も取り出してもらい、まずは大量の玉ねぎとグラスランドチキンの胸肉を丸ごと一枚手にした。

「アクア、これ全部みじん切りにしてくれるか、出来たらここにな」

大きめのお椀と一緒にアクアに玉ねぎを渡し、サクラにはグラスランドチキンの胸肉をサイコロ状に切ってもらい、まずは大量のケチャップライスを作る。

フライパンでみじん切りの玉ねぎと、サイコロ状に切った胸肉をオリーブオイルで順番に炒めて、どちらも火が通ったら軽く塩胡椒をしてからお皿に取っておく。

次にフライパンでご飯を炒め、ご飯がバラバラになったらさっきの玉ねぎと鶏肉を投入。強火で一気に炒め、ケチャップをたっぷりとかけてからもう少し炒める。綺麗に絡まればケチャップライスの完成だ。これをひたすら大量に作った。

「アクア、ここに三つずつ……」

生卵を割ってもらおうと思って振り返った時だった。

突然、地響きのような震動と象が十匹ぐらい同時に鳴いているような凄い鳴き声がすぐ近くから聞こえて飛び上がった。慌てて振り返った俺は、悲鳴を上げることも出来ずに固まったよ。

地響きを立てて俺に向かって真っ直ぐに突進してくるその巨大な恐竜を、俺は動く事すら出来ずにただ呆然と見ている事しか出来なかった。

「ひええ〜〜〜〜！」

恐竜の顔がすぐ近くまで来てようやく悲鳴は出たが、今更なんの助けにもならない。しかし衝撃と共に弾け飛んだのは恐竜の方だった。

レオ達が突き刺してくれた槍のラインに光る壁のようなものが一瞬現れ、巨大な恐竜の突撃をはね返した。

「おお、すっげえ。あの恐竜を止めたぞ」

腰を抜かして震える声で何とかそう呟く。

「ごめんよ。一匹そっちへ行ったね！」

エリゴールとレオが慌てたようにこっちへ走ってきて、手にした巨大な槍を恐竜の足に突き立てたのだ。耳が破れそうな物凄い咆哮《ほうこう》が響き、地響きを立てて恐竜が逃げる。

逃げる際に、振り返った大きな尻尾が思い切り振り回されて俺達のいる場所をなぎ払おうとしたが、またしても光の壁が発動して尻尾を弾き返してくれた。

「そこは絶対大丈夫だから安心してお料理してね。あ、今回は手伝えなくてごめんね！」

手を上げた満面の笑みのレオにそんな事を言われて、俺は地面に座り込んだまま、壊れたおもちゃみたいに何度も頷いていた。

「何あれ、あの巨大なのと槍で戦ってるのかよ。巨大恐竜よりそっちの方が怖いって」

身震いした俺は、何とか立ち上がって椅子に座った。

「はあ……うん、今のは忘れよう。俺の精神衛生上良くないよな」

言い聞かせるように呟くと、俺は改めてアクアに生卵を三つ割ってもらって半熟トロトロオムレツを作った。素早くお皿に取ってサクラに預ける。

地響きを立てる景色から必死で目を離し、俺は壁の方を向いてせっせと半熟オムレツを作り続けた。


「さてと、オムレツはこれくらいあれば良いかな。あ、ビーフシチューがあるんだから、牛肉入りのバターライスも作っておこう。よし！」

そう呟くと、今度は普通のステーキ用の牛肉を取り出して角切りにしてもらい、これと玉ねぎだけでバターライスも大量生産する。

大食いのあいつらでも大丈夫だと思えるまで作ったら、あとはホワイトソースも作っておく。

「これで、定番トロトロオムレツのバターライスと、ケチャップライスの二種類が出来た。ソースはビーフシチューと、ホワイトソースだ。あとはサラダとスープを温めておくか」

サラダと、野菜スープと味噌汁を出しておく。味噌汁の具はネギと白菜もどきのキャベツだ。

「洋食って不思議と味噌汁が合うんだよな。それにしても豆腐とわかめが欲しい。無いのかなあ。味噌も醤油も酒やみりんまであったんだから、絶対どこかにあると思うんだけどなあ」

味噌汁を温めながら、懐かしい味を思い出してちょっとしんみりしたのは内緒な。

「そろそろ準備完了だけど、あいつらはどうなったんだ？」

先程から、時折地響きや鳴き声は聞こえるものの、最初の頃ほどの大騒ぎではない。ずっと壁を向いて作業していたから、背後がどうなってるのか見てないんだよな。

味噌汁も温まったので、鍋に蓋をして振り返った俺は、またしても固まる事になった。

「ええと、ナニコレ……」

半ば呆然と呟いたのも無理は無い。レオとエリゴールが立ててくれた槍の外には、俺の身長を余裕で超える巨大な六角柱の透明な水晶、いや超巨大なジェムが山になって転がっていたのだ。

「どうだ？　今日の我らの成果だぞ」

呆然と呟くと、得意げに答えたオンハルトの爺さんがすぐ近くの岩に座って手にした砥石《といし》で巨大な斧を悠然と研いでいる真っ最中だった。

「これって……さっきの超デカいブラキオサウルスとかのジェム？」

「そうだ。こっちはブラキオサウルス。向こうはディプロドクス。そっちはアパトサウルスだな。まあ、ここにいたのはほぼこの三種類だったわい」

そう言われても、あまり違いが分からないよ。

「へえ、俺にはほとんど一緒に見えるけど、違うんだ」

「まあ、大きさはほぼ一緒だな」

「あはは、確かにそうだな。ってか、なんでそのジェムがここにこんなに積み上がってるんだ？」

スライム達に預けておけば良いのに、わざわざここに積み上げる理由が分からない。

「いやあ、ここまでデカいジェムは我らも初めてなもんでな。皆して張り切ったら、とんでもない数になったらしい。これをそのまま積んだらどれくらいになるかとシルヴァが言い出しおってな。それならとスライム達にここへ運んでもらったんじゃ」

その非現実的な光景に俺は堪えきれずに大きく吹き出し、その場にしゃがみ込んだ。

「だから、自重って言葉の意味をちょっとは覚えてくれよ。こんなデカいジェムを一体どうするんだよ。どこに売るんだって」

俺一人では持てなそうな巨大なジェム。本気でどうするんだよこれ。

「何だか良い匂いがするんですけど！」

オンハルトの爺さんとそんな話をしている間に、どうやら一面クリアーしたらしい神様軍団が意気揚々と戻ってきた。彼らだけでなく従魔達まで全員揃ってドヤ顔だ。

おいおい、お前らまであの巨大なのと戦ったのかよ……。

「おかえり、何だかとんでもない事になっているな」

何だか悔しかったのでわざと平然とそう言ってやると、俺の言葉に神様達全員が笑い出した。

「いやあ、面白かったぞ。久々に本気で暴れさせてもらった」

「全くだ。ここまで全力で暴れたのは久し振りだよ」

ハスフェルとギイの言葉に、全員が満面の笑みで頷いている。

「今度から、鬱屈して気分転換したい時はこっそりここに来れば良いのよね」

「ああ、それ良いわね。ここなら遠慮無く大暴れ出来そうよね」

シルヴァとグレイは、何やら物騒な事を嬉々として話しているぞ。

「崩落した壁は心配だったが、どうやら固定化されているみたいだしな」

「我らの全力にもびくともしなかったからな。ここなら安心して暴れられる」

レオとエリゴールが楽しそうにこれまた物騒な事を言っている。お前らの全力って確か……。

「良い狩場を見つけたではないか。集めたジェムはケンに引き取ってもらおう」

オンハルトの爺さんの言葉に、俺は慌てて首を振った。

「待て待て。何勝手に決めてるんだよ。いくらなんでも多過ぎだって」

「別に良いではないか。スライムの収納力は無限大なのだろう？」

ハスフェルにそう言われてしまい、口ごもる。

「いや、そりゃあそうだけどさあ……」

「貰っておいて、ケン。この大きなジェムは、いずれ必要になると思うからさ」

どう断ろうかと考えていた時、いきなり神様の声のシャムエル様にそう言われて、俺は驚いて右肩を見た。頬を膨らませたシャムエル様がこっちを見ている。

なんだよその可愛い頬は。突っつくぞ！　もふるぞ！　思考が脱線しかけたが無理矢理引っ張り戻す。

「ええ？　それって……」

「私にもよく分からないけど、何だかそんな気がするんだ。だから、これは売らずに持っていて」

「俺が？」

「そう。ケンが持っていて」

しばらく見つめ合っていたが今回も俺が目を逸らした。

「分かったよ。じゃあこれは売らずに持っておくよ」

「ありがとう。ごめんね変な事言って。でも、持っていた方が良い気がするんだ。だからお願い」

「まあ、持ってるのは俺じゃあなくてアクアだけどな。あ、売らないのならレインボースライム達に手分けして持たせておいた方がいい」

シャムエル様も頷いてくれたので、俺は改めて積み上がった巨大なジェムを見上げた。

「ハスフェル、ジェムのコレクションは？」

「大丈夫だ。一通り頂いたよ」

「俺達も、それぞれ欲しいだけ貰っているから遠慮しないでね」

レオ達の言葉に笑った俺は、巨大ジェムをレインボースライム達に手分けして飲み込んでもらった。

「このジェムは販売しないから、俺が言うまでそのまま持っていてくれよな」

「了解です！」

触手を上げて元気にそう言ったスライム達は、役目を与えられてなんだか嬉しそうだ。

「それで、さっきからすっごく良い匂いがしているんだけど、夕食は何ですか？」

シルヴァとグレイがキラッキラの目で聞いてくるので、俺は笑って振り返った。

「もう食べるか？　オムライスを作ってみたんだけど」

「食べる！」

俺の言葉に、シルヴァとグレイだけでなく全員の返事が返る。

「分かった。じゃあ用意するよ」

全員嬉々として椅子を用意するのを見て、サクラを抱き上げた俺はもう笑いが止まらなかった。

「腹ペコな神様達に、さっき作ったのを出してやるか」

「了解。どこに出す？」

「ああ待って、机の上に頼むよ」

慌てて机に駆け寄り、サクラがケチャップライスを取り出してくれるのを見ながら、アクアに手を綺麗にしてもらった。


まずは野菜スープと味噌汁の鍋を取り出して横にお椀を置いておく。サラダの準備はレオがやってくれた。

「ええと、ケチャップライスとバターライスのどっちが良い？　こっちがグラスランドチキンの胸肉入りのケチャップ味で、こっちは牛肉入りバター味な」

「はい、ケチャップライス！」

目を輝かせるシルヴァに続き、グレイとオンハルトの爺さんとレオが手を上げる。

「俺はバターライスが良いな」

ハスフェルの声に、ギイとエリゴールが手を上げる。

「了解。じゃあケチャップライスが四人とバターライスが三人だな」

五つ並べた皿に、お椀で型抜きしたケチャップライスを盛り付ける。一つは俺用だ。三つ並べたお皿には、同じくお椀で型抜きしたバターライスを盛り付ける。

それから、取り出したのは卵三つを使って作った、ふわふわ半熟オムレツだ。

念の為シャムエル様に確認したところ、この世界でも半熟卵は普通に食べられているらしい。少しでも火を通していれば大丈夫なんだって。

盛り付けたライスの上に、ふわとろオムレツをのせてナイフで軽く切り目を入れてやる。

「何それ、美味しそう！」

予想通りに女性二人が食いついてきた。ふわとろオムレツに切り目を入れると、一気に割れてライスの上を半熟卵が流れて広がったのだ。

これ、実はバイトしていたトンカツ屋の店長がノリで始めた一品で、このふわとろオムライスが大人気メニューになって、トンカツ屋なのに一時期こればっかり作っていた。俺も厨房でひたすらオムレツを作らされたので上手く作れるんだよな。

「ソースは、ビーフシチューとホワイトソースがあるけど、どっち？」

「二色盛りでお願いします！」

全員が声を揃えて答える。何そのシンクロ率。苦笑いをして頷いた俺は、全部のオムレツの右側にビーフシチュー、左側にホワイトソースをたっぷりとかけてやった。

「はいどうぞ。お代わりがいる人は言ってくれよな」

「ありがとう。うわあ、美味しそう！」

歓声を上げたシルヴァが、真っ先に目を輝かせて皿を受け取る。全員に行き渡ったのを見て、俺も自分の味噌汁をよそって席に着いた。

残ったのは冷めないうちに、サクラが全部まとめて飲み込んでくれた。

ふわとろ半熟オムレツにソースが絡まって美味しい。我ながら上出来だ。

「グラスランドチキンはやっぱり美味いなあ」

自分の仕事に満足してのんびり食べていると、お皿の横でシャムエル様がお皿を手にいつものもふもふダンスを踊り始めた。

「あ、じ、み！　あ、じ、み！　あ〜〜〜〜っじみ！」

くるっと回ってポーズを決めたシャムエル様に、俺だけでなくハスフェルとギイまでが揃って吹き出して咽《む》せたよ。もふもふ尻尾を突っついてやり、差し出されたお皿にふわとろオムレツのホワイトソースとビーフシチューのかかったところをそれぞれ取り分けてやった。

「スープは味噌汁で良いか？」

笑顔で小鉢を差し出すので、俺の味噌汁を入れてやる。オムライスの横にサラダとトマトも取り分けてやれば完成だ。

「はいどうぞ、二色盛りふわとろオムライスだよ」

「わ〜い新作メニューだ！」

嬉しそうにそう言うと、やっぱり顔面からオムライスにダイブしていった。

「美味しい！　すっごく美味しいよ！」

ソースまみれの顔を上げて、満面の笑みでそう言ってくれた。気に入ってくれて何よりだね。俺もふわとろオムライスって好きなんだよ。まあ、遠慮無く好きに食ってくれ。

笑いながらシャムエル様の食べる様子を眺めて、食事を再開した。

俺がオムライスを半分ほど食べ終えた頃、早くも食べ終えたシルヴァとグレイ、レオの三人が空になったお皿を持って俺の前に並んだ。

「お代わりお願いします！」

揃って神妙に頭を下げるのを見て、俺は笑ってスプーンを置いた。

「今度は何ライス？」

サクラにケチャップライスとバターライスを出してもらい、型取り用のお椀も取り出す。

それぞれさっきと逆のライスを入れてやり二個目のオムレツをのせる、一食で卵六個は食い過ぎだと思うけどなあ。まあ、燃費悪いって言っていたから良いのか。って事で気にせず豪快にオムレツに切り目を入れる。ソースも二色盛りだ。準備している間にハスフェル達も並んだので、結局俺以外の全員が二皿ずつ食べたよ。

どうやらオムライスも気に入ってもらえたみたいなので、山盛り作ったケチャップライスとバターライスもかなり減った。これもまた作っておこう。

しかし相変わらず食う量がおかしい。一皿でも余裕の大盛りサイズなんだけどなあ……。

二杯目を喜んで食べる彼らを見ながら、俺は残りのオムライスを平らげたよ。

「あれ、そういえばベリー達は？」

食後のお茶を入れながら周りを見たがベリーとフランマの姿が見当たらない。

「先に行ったよ。どうやら、もう一回下の水没空間に入りたかったらしい」

「俺は絶対行かないからな！」

力一杯叫んだら、何故だか全員が笑って頷いてくれた。

「まあ、今回はとりあえず普通に行ける最下層を目指そう」

苦笑いしたハスフェルにそう言われて、俺は必死になって頷いたのだった。
・・・・・・・・・・・・・・・・・・・・・・・・・・・・・・・・・・

「お、またそろそろ出てきたな」

後片付けをしていると、立てた槍の向こうにまた巨大な恐竜達の姿がちらほらと見え始めた。

「この後はどうするんだ？　移動するなら片付けないと」

見える巨大な姿に若干ビビりながら聞くと、レオが突き立てていた槍を軽々と抜いた。

「じゃあもう少し広げるね。全員分のテントを設置出来るだけの場所がいるでしょう？」

そう言ってまた槍を取り出す彼らを見た俺は、無言で一番壁に近い場所を即行でキープしたよ。

結局、一番奥に張った俺のテントを囲むように全員がテントを張り、その日はここで休む事になった。

「じゃあ、よろしくお願いします！」

スライム達が巨大なウォーターベッドを作ってくれたので、ニニ達も全員その上で休む事にした。

「ありがとうな、お前らはこのままで休めているのか？」

転がったニニの横に座って丁度足の下にいたアクアとベータを撫でてやる。

「大丈夫だよ。くっ付いたままでも普通に寝られるからね」

アクアの元気な声にベッド全体がプルプル震えだして、俺は慌ててニニにしがみついた。

「じゃあおやすみ。やっぱりここが良いよ」

従魔達を順番に撫でてからニニの腹毛に潜り込んだ。マックスがすぐ隣に転がって俺を挟んでくれ、背中側に大きくなったウサギコンビがくっ付く。そして胸元には猫サイズのタロンが当然のように潜り込んできた。

「タロンずるい！　私達もご主人と一緒に寝たいのに！」

ソレイユとフォールが小さくなって俺の顔の横に飛び上がって、顔の横と胸元でそれぞれくっ付いて丸くなる。

「じゃあ皆で一緒に寝ような」

笑ってそう言い、首輪から離れて俺の側まで来たセルパンをもう一度撫でてやる。

「ありがとうな。おかげで皆と会えたよ」

「あんまりお役に立てませんでしたけどね。ご主人が無事で良かったです」

嬉しそうにそう言うとスルスルとニニの首輪に戻っていった。

「おやすみ……」

小さく呟いた俺は、いつものもふもふパラダイス空間に包まれて、気持ち良く眠りの国へ垂直落下していったのだった。


ぺしぺしぺし……。

ふみふみふみ……。

カリカリカリ……。

「ああ、そうそう。これだよやっぱり……」

無意識にそう呟き、俺の頬を真剣な顔で揉んでいたタロンを捕まえる。

「ああ、幸せのもふもふ……」

そのまま再び、俺は眠りの国へ再出発していったよ。

ぺしぺしぺし……。

ふみふみふみ……。

カリカリカリ……。

つんつんつん……。

あれ？　最後のは何だ？

ようやく目を覚ました俺は、無意識に最後に突っつかれた額を触った。

ここをツンツンされたんだけど、あれは誰だ？　大きな欠伸をして目を開いた時、ニニの腹の上に緑の紐が丸まっているのが見えた。

「あれ？　あんな色のロープなんて持っていたっけ？」

寝ぼけながらそう呟くと、ロープが動いた。

「ああセルパンか。おはよう。お前もモーニングコールチームに参加か？」

「ご主人が、私の事を怖がらなくなってくれたみたいで、嬉しくて……」

遠慮がちなその言葉に堪らなくなり、起き上がった俺は手を伸ばしていつものミニサイズのセルパンをそっと撫でてやった。

「寂しい思いさせてごめん。大好きだよ」

笑ってもう一度そっと撫でてやり、それから順番に全員を撫でてやった。

「さてと、起きるとするか」

大きく伸びをして起き上がり、水場へ顔を洗いに行った。

「おはようさん。体調はもう大丈夫か？」

珍しく、寝起きで寝癖の付いた気の抜けた顔のギイが顔を洗いに出てきていた。

「おはよう。おかげでもうすっかり元気だよ」

先に顔を洗ってさっぱりしてから、ついてきたサクラに綺麗にしてもらう。

「じゃあ後でな」

手を上げて、顔を洗っているギイに声をかけてテントへ戻る。

テントへ戻り、机の上と天井に架けたランタンに火を入れておく。外はヒカリゴケのおかげである程度は明るいけどテントの中は薄暗いからな。

それから手早く身支度を整えようとして、ふと違和感に気付く。不意に何か大事な事を忘れている気がして周りを見る。

「変だな。別に何も……」

不思議に思って首を傾げながら胸当てを身に付けた瞬間、それに気付いた。

「ああ無い！　無い！　ええっ、ちょっと待って！」

慌てて胸当てを外し、自分の身体をパンパンと叩き、一気に着ていた服を上半身全部まとめて脱ぐ。辺りを見回し寝ていた場所も確認する。

分解してソフトボールサイズになったスライム達が、揃って不思議そうに俺を見上げている。

「無い！　無い無い無い！　やっぱり無い！」

一枚ずつ服を振り回しては泣きそうな声で叫ぶ俺に驚き、ハスフェルとギイが駆け込んできた。

「おい、どうした？」

「どうした？　何が無いんだ？」

「なあ、クーヘンから貰ったあのペンダントが無いんだよ！　いつ落としたんだろう……やっぱり滝壺に落っこちた時かなあ……」

そう言いながら、呆然と服を抱えたまま膝から崩れ落ちてその場に座り込む。垂れ幕の隙間から、皆も心配そうに覗き込んでいるが、遠慮しているのか入ってこない。

「クーヘンから貰ったって、あのドラゴンのペンダントか？」

何度も頷く俺を見て、ハスフェルとギイも困ったように顔を見合わせた。

「いつから無いんだ？」

「分からないけど、水路に落ちた日の朝は間違いなくあった。胸当てを身に付ける時に、ちょっと当たるからこうやって中に入れていたんだ」

首元に手をやって触りながら、本気で悲しくなってきた。

「ああ、しかも何ですぐに気付かなかったんだろう……」

半泣きになりながら、とにかく脱いでいた服を着る。胸当てを身に付けながら、やっぱり無い事を確認してまた悲しくなった。

「おはようさん、大丈夫か？」

オンハルトの爺さんの心配そうな声に、振り返った俺は胸元を指差してクーヘンから貰ったペンダントが無くなっている事を話した。

「何と。確かにそう言えば、首にあった革紐が無くなっておるな」

「せっかくクーヘンが作ってくれたのに……」

肩を落としつつ、皆に挨拶をしてからサンドイッチ色々とコーヒーを出してやる。

俺もタマゴサンドと野菜サンドを取って、コーヒーをマイカップに入れて椅子に座る。心配そうに机の上に現れたシャムエル様に、とにかくタマゴサンドを切ってやりいつもの盃にコーヒーを入れてやる。

「ああ、大ショックだよ。気に入っていたのになあ……」

モソモソとタマゴサンドを齧りながらため息を吐く。

「ねえケン、元気出してよ」

タマゴサンドを食べ終えたシャムエル様が、右肩に現れて優しく頬を叩いてくれた。

「うん。失くしたのは仕方ないけど、すぐに気付かなかった自分に腹が立ってさ」

野菜サンドの最後の一切れを口に入れ、しばらく無言で咀嚼《そしゃく》してから飲み込む。

何となく、皆静かに食べながら俺を気にしている。

「ごめんよ。朝から一人で大騒ぎして」

何だか大騒ぎした自分が恥ずかしくなって、そう言って頭を下げる。

すると、食べ終えていたオンハルトの爺さんが立ち上がって、俺の側に来て背中を叩いてこう言ってくれた。

「そう落ち込むな。あれだけの距離をいきなり落ちて、怪我の一つも無く無事に仲間と再会出来たのだ。あのペンダントが身代わりとなってくれたのやもしれぬぞ？　ならば其方がする事はただ一つだ。最悪の厄災を遠ざけてくれた贈り物に感謝して、地上へ戻ったら改めてクーヘンに感謝の言葉を届けてやるが良い。ペンダントは失くしたが、代わりに命は失くさなかったとな」

にっこり笑ってそう言われた言葉は、俺の心にストンと入ってきて納得する事が出来た。

「ありがとうございます。そんな風に考えたら……失くした物に感謝出来そうです」

ようやく笑う事が出来た俺に、オンハルトの爺さんも笑ってくれた。


気を取り直してテントを畳んで片付けた俺達は、最下層目指して黙々と通路を進んでいった。

「とにかく、今回は地下迷宮をマッピングするのが第一目標だからな。このまま最下層まで行くぞ。お宝探しは帰り道ですれば良かろう」

ハスフェルの言葉に皆が頷き、俺はふと思いついて顔を上げた。

「ええと、それなら俺が持ってるマップを共有すれば良いんじゃ……って、あれ？」

ベリーと一緒に戻ってきた時は、地下迷宮全部どころかその更に下にあるのだという巨大な水没空間まで全部が頭の中にあったのに、今の俺が持っているマップは、一階の一部と落ちてきた水路、そして俺とハスフェル達が歩いてきた通路沿いのみである事に今更ながら気が付いた。

「ああ、マップは同じパーティーにいないと共有出来ない。今は俺がケンをパーティに入れ、ベリーは抜けた状態だから、俺達が持っているマップに加えて、お前が自分で通った場所が記されている筈だ」

「へえ、一旦共有したマップは残るわけじゃあないんだ」

「基本的に、自分で行かないと頭の中にマップは残らない。パーティー内でのマップの共有は、あくまでもそのダンジョン内にいる間のお互いの安全の為だよ」

「了解。じゃあ俺も頑張って帰りは歩くよ」

「もう、落ちないでくれよな」

「それは俺も嫌だ」

即答すると、前後から吹き出す音が聞こえて俺も笑った。

薄暗い通路を進んでいくと、確かに頭の中にマップが広がっていくのが分かる。恐らく半径10メートルくらいがマッピングされるみたいだ。

「面白い。歩くと未知のマップが広がるのは、ＲＰＧのお約束だな」

そんな事を考えながら、ゆっくりと歩いていった。

ちなみに、ベリーとフランマの気配も何となくだが感じる事が出来た。予想通り相当深く潜っているみたいだ。


「ああ、その先に少し広い場所があるな。さて、次は何がいるのかな？」

先頭を行くギイの嬉しそうな言葉に、俺達は立ち止まる。

「ええと、今回はマッピングするだけなんだろう?」

何かいると聞き、完全に腰が引けている俺を見て、先頭の二人は顔を寄せて相談を始めた。

「今回は先を急ごう。とりあえず、マップの枠を全員が拾ってしまわないとな」

「そうだな。じゃあこのまま進むか」

「ええと、マップの枠を拾うって何?」

漏れ聞こえた彼らの会話の中に知らない言葉を拾って、俺はシャムエル様に質問した。

「今やっているみたいに、本人が各階へ降りてその階層がある事を自分のマップに残す事だよ。そうしておけば、この地下迷宮が何階層まであるのか分かるでしょう?」

「なるほど、取り敢えず最下層まで行って、そこから昇りながら、マップの空白地帯を埋めていくわけだな」

言ってみれば、ダンジョンの全体図を一旦把握して、細かい場所は、その後歩きながら確認するわけだ。

「この地下迷宮に入って、RPGっぽさが一気に強くなった気がするな」

また歩き出したハスフェル達についていきながら、俺は小さく呟いたのだった。

何と、驚いた事に通路の横に下に降りる階段っぽいものが現れた。

恐らく層になった岩が砕けて段差になったんだろうけど、前人未到の地に通路の横に踊り場があってその先に階段があれば普通驚くよな。しかし皆当然のように階段を降りていく。かなりの段数を下りると本当に下の階に出たよ。マジか、階段のある洞窟ってナニソレ。

「ええ、どこもこんな風になっているよ。そんなに驚くような事?」

右肩に座ったシャムエル様が当然のようにそう言うのを聞き、俺は遠い目になる。確かに、東アポンの洞窟は、すぐ上が地上の一階層だけだったもんな。

七階層に降りた俺達は、一本道を進んでいった。すると、すぐ近くにまたしても下へ降りる階段があったのだ。

「おお、この階層は階段の位置が近いんだな。こりゃあ有り難い」

笑ったハスフェルの言葉に、ギイも笑って頷いている。

「なあ、この階段ってシャムエル様が作ったのか？」

ふと思いついたら気になって仕方がなくて、俺はシャムエル様に聞いてみる。

「私がやったのは、洞窟の核になる石をここに埋めただけ。後は石自体が状況に応じて展開して地下洞窟を作っていくんだ。だから完全に出来上がって結界が緩むまでは、私もどんな風になっているのか分からないんだよね。まあ、各階の行き来は、階段もしくは歩いて登り降りが出来る坂道である事って最初に決めてあるから、その決まりに従って地下洞窟は作られるんだよ」

成る程。うん、全く分からん。聞いた俺が悪かったよ。って事でいつもの如く、俺の疑問と一緒に全部まとめて明後日の方向にぶん投げておく。

苦笑いして階段を降りていくハスフェル達の後を追った。

遥か先まで延々と続く階段を降りていき膝が笑いそうになった頃、ようやく突き当たりに地面が見えてきた。

「お、いよいよ最下層だな」

嬉しそうなハスフェルの言葉に、皆頷いている。だから何だよ。その期待に満ち満ちた目は。

しかしビビっているのは俺だけのようで、それ以外は従魔達まで全員いますぐ駆け出さんばかりに身を乗り出してやる気満々だ。

「ちょっと、めちゃめちゃ怖いんだけど」

思わず、俺の横にいたニニの首元に抱きつく。

「大丈夫よ。今度は絶対守るからね」

手を離すと喉を鳴らしながら大きな頭を擦り付けられて、危うく降りていた階段を踏み外しそうになり、慌てた俺はもう一度ニニに縋り付いた。

「頼りにしているけど危ないから階段ではやめてくれ。水路に落ちて、滝壺に落ちて、今度は階段から落ちるなんて絶対ごめんだよ！」

「二度ある事は三度あるって言うぞ」

「言っとくけど、今、俺が落ちたら下にいるお前らも巻き添えだからな」

振り返ったギイの言葉にそう言い返すと、吹き出した前列組が揃って振り返った。

「抱きとめてやるから落ちてこいよ」

「絶対嫌です！」

ニニにしがみついたまま叫ぶと全員揃って大爆笑になったよ。

「全く、お前は相変わらずだな。言っておくがお前が落ちてきたら俺は避けるぞ」

笑ったハスフェルに言われて、俺は両手を広げた。

「ええ、抱きとめてくれるんじゃないのかよ」

「分かった。じゃあ抱きとめてそのまま下へ放り投げてやろう」

大真面目にそう言われて、またしても大爆笑になった。

「はあ、笑い過ぎでお腹痛い。で、最下層はどうなっているのかな？」

ようやく笑いのおさまった俺達は、ゆっくりと階段を降りて最下層に降り立った。

しかし、そこで全員揃って前を見たまま絶句して立ち尽くしてしまう事になった。目にした光景は、それくらいに有り得ない光景だったのだ。

第46話　最下層と特別なお宝

「うわあ……凄え」

「確かに凄いな。最下層だけが妙に狭かったのはこういう事か」

俺とハスフェルの言葉に、皆も無言で頷いているだけだ。

最下層はマップで確認する限り確かに他の階よりは狭いけれども、見渡す限り遥か先まで広がっ

たとんでもなく広い空間だった。

　この最下層は、今までとは違い遥かに高い天井が頭上全体に広がっている完全なワンフロア状態。所々にその天井まで繋がった巨大な鍾乳石が巨大な柱よろしく聳《そび》え立っているが、その根本部分は完全に水没している。

　そう、この最下層には周囲に僅かな土地はあるものの、丸ごと巨大な地底湖が広がっていたのだ。

　高い天井一面にびっしりと張り付いているヒカリゴケのお陰で、ランタンが無くても夜目の利く俺達なら不自由無く見える程度には明るい。

　そして、不思議な事に地底湖の底も不思議な光に満ちていて、水の中が地上以上に妙に明るいのだ。中から光って見える湖面は、幻想的な美しさで静かに輝いている。

「そう来たか。これはちょっと厄介だな」

「確かに厄介だな。これは困った」

　言葉の割に妙に嬉しそうなギイの言葉に、これまた満面の笑みのハスフェルが顔と全く釣り合わない事を言ってる。

「本当に困ったわね」

「確かにこれは困ったわね」

　女性二人の顔も崩れている。嫌な予感に振り返ると、オンハルトの爺さんが笑い崩れていた。こうなるともう、エリゴールとレオの顔は見なくても分かる。

「なあ、ものすごく聞きたくないんだけどさあ……何が困った、なんだ？」

　恐る恐る質問すると、満面の笑みのハスフェルが振り返って俺を見た。

「地下迷宮の最下層には、到達した者だけが手にする事の出来る、特別なお宝があるんだよ。ベリーは取っていないそうだ。だがそのお宝があるのは、この湖の底のようなのでな。それで困っているのさ」

　笑み崩れた顔でそんな事を言われても、説得力ゼロだよ！

「じゃあ仕方ないから……」

「ここまで来て、帰るなんて選択肢は無いぞ」

　即答されて、俺は顔を覆って悲鳴を上げた。

「やっぱりそうなるよな！　だけど絶対嫌だぞ！　俺は絶対行かないからな！」

「ええ、せっかく来たんだから、ケンも行こうよ」

「大丈夫だって。私達が守ってあげるからさ」

美女二人に左右から嬉々とした声で言われて、俺は本気で気絶しそうだったよ。

あれだけ嫌がって抵抗して水没空間に行くのは諦めてもらったのに、地下迷宮を攻略した証のお宝を手にする為には、この湖の底まで行かなきゃならないなんて！　一体これは何の罰ゲームだ。

「……ええと、俺はここで……」

「良いから、お前も行くんだよ」

満面の笑みのハスフェルに肩を叩いてそう言われてしまい、俺は諦めのため息を吐いた。

この下にある水没空間へ行くよりはマシだよ……不安しかないが、もうここは仲間を信じて進む以外無い。諦めのため息を吐いた俺は、顔を上げた。

「だけど、そろそろ昼飯の時間だろう？」

「そうだな。一旦中へ入ったらすぐには出てこられないだろうから、念の為しっかりと食べておくべきだろうな」

「ええ、そんなに時間がかかるのか？」

「どうだろうな。さすがに湖の中がどうなっているかは我らにも分からん。場合によっては相当長い間かかる可能性もある。さてどうするかな……」

そう言ったきり黙り込んだその様子は、先程とは違って本当に困っているみたいだ。

「では、ベリーに聞いてみるか」

ハスフェルがそう言った次の瞬間、頭の中にハスフェルとベリーだけでなく、神様軍団全員の気配が感じられて驚いたよ。

「あ、グループトークか」

笑って小さく呟いた俺は、頭の中で聞こえるハスフェルとベリーの会話に耳を傾けた。

『ベリー、今、何処にいる？』

『おや、どうされましたか？』

ベリーの不思議そうな声が聞こえる。

『最下層まで下りてきたんだが、この地底湖に迂闊《うかつ》に入って良いかどうかの判断がつかなくてな。それで呼ばせてもらったんだ』

『では一度戻りますからそこで待っていてください』

気配が途切れて静かになる。

二人が戻るまでの間に、俺はベリーから貰ったあの巨大なアンモナイトの貝殻を見せた。

「アンモナイトは、バイゼンの近くにある地下洞窟の最下層にあるお宝の貝殻だな」

「あれは高く売れるんだが、ここではジェムモンスターの素材で手に入るのか。それは素晴らしい」

ギイの言葉にハスフェルが頷いている。

「こりゃあ凄いな。いやあ、賢者の精霊様々だな」

「全くだ、これもバイゼンへ持っていったらドワーフ達が狂喜乱舞するだろうさ」

「ほほう、これは素晴らしい。見ろ、この真珠層の分厚い事」

ハスフェルに渡した平たい方のアンモナイトを覗き込んで、オンハルトの爺さんが嬉しそうな声を上げる。

「これは早くバイゼンへ行きたくなってきたな」

ギイがそう言うのを聞き、俺は身を乗り出した。

「それならいますぐ外へ……」

俺が口を開いたその時、ものすごい水音と共に爆発するような音が聞こえ、静かだった湖がいきなり膨れ上がって弾けて波立つ。

直後に地震のような震動がビリビリと足元に伝わり、俺はマックス達とほぼ同時に壁に開いた通路に飛び込んでしゃがみ込んだ。

しかし、心配した天井からの石の崩落や地底湖の底が抜けるような事態にはならなかったらしく、しばらく全員が無言でしゃがんだまま静かになった湖面を見つめていた。

すると湖からベリーとフランマが顔を出した。悠々と泳いで、俺達がいるすぐ目の前の岸に上がってくる。軽く身震いしただけで、びしょ濡れだった身体が一気に乾くのを見て思わず声を上げた。

「うわあ、フランマのもふ毛が一気に乾いたぞ。凄えな。今何したんだ？」

「お前……気にするのはそこかよ」

しゃがんだまま頭を抱えたハスフェルにそう言われて、なんだかおかしくなった俺は我慢出来ずにその場で吹き出した。

ハスフェル達も笑い出し、全員揃って、その場にしゃがみ込んだまま大爆笑になったのだった。

「いやあ、驚いたぞ。ベリー、今の爆発はお前の仕業か？」

ギイの言葉に、ベリーは笑って首を振った。

「今のはフランマですよ。水中で火の術を使うと、どうしてもああなってしまうんですよね」

平然とそう言うと、フランマを振り返る。

「アンモナイトの大きいのが、私を捕まえようといきなり触手を伸ばしてきたの。それで気持ち悪くて火の術を使っちゃったの。驚かせてごめんね」

それを聞いた俺の頭の中では、水族館で見たオウムガイの巨大な奴が触手を伸ばしてフランマを捕まえようとする所が再現された。

「おう、それは無理だな。フランマが無事で良かったよ」

俺の言葉に、ベリーがにっこりと笑う。

「シーラカンスやアンモナイトは、下にいるのに比べれば小さいですがこの地底湖にもいますから、中に入ればケンも泳いでいるところを見られますよ」

気絶しなかった俺を誰か褒めてくれ……。


気を取り直して、通路のすぐ横の広い場所でランタンを灯して机と椅子を取り出して食事にした。

食後の緑茶を飲みながら湖を振り返る。今は静かな湖面だが、あの中に巨大なアンモナイトやシーラカンスが泳いでいる光景を思い浮かべてちょっと泣きそうになった。

「本当に行くのか？」

「もちろんだよ。じゃあそろそろ行くか」

嬉々としたハスフェルの答えに、俺は頭を抱えた。その時、フランマが俺の足元に来て頭を擦り付けた。

「ご主人、それなら私と一緒に行きましょうよ。一人で入るよりずっと安全よ」

「ああ、それは確かに良いですね」

笑ったベリーがそう言い、フランマは嬉しそうに飛び跳ねた。

「じゃあ大きくなるから乗ってくれるかしら。首元の毛を掴んでくれて構わないからね」

「じゃあ乗せてくれるか。よろしくな」

頷いた俺がそう言ってフランマを撫でた時、真顔のハスフェルが慌てたように止めた。

「待て、確かに良い考えだが、せめて首輪と手綱は付けろ。万一背から落ちたら大惨事だぞ」

「ええと……」

戸惑う俺を放置して、ハスフェルはマックスの首輪を外して持ってきた。

「今の私には大きいわね。合わせるから、そのまま嵌めてくれる？」

頷いたハスフェルが、マックスの首輪をフランマの首に巻いたけど確かにゆるゆるだ。

「こんなもんかしら」

そう言った次の瞬間、足元にいたフランマがニニサイズに巨大化した。

超もふもふ巨大フランマキタ〜！

「ああ、最高……何このもふもふ……」

大きくなった首元に抱きついて、もふもふを堪能する。

「そうだよ。最近もふもふが不足していたから……何、この突然のご褒美……」

「ご主人、じゃあ乗ってみてくれる？」

ドヤ顔のフランマにそう言われて、俺は頷いて巨大フランマの背中に飛び乗った。

おお、足がもふもふの毛に埋もれる……乗り心地はふわふわで最高だ。

手綱を持ってみると、確かに前屈みになって毛を掴むより楽だし安定している。

「大丈夫そうだな。それじゃあスライム達はケンの身体を確保してやってくれ」

ハスフェルの声に、俺は左肩に留まっているファルコを見た。

「ええと、他の従魔達はどうする？　さすがに水中では戦えないよな？」

「従魔達はここで留守番だな」

苦笑いしたハスフェルの言葉に、俺も頷いた。

「じゃあ、いってらっしゃい！」

留守番の従魔達が勢揃いして見送ってくれる中、俺達はベリーを先頭に何とそのまま湖の中へ入っていったのだ。

「ええ、大丈夫なのか？」

この後を考えたら不安しかない。どんどん進んでいき、胸元まで水が来た時点で俺は思わず目を閉じた。

「溺れませんように。怖い思いをしませんように……」


「おい、大丈夫だから目を開けてみろよ」

ハスフェルの笑った声が聞こえて、俺は恐る恐る目を開いた。

「何これ、めっちゃ綺麗。それより俺の身体が濡れていない。すっげえ！」

自分の身体を見ると全く濡れていない。綺麗なまん丸の泡に包まれていて息も普通に出来るし身体も動く。宙に浮いたフランマが歩くみたいに軽く足を動かすと、泡がそのまま前に進む。

「へえ、こりゃあ凄い」

不思議に明るい水中を見回して小さく呟く。それに俺の足はアクア達がしっかりホールドしてくれているから落ちる心配もない。少し余裕をもって周囲を見渡した。

「なあ、光の差さない洞窟の中にある地底湖の中なのに、こんなに明るいのはどうしてなんだ？」

そう。さっきから気になっていたんだが、周りが見えるくらいに明るい。どう考えてもこの明るさはおかしいと思う。首を傾げる俺の質問に、振り返ったベリーが笑って教えてくれた。

「この地底湖の天井部分にも、ヒカリゴケが沢山張り付いていたでしょう」

「ああ、確かにいっぱいあったな」

「ヒカリゴケの胞子はごく小さいながらも光っています。その胞子がこの湖には大量に沈んで繁殖しているので、底に行く程こんな風に水自体が光っているように見えるのですよ。ある程度水中で大きくなった胞子は、コロニーを作って水面へ浮かび上がります」

「コロニー？」

「そうです。小指の爪の半分くらいの塊ですね。それらは自らの放つ光で夜光虫という洞窟内にいる羽虫を引き寄せます。寄ってきた夜光虫にヒカリゴケのコロニーがくっ付いて、洞窟の壁面に夜光虫が留まったらそのままヒカリゴケは壁に張り付いてそこで繁殖するんです。ある程度以上の大きさにまで成長すると胞子を放出します。ごく軽い胞子は、空中を漂って水のある場所に落ちるとそこで繁殖するんです。ね、上手く出来ているでしょう？」

「へえ、すごいな……あれ？　じゃあもしかして俺達、そのヒカリゴケの胞子を吸い込みまくっている？」

そんな未知の胞子を身体に入れても大丈夫なのか急に不安になる。

「ああ、ご心配無く。もちろん最初に洞窟内部の空気は調べましたよ。ヒカリゴケの胞子は人畜無害です。体内に入ったヒカリゴケの胞子はしばらくするとそのまま排出されますから、出したものが光るかもしれませんね」

笑って言われて、俺は無言になった。身体から出てくるって事はアレだよな。光る液体と光る固形物……頭の中でその様子を想像した瞬間、俺は堪えきれずに吹き出した。駄目だ。絶対そんなのが出たら誰か呼んで見せたくなる。だけどそれは人として駄目だよな。うん、しばらくは出したら見ないでソッコー埋めよう。

周りでは俺達の会話を聞いていた神様軍団も、揃って大笑いしていた。

そんな感じで緊張感の全く無い会話を交わしていると、不意に大きな影が近づいてきた。

「うわっ。まじでアンモナイトだ。ってか、そのまま巨大オウムガイだよ」

近づいてきたのは、貝の大きさが50センチ程のアンモナイトだ。そのアンモナイトは、まんまオウムガイみたいにモジャモジャの大量の触手を伸ばしてこちらに向かってきた。

「もう、ウネウネは嫌なの！」

怒ったようにフランマがそう言い、前脚を軽く払うように振った。

水中で小さな爆発がして、オウムガイじゃなくてアンモナイトが吹っ飛ばされる。

そのままジェムになって貝殻と一緒に落ちるのを見て、近くにいたベリーが手もとに引き寄せる仕草をした。すると、落下したジェムと貝殻が、紐で引っ張られたみたいに飛んできたのだ。

「はいどうぞ」

それを受け止めたベリーは、当然のように俺に近づいてきて泡同士がくっ付く。

くっ付いた泡の中に入ってきたベリーにアンモナイトの殻とジェムを渡され、無意識で受け取った俺は目を輝かせた。

「なあ、今何をしたんだ？　ジェムと貝殻が引き寄せられるみたいにして飛んできたよな」

「だって、捕まえないと、せっかくのジェムや素材が下に落ちてしまいますよ」

「いや、どうやったのかと思ってさ」

話しながら、もらった素材とジェムをアクアに飲み込んでもらう。

「ああ、そういう意味ですか。魔力を縄のように撚《よ》り合わせて目的のジェムや素材に絡めて引き寄せるんです。まあこれをするにはそれなりに魔力が必要ですけれどね」

ほお成る程。うん、さっぱり分からん。

いつもの如く、明後日の方向にぶん投げようとしたその時、ベリーの言葉を聞いた俺は慌てて投げるのをやめた。

「ケンの魔力も相当高いですからね。せっかくですから教えて差し上げましょうか？」

「ええ？　それが俺にも出来る？」

「そうですね。魔力的には充分可能ですよ」

「教えてください！」

身を乗り出す俺に、ベリーは笑って頷いてくれた。


そんな話をしている間にもう湖底に到着していた。頭上を見上げても湖面は見えない。周り中全部水の中だ。

のんびり話している間にどれくらい沈んだのか考えたら本気で怖くなったが、今更ここで騒いでも無駄なので諦めて深呼吸をする。

「それで、目的のお宝は何処にあるんだ？」

周囲を見回すと、ゴロゴロ転がっている割れた鍾乳石の合間に10メートルクラスの巨大なアンモナイトの貝殻が見えたけど、あれじゃあないよな？

「では、彼らがお宝探しをしている間に少し練習してみましょう」

そう言われて周りを見ると、手を上げた全員があちこちに広がっていくのが見えた。ローラー作戦で湖底を調べるわけだな。

にんまりと笑ったベリーに何だか嫌な予感がしたんだけど今更断るのも変なので、とにかくその魔力を縄にするやり方を教えてもらう事にした。

だけどこれがもう全然出来なくてかなり苦労した。まず、自分の魔力と言われても俺には何の事だかさっぱり分からない。

しばらく考えて、俺は背中の鞄からハンカチ代わりの薄い手拭いを取り出した。

「これを、撚り合わせる……」

手にした布を雑巾を絞るように握ってひねる。頭の中では自分の中にあるという魔力を探す。

「あ……これかな？」

目を閉じたまま何となく感じるそれを、握った手拭いをイメージして細長くひねっていく。

「良いですよ。そのまま投げてみましょう」

嬉しそうなベリーの言葉に俺は目を閉じたまま、出来上がった紐をあの巨大なアンモナイトに向かって軽く投げる映像を思い浮かべた。ネットの映像を見ていると思えば、容易く想像出来るよ。

そのまま軽く引っ張った直後にもの凄い衝撃とベリーの感心したような声が聞こえ、恐る恐る目を開いた俺が見たのは、泡にへばり付くみたいに俺の視界一杯に広がるアンモナイトの渦巻きだった。

「ええ、ちょっと待ってくれよ！　それは駄目だって！」

その瞬間に巨大なアンモナイトに圧迫された泡がパチンと音を立てて弾けたのが見えて悲鳴を上げる。水中での命の綱である空気の泡が弾けたらどうなるか……駄目だこれ。俺の異世界人生、終わった……。

「ああ俺の異世界人生、楽しくも儚《はかな》い日々だったなあ。せめて、もふもふに埋もれて逝きたい」

泡が弾けるのを見た俺は観念してそう呟き、倒れ込んでもふもふのフランマの背中に抱きついた。

しかしいつまで経ってもびしょ濡れになる事も水が一気に押し寄せてきて窒息する事もなく、呆れたようなフランマの声が聞こえた。

「ご主人、ここで寝るのは感心しないわ。私は別に構わないけどシャムエル様に叱られるわよ」

笑ったその声に、恐る恐る目を開いた。

俺とフランマの周囲には先程と全く変わらず丸い泡があり、あの巨大なアンモナイトの貝殻も泡に張り付いたままだ。

「今、アンモナイトが当たって泡が弾けなかった？」

「ああ、それは一番外側に張った私の泡ね。私は火と風の術は得意なんだけど、水の術は駄目なのよね」

悔しそうなフランマの言葉を聞き、俺は改めて周囲の泡をよく見てみる。

「あれ？　これって泡が二重、いや、三重になっているのか？」

鑑識眼のおかげか、じっと見つめていると不意に泡が何重にも重なっているように見えたのだ。

「ええ、貴方のその泡は内側から私、グレイ、シルヴァが三人掛かりで念入りに作っています。たとえ首長竜の襲撃を受けても弾ける心配はありませんからご安心を」

おお、ベリーのドヤ顔頂きました。

「三重の泡って事？」

「そうですよ。本当は四重だったんですが、フランマの泡は残念ながら今の衝撃で弾けてしまったようですね」

「だから、私は水の術は苦手なの」

そう言って悔しそうに耳をピクピクさせるフランマを、身体を起こした俺はそっと撫でてやった。

「で、これどうすれば良い？」

泡に張り付いたアンモナイトを見て、困ったように俺が言うと、笑ったベリーが手を伸ばしてあっという間にアンモナイトを収納してくれた。

「地上へ出たらお返ししますね。次はもう少し、引き寄せる時に優しくやってみましょう」

平然とそう言い、鍾乳石の欠片《かけら》の横に倒れた1メートルくらいの小さなアンモナイトを指差す。

深呼吸をして頷き、頭の中でまた布を絞るイメージを浮かべる。

「そっと投げて、軽く引っ張る」

そう呟いて頭の中でイメージした通りに軽くひっぱってみると、さっきとは違ってごく軽い衝撃があって、足に何かが当たる感触があった。

目を開くと、目標のアンモナイトが泡の中にちゃんと入っていた。

「上手く出来ましたね。今度は目を開けてやってみましょうか」

笑顔のベリーに言われて俺は周りを見回し、2メートルくらいのアンモナイトの貝殻を発見した。

「じゃあ、あれにします」

そう言ってアンモナイトを見つめながら、頭の中でまた布を絞るイメージを思い浮かべる。

「えいっと!」

右手で軽く投げてから引き寄せる動きをする。何となく、身体を動かした方がイメージしやすい事に気が付いたからだ。

いきなり、目標のアンモナイトがこっちに向かって吹っ飛んできた。

「うわっと!」

縄を外す感じで軽く払うと、少し減速したアンモナイトはそのまま俺の手の中に飛び込んできた。

「おお、上手くいった」

振り返ってベリーを見ると、彼も笑って手を叩いてくれた。

「次は地上で練習しましょう。地上はもっと勢いが付きますから注意が必要ですよ」

ベリーの言葉に頷き、アンモナイトをアクアに渡す。

「これが使えるのは、目に見える位置にある物一つだけです。複数を同時にも出来ません。生きている人や動物には使えません」

「了解、生きている人や動物には使えないけど物には使える。ただし、一度で引き寄せられるのは見えている物一つだけ」

頷きながら復唱する。制限はあるけど、これを使いこなせるようになればかなり有効な手段になると思う。よし、頑張ろう。密かに俺が決心していると、頭の中でハスフェルの呼ぶ声が聞こえた。

『おおい、ベリーと一緒にこっちへ来てくれ』

何となくだけど、呼ばれている方向が分かる。

「見つかったようですね。では行きましょうか」

平然とベリーがそう言い、俺達はハスフェル達のいる方向へ向かった。


「うわあ、あれってシーラカンスだ。泳いでるよ……」

影を感じて見上げると、俺の頭上を2メートルくらいのシーラカンスが群れになって悠々と泳いでいるのが見えた。

「あれのジェムも高値がつきます。少し小さいですが集めておきましょう」

ベリーがそう言って軽く手を振ると、群の周囲が泡立ち、一瞬で群ごとジェムになった。ゆっくりと落ちてくるその大量のジェムを、ベリーは同時にしか見えない素早さで回収してしまった。

「ベリー、凄すぎて参考にならねえよ」

呆れたような俺の声に、ベリーは楽しそうに笑っていた。

🐾

途中遭遇したシーラカンスやアンモナイトを片付けながら、ようやくハスフェル達がいる場所に辿り着いた。

「じゃあ始めるか」

振り返ったハスフェルが手招きしているので、俺は隣へ行った。

今の彼は湖底に立っていて、泡は半分地面に張り付いたドーム状になっている。そして彼のその足元には、直径1メートル近くある、やや緑がかった銀色の巨大な塊が転がっていた。

「あ、その色って……ミスリル？」

俺の言葉に、ハスフェルは嬉しそうに頷いた。

「これは純度100のミスリル鉱だ。これは凄い」

感心していると、笑顔のハスフェルがミスリルの塊を掴んで一瞬で収納した。立ち上がって軽く地面を蹴ると泡が浮き上がり丸くなってハスフェルを包む、そのまま彼は少し浮き上がって止まった。

次にギイがさっきの場所へ降り立つと、泡が地面に接してドーム状になる。しばらく待っていると地面からまたミスリルの塊が出てきた。

「あれってもしかして、一人一塊？」

笑って頷くベリーを見て俺も嬉しくなった。ギイに続いて神様達が次々にミスリルの塊を回収する。次に行こうとしたらベリーが先に出てきたミスリルを回収した。次こそはと思ったら、フランマが出てきたミスリルの塊をパクッと咥《くわ》えて一瞬で収納してしまった。

フランマの背の上に乗っていると地面には手が届かない事に今更気付く。

「降りてアイテムを収納するから、一度離れてくれるか？」

俺の両足を完全ホールドしてくれているスライム達にそう言うと、一瞬で離れてアクアゴールドになった。俺が降りようとした時、何とアクアゴールドが出てきたミスリルの塊をパクッと飲み込んだ。

「ああ、俺が回収したかったのに！」

仕方がないので待っていたけど、何故か次のミスリルが出てこない。

数えてみると、今のアクアゴールドで十個目。もしかして切りのいいところで終わった？　黙って待ってみたが、いつまで経ってもミスリルが出てくる気配がない。

「なあ、これってもしかして……」

振り返ったその時ボコッと何かが出てきた。

「お、出てきたぞ」

しゃがんで嬉々としてそれを取ろうとしたが、先程の半分程の大きさで色も違う。

「ええ、なんか違うのが出たんだけど……」

とにかくそれを掴むと、驚く程に軽い。

「うわあ、やっぱりミスリルじゃない！」

「預かるね。ご主人」

俺の顔の横を飛んでいたアクアゴールドが、ニュルンと触手を伸ばして持っていた鉱石を収納してしまった。

「よし、じゃあ戻ろう」

平然とそう言われて納得出来ないままフランマの背中によじ登った俺は、なんだか悲しくなってきた。

「俺だけ違うアイテムだったよ。あれって何？　マジで軽かったぞ。こんな所まで来て手に入れたのが、なんだかよく分からない軽石って……」

小さく呟いてため息を吐いた俺を、何故か全員揃って嬉しそうに見つめてくれているのに、その時の俺は全く気が付かなかったのだった。


遥か遠い水面へと上昇する水中でも、俺の周りを円形に囲むようにして神様達は隊列を組んで守ってくれている。上下にもレオとエリゴールがいてくれるので、全方位取り囲まれている状態だ。

「フランマが一緒だから万が一も無いだろうけど、ケンは怖がりだもんね」

俺の右横に陣取るシルヴァのからかうような声に苦笑いするしか無い。この湖に入るのは、正直言って本当に怖かったんだけど、今見える景色は、俺の思いとは裏腹にいつまでも見ていたくなるくらいに本当に綺麗だ。

上昇している俺達にしてみれば、不思議なくらいに明るい湖底から薄暗い水面へ向かっているわけで、本当に足元が光っているように見えるのだ。

「まあこんな経験、やろうと思ってもそうそう出来ないよな」

ため息と共にそう呟くと、周りから笑う気配がする。

「へたれなもんで、どうもすみませんねえ」

誤魔化すように小さく呟いたが、どうやら全員に聞こえていたらしく慰められてしまったよ。

そのまま時折現れる巨大なシーラカンスやアンモナイトを当然のようにやっつけながら、ゆっくりと上昇を続けた。

「おお、ようやく水面だ！」

頭上に水面が見えてきて、俺は心底安堵したよ。そりゃあ、三重に守られている泡を信用しないわけではないけど、やっぱり水の中は怖い。ちょっと泳ぐのとはわけが違う。

そのまま岸に上がり、フランマの背から飛び降りた俺は地面に立つと、まだ巨大化したままのフランマが面白そうに上から覗き込んでくる。

「ね、ちゃんと帰ってきたでしょう？」

「ああ、ありがとうな。怖かったけど、本当に綺麗な世界だったよ」

手を伸ばして、もふもふの首元をそっと撫でてやる。

ああ、安定のこのもふもふ感。同じ大きさになったら、フランマがもふ度はダントツだね。

「ご主人帰ってきた〜〜〜〜！」

突然、留守番組の従魔達全員の叫び声と共に、マックスとニニを先頭に全員揃って俺に向かって突撃してきた。

「ちょっ、待て、お前ら！　なんで、全員揃って巨大化してるんだよ！」

慌ててフランマの陰に隠れようとして果たせず、俺はマックスとニニに勢いよく押し倒されて水しぶきが上がる。

「ぶわあ！　待て、待てってお前ら！」

しかし俺の叫びも虚しく、興奮度最高値の従魔達全員が巨大化して飛びかかってきた。

「溺れるって！　すてひ……おぼふぇー！」

何がなんだか分からないまま揉みくちゃにされて為す術もなく水に沈む。

「おいおい。お前らこいつを殺す気か」

割と本気で命の危険を感じた時、いきなり襟首を掴んで引っ張られた。

「あはは、ありがとうな。本気で死ぬかと思った」

「俺は死んだと思ったぞ」

ハスフェルに笑いながらそう言われてもう一度礼を言った俺は、手を伸ばして胸元に飛び込んできたニニの大きな頭を抱きしめてやった。

「ただいま。皆のおかげで無事に帰ってきたよ」

「ご主人ご主人ご主人！」

俺の脇に、大興奮のマックスが何度もそう言って鼻先を突っ込んでくる。笑った俺は、順番に全員を撫でて抱きしめてやり、それからようやく立ち上がった。

「せっかく濡れずに上がってきたのに、ここまで来て全身びしょ濡れだよ」

笑った神様軍団に俺も笑いながら顔をしかめてみせ、アクアゴールドに綺麗にしてもらった。


「なあ、腹が減ったけど、どうする？」

そう言ってハスフェルを見ると、ギイと話をしていた二人が揃って振り返った。

「ああ、それなら上の階段近くに広いグリーンスポットがあるからそこへ行こう」

ハスフェルの言葉に、好きに寛いでいた神様軍団も立ち上がった。

笑ってニニの首筋を撫でてやり、また俺を真ん中にして通路を歩いて階段を上がっていった。

足が限界寸前になった所でようやく上の階に辿り着き、そのまま通路を進んでグリーンスポットへ向かった。

ベリーとフランマはいつの間にかいなくなっていて、気配を探るとまた最下層の下にいるみたいだ。

「もう、ジェムも素材も充分過ぎるくらいにあるのにな」

笑いながらそう呟き、とにかく足元を確認してからテントを設置したよ。

「今日のメニューは、熟成肉のステーキにするぞ！」

全員から拍手が起こり、手分けしてお皿やカトラリーを並べてくれる。

サラダとスープを用意してくれている間に、俺はサクラに切ってもらった厚切りステーキを下準備をしてから火にかける。レオとギイに肉を任せて、その間に俺はソースの準備だ。

今日のステーキソースは和風の醤油風味。材料は、醤油とみりんとお酢、お酒、砂糖と塩、すり下ろした玉ねぎだ。フライパンに調味料を全部まとめて入れて火にかける。沸いてきたら玉ねぎのすり下ろしを投入。強火で一気に火を通したら完成だ。お皿にステーキを並べて、和風玉ねぎソースをかけてやる。

「サクラ、残った脂は集めておいてくれるか。じゃあ俺も食べようっと」

席に着くと、ハスフェルがグラスに入った赤ワインを渡してくれた。

「最下層の制覇に乾杯」

受け取ったグラスをそう言って掲げると全員が笑いながら唱和してくれた。

「おお、この濃厚な肉の味に和風ソースが合うよ。めっちゃ美味え」

今日は俺もがっつり分厚いステーキだ。

丸パンと一緒に食べていると、お皿を持ったシャムエル様が最近流行らしい新もふもふダンスを踊りながら俺の腕に尻尾を叩きつけてくる。

「あ、じ、み！　あ、じ、み！　あ～～～っじみ！」

ポーズを取って止まったところで、笑ってステーキを切り、付け合わせもお皿に並べてやる。

「わーい、今日は熟成肉のステーキだ」

嬉しそうに顔面からお皿にダイブするシャムエル様を見ながら、俺は残りのステーキを平らげた。

「やっぱ、締めはこれだよな」

立ち上がった俺は、脂が集められたフライパンを見てニンマリと笑い、サクラに切り落とし肉を集めて刻んであったのを出してもらった。

「何をするんだい？」

興味津々で、レオが覗き込んでくる。

「肉を焼いた時に出る旨い脂で作る締めの炒飯だよ」

笑ってサクラが出してくれた刻んだ肉をさっと脂の入ったフライパンで炒め、焼き目が付いたら炊いてあったご飯を山盛りそのままフライパンにぶち込んで炒めていく。

香ばしい良い匂いが一気に香る。

「何それ美味しそう！」

目を輝かせたシルヴァがすっかり空になったお皿を持って俺の横に並ぶと、慌てたように全員がお皿を持ってその背後に並んだ。

フライパンを揺すってご飯を炒め、塩と黒胡椒を多めにふれば完成だ。

「はいどうぞ。一口ずつだけどな」

嬉々として差し出すお皿に、そう言いながら少しずつ入れてやる。

「これはケンのお皿」

レオが俺のお皿も取ってくれたので、お礼を言って自分の分もしっかり確保する。

「はい、シャムエル様にも少しだけな」

フライパンに残ったご飯粒を全部綺麗に集めてお皿に入れてやった。

「何これ、美味しい……」

「肉の旨味が凝縮されとるな」

「これ、何杯でも食えるぞ」

神様達の感激の声を聞きながら俺も自分の分を口に入れる。

「美味い。やっぱ、締めはこれだよな」

残りの赤ワインをぐっと飲み干し、大満足の食事は終了したのだった。


「なあ、ちょっと聞いてもいいか？」

真剣な俺の言葉に、淹れてやった緑茶を飲んでいた金銀コンビが振り返った。

「どうした？」

「アクア、湖底で俺が拾った石を出してくれるか？」

「はあい、ご主人が取った分だよ」

謎の軽石もどきだ。改めて見ると明らかにミスリルとは色が違う。ミスリル鉱石は俺の剣と同じで緑がかった銀色をしている。それに対してこれは同じく銀色なのだが、全体にやや薄い黄色味がかっていて驚くほど軽かったんだよ。

「これ、片手で持てたんだよなあ……」

そう呟いて、足元に出してくれた謎の鉱石を片手で取ろうとして驚いた。

「あれ、何だこれ……重っ？」

両手で持とうとしても、まるで地面に張り付いているかの如く全く動かない。

「ええ、何だこれ？　重さが変わったよ。どうなっているんだ？」

そう言って振り返ると、俺の隣に座っていたオンハルトの爺さんが満面の笑みで大きく頷いた。

「それは当然だろうさ。これは純度100のオリハルコンの鉱石だからな。オリハルコンは水との相性が抜群に良い。水中にあれば、比重が軽くなるのもオリハルコンの特徴の一つさ」

嬉しそうに目を細めてそう言い立ち上がったオンハルトの爺さんは、足元の謎の鉱石改めオリハルコンの鉱石を愛おしげにそっと撫でた。

「俺もここまで見事なオリハルコンを見たのは久し振りだよ。良い物を手に入れたな。これと先程のミスリル鉱石、そしてあのヘラクレスオオカブトの角があれば、間違い無く最強の剣が出来るだろう。大型恐竜であろうと一撃だぞ」

驚いて振り返ると、全員が笑顔で俺を見ている。

「まさか……知っていて俺に取らせてくれたのか」

すると、ハスフェルが笑って教えてくれた。

「未知の洞窟の最下層に最初に到達した人間には、特別なお宝があるんだよ。ただし色々と条件があってな」

すると、俺の肩に座っていたシャムエル様が得意気に胸を張って教えてくれた。

「詳しい条件は企業秘密なんだけどね。よく知られているので言えば、超レアなお宝が出るのは、最初のお宝出現から連続十回目以降の人間に、とか、お宝が取れるのは一人一回とかだね」

「確かに俺が取ったのは十一回目だったな」

「ちなみに、ここで確実に人の定義に入るのはハスフェルとケンだけなんだよね」

シャムエル様の言葉に、俺は驚いて神様軍団を見る。

「あれは違うの？」

「まあ正確にはね……」

誤魔化すように笑って彼らを見る。

「それでアクアまで入れたら、ケンの前にお宝を十個取れる事に気付いてああなったわけ」

その言葉に驚いて彼らを見ると、皆笑顔で俺を見ている。

「フランマとアクアの分があるから、ケンにもミスリルは渡せる。これが最善の取り方だったの」

「ヘラクレスオオカブトの剣を作るんでしょう？　バイゼンの近くにある洞窟も、此処ほどじゃないけど強い恐竜が沢山出るからね。剣を作ったら行ってみると良いわよ」

シルヴァとグレイの言葉に足元にあるオリハルコンを見る。

二人は揃って笑顔で大きく頷いてくれた。

「それは貴方が取ったんだから、貴方のものよ」

「あ、ありがとうございます」

感極まって改めてお礼を言うと、全員から水臭い事を言うなと笑われてしまった。

取り出したオリハルコンは、またアクアに預けておく。

「明日は上の階へマッピングを完成させながら上がろう」

「この地下迷宮はかなり強い恐竜がいるみたいだから、良いのがいれば是非戦おう」

そんな恐ろしい事を嬉々として話す金銀コンビの会話を聞きながら、遠い目になる俺だったよ。

手早く片付けて、それぞれのテントへ戻る。

俺達がテントを張った周囲には、大きな背板が並んだステゴザウルスの姿が見える。

「頼むからこっちへ来ないでくれよな。もう、あんな騒ぎはごめんだぞ」

俺の言葉に、ハスフェルとギイの三人で顔を見合わせて大笑いになった。

「一応、今回もミスリルの鈴は立てておくから心配するなって。まあ、あんなのはそうは無いよ」

不思議そうな神様達にギイが、以前東アポンのグリーンスポットで夜明かしした時に、早朝にステゴザウルスの尻尾の襲撃を受けてテントが大破した事を大笑いしながら話していた。

「それじゃあおやすみ」

笑って皆を見送り俺はいつものもふもふ達に埋もれて目を閉じた。

「それじゃあおやすみ。明日は地上へ、出られるかなあ……」

欠伸を一つして、小さくそう呟いた俺は眠りの国へ急降下していったのだった。

第47話　災難の襲来とゴールドスライム達

翌朝、いつものモーニングコールに起こされた俺は、大きな欠伸をして立ち上がった。

「今日はどうなるやら。しかし無事に朝を迎えられてほっとしたよ。本当にあれには驚いたもんなあ……」

もう一度欠伸をしながら顔を洗いに行こうとしてテントの垂れ幕を上げた瞬間、俺は固まった。

テントから顔を出した俺のごく近く、多分30センチくらい先に巨大な三本の角の先があり、視界一杯に広がるフリル。そして、俺を見つめる意外に小さな目。

「うわっトリケラトプス……」

思わず小さく呟いたきり固まってしまう。俺は、テントのすぐ横にいた軽トラ程の大きさのトリケラトプスと、垂れ幕を上げた瞬間に真正面から向き合ってしまったのだ。

しかも今の俺、剣も剣帯も身に付けてないから実質丸腰。油断し過ぎだ……。

今更後悔しても時既に遅し。後ろでゆっくりとニニとマックスが動く気配がするが、俺は動けない。

迂闊に動いて驚いたこいつが突進してきたら、間違いなくその瞬間に角に突かれて俺は死ぬ。

両者無言の見つめ合い状態で硬直していると、頭の中で不意に声が聞こえた。

『ゆっくりそのまま後ろに下がれ。絶対に目は逸らすなよ』

頼もしいハスフェルの声に小さく頷いた俺は、泣きそうになりつつも言われた通りにトリケラトプスから目は逸らさずにゆっくりと後ろに下がる。

一歩、二歩、三歩……。

しかし、垂れ幕の端を持ったままなので、もうこれ以上下がれない。

『それを離せ！』

いきなり強い口調でそう言われて、咄嗟に垂れ幕を摑んでいた手を離す。

その瞬間、ニニがすっ飛んできて俺の襟を咥えて後ろに飛び下がった。引きずられて転ぶ俺の前にマックスが庇うように立ち塞がる。

シリウスの物凄い鳴き声と何かを叩くような大きな物音。そして地響き。

外が静かになっても、俺は地面に引きずられたまま恐怖のあまり動く事が出来なかった。

「おい、大丈夫か？」

笑ったハスフェルの声がして、テントの垂れ幕が巻き上げられる。

「大丈夫？」

「本当にケンったら、絶対この地下迷宮に嫌われているわよ」

「あはは、それは有り得るかも！」

そう言って笑い転げるシルヴァとグレイだったが、口答えする元気も無いよ。

「た、助けてくれて、ありがとうございました。俺が軽率でした！」

大きなため息を吐いてそう言い、今度はちゃんと剣帯と剣を装着してから、顔を洗いに行ったよ。

「そう言えば、お前らって水中でも息が出来るのか？」

水から出てきたサクラにサンドイッチ各種を取り出してもらいながら、足元に来たスライム達を見る。

「サクラ達は体全部で息もするしご飯も食べるの。水の中でもちょっとだけ息は出来るよ。だから少しなら水の中でも平気なんだよ」

サクラがそう言ってビヨンと伸びる。

「俺があの水路に落ちた時に助けてくれただろう？　おかげで息が出来たんだけど、あれはどうやったんだ？」

「えっとね、金色になっている時は、もっと長い時間水の中にいられるし体の中に空気を作れるの。だから水の中でもご主人を守れたんだよ」

「へえ、アクアゴールドは凄いんだな」

感心したように俺がそう呟くと、一瞬で合体したアクアゴールドが目の前に飛んできた。

「ありがとうな。これからもよろしく！」

両手で捕まえてプルンプルンの手触りを満喫させてもらったよ。


「それじゃあもう出発か？」

食事を終えた俺の言葉に、ハスフェル達が揃って頷く。

「ベリーによると、この上の階に幾つか恐竜達が集まる水場があるらしいから、マッピングを兼ねて戦いながら順番に回ろう」

「やめてくれ。ここの地下迷宮の恐竜達は俺には荷が重いよ」

「まあ、無理に戦えとは言わんが、大丈夫そうなのがいたらお前にも参加してもらうよ」

「そうだな。それ以外の時には、俺は料理でもして待っている事にするよ」

誤魔化すようにそう言って笑うと、シルヴァが笑顔で手を上げた。

「はい！　花の名前のミソスープ！　あれがもう一度食べたいです！」

「それなら私は、グラスランドチキンのレモンバター焼きが食べたいわ！」

シルヴァの言葉に、グレイも嬉しそうに頷いている。

「牡丹鍋か。あれは確かに美味かったな」

オンハルトの爺さんが腕を組んで頷く横で、エリゴールとレオも満面の笑みで頷いている。

「分かったよ、じゃあリクエストは牡丹鍋とグラスランドチキンのレモンバター焼きだな。順番に作るよ」

頭の中で材料の在庫を確認する。よし、材料はどれもふんだんにあるから、メニューを考えなくてすむ分楽で良いよ。

まあ、一度作ったものを美味しかったからまた食べたいとリクエストしてもらえるのは純粋に嬉しいよな。

少し休憩してからテントを撤収した俺達は、グリーンスポットを後にした。

真ん中で守られて歩きながらも、俺は早く外に出たいともうそればっかり考えていたよ。

だけどそんな密かな願いも虚しく、到着した百枚皿ではダンプカーサイズの巨大なトリケラトプスが闊歩《かっぽ》していたのだった。

「あれは無理！　草食恐竜だけどあれは無理！　絶対に無理〜！」

思いっきり顔の前でばつ印を作って叫ぶ俺を見て、ハスフェル達はなんとも言えない顔になった。

「まあ、確かに……」

「一応、あれでも草食なんだけどなあ……」

レオとエリゴールも顔を見合わせて苦笑いしている。

「それなら彼には、あそこの水のある場所で食事を作っていてもらうとしよう」

にんまりと笑ったオンハルトの爺さんの言葉に、皆顔を見合わせて笑って頷いてくれた。

「お前達はどうする？」

「やります！」

マックス達が声を揃えてそう叫ぶのを見て、俺は思わず遠い目になったよ。

「じゃあ、そっちは任せるよ。お願いだから怪我だけは気を付けて。ジェムも素材も腐る程あるから無理はしなくていいぞ」

今にも駆け出していきそうなマックス達を捕まえて、順番に撫でさすりながら言い聞かせてやる。

それが終わると、スライム以外は全員行ってしまった。

「気を付けてな！」

後ろ姿にそう叫び、俺は百枚皿の隅っこにある綺麗な水の湧く場所に向かった。

レオとエリゴールがついてきてくれて、前回同様に、取り出した槍を地面に突き立てて俺の周りを大きく取り囲んでくれた。

「前と同じだからね。ここから外へは出ないように」

二人掛かりで掛けてくれた守りの結界だ。改めてお礼を言って駆け足で戻る二人を見送った。


「俺にあのデカさは無理だって。なあ」

残ってくれたスライム達とモモンガのアヴィを順番に撫でてやる。

「私は、いつもお役に立てなくてごめんなさい」

戦力になれなくていつも見学組のアヴィは、申し訳なさそうに小さくなっている。

「アヴィには、俺にもふもふされるっていう重要なお仕事があるぞ。うちのパーティーは完全に戦力過剰だから気にしなくて良いぞ」

そう言って、抱き上げた柔らかなその小さな体を心ゆくまでもふもふしてやる。ああ、この小さなもふもふも癒されるよ……。

何やら賑やかに暴れる音と地響きが聞こえてきて、俺は苦笑いをしてアヴィを背もたれに戻した。

「じゃあリクエストのあった牡丹鍋にするか。まずは野菜からだな」

段取りを頭の中で確認して、まずは鍋に入れる野菜各種を取り出して切っておく。

「他に何か入れられそうなものは……よし、鶏団子を作ってみよう。これは普通の鶏肉で良いな」

サクラに鶏肉のミンチを作ってもらう。

「ええと、材料は……生姜とネギ、後は卵と片栗粉だな。よし、全部ある」

定食屋で仕込んでいた時に覚えたレシピで良いだろう。

大きめのお椀にすり下ろした生姜と刻んだネギと鶏肉のミンチをぶっ込んで、手で揉むように混ぜ、片栗粉を適当に入れて更に混ぜてねっとりしたら完成だ。そのままサクラに預けておく。

洗った人参と大根は、見本に少し切ったら待ち構えていたアクアがサクッと切ってくれた。

「本当にお前らがいてくれて助かるよ。いつもありがとうな」

そう言ってアクアとサクラを順番に撫でてやる。他のスライム達はまだ料理のアシスタントは出来ないらしく、羨ましそうに時々机に上がって二匹がする事を見ている。

「気にしなくて良いぞ」

レインボースライム達も順番に撫でてやり、別の大きな鍋に切った人参と大根を入れて、まずは下茹でしておく。

その間に、一番大きな鍋にうどん屋の屋台で買ったお出汁《だし》と水を入れて火にかける。

お出汁が沸いてきたら、今日は麦味噌を投入。

味を見て、まずは白菜の芯の硬い部分を入れておき、さっき作った鶏団子のお椀を取り出し、スプーンですくって鍋に入れていく。これも生姜風味の良い出汁が出るから全部投入して、ひと煮立ちしたら下茹でした大根と人参も入れておく。

「サクラ、グラスランドブラウンボアの肉を薄切りにしてくれるか。たっぷりな」

「了解！　じゃあ、前回切った分ぐらいを用意しておくね」

得意気にそう言って猪肉を切ってお皿に山盛りにしていく。レインボースライム達がその周りに集まり見学していてサクラが得意そうだ。俺には分かる、あれはドヤ顔だぞ。

鍋に山盛りの猪肉を入れながらふと嫌な気配を感じて振り返ると、ダンプカーどころか大型重機並みの巨大なトリケラトプスが槍の結界のすぐ近くにいて、俺を見ていたのだ。

「うわっ、デカい！」

驚いてそう呟くと、その声を合図にしたかのように頭を低くして突進してきた。

お玉を持ったまま悲鳴を上げた俺の目の前に、瞬時に合体したアクアゴールドが薄く伸び上がって盾になってくれる。

物凄い衝撃と地響き。ミシミシと軋《きし》むような音に恐る恐る目を開いた俺は本気で腰を抜かしそうになった。

地面に突き刺した槍が、数本折れて曲がっている。

「うわあ！　やめてくれって！」

本気で叫んで、お玉を放り出して腰の剣を抜く。

左右を見て、とにかく机から離れる。

「サクラ、牡丹鍋を確保してくれ」

視線はトリケラトプスから離さず小さな声でそう言ってやると、盾になったアクアゴールドからニュルンと触手が伸びて机の上の鍋を飲み込んでくれた。後はまあ、最悪ひっくり返されてもなんとかなるだろう。

ミシミシと音を立ててもう一本槍が折れる。

何か叫びながらハスフェル達がこっちへ走ってくるのが見えたが、彼らが来てくれる前に真ん中の槍が音を立てて根本から折れた瞬間、トリケラトプスが結界の中に突進してきた。

とにかく横に逃げて、抜いた剣を水平に構えて目の横辺りを力一杯突く。剣先が僅かにめり込む感覚があったがすぐに止まった。とにかく硬い。

トリケラトプスは物凄い大きな声で吠えて、嫌がるように頭を振った。

「うわあ！」

アクアゴールドが横に払われて吹っ飛ばされるのが見えて、咄嗟に剣を縦にして構えたが間に合わず、振り回した角に横からふっ飛ばされる。

「ご主人！」

触手が伸びて、一瞬で俺は跳ね飛んできたアクアゴールドに空中キャッチされて包み込まれた。そのまま、吹っ飛ばされて地面に数回続けて跳ねて転がる。しかし、衝撃はアクアゴールドが吸収してくれたみたいで俺は大丈夫だった。

何が何だか分からないままに、角で叩かれた横っ腹を左手で押さえる。

まずい。これは確実に肋骨が逝ったレベルだ。

激痛に起き上がれず、とにかく必死で転がってその場から逃げる。

「じっとしてろ！」

俺を飛び越えたハスフェルの大声を聞きつつ、だんだん目の前が真っ暗になってきて音が遠くなる。

「やっぱり俺……このダンジョンに嫌われてる、に……1万点賭け……」

小さくそう呟いた俺はそのまま意識を手放した。

ぺしぺしぺし……。

ふみふみふみ……。

カリカリカリ……。

ツンツンツン……。

ああ……もう起きないと……。

ぺしぺしぺし……。

ふみふみふみ……。

カリカリカリ……。

ツンツンツン……。

そろそろ起きないと、次はソレイユとフォールのザリザリ攻撃が来るぞ……。

「ご主人！」

「ご主人、しっかりしてください！」

「ごしゅじ～ん！」

「ご主人死なないで！」

半泣きの従魔達の声が聞こえて、俺はようやく異変に気が付いた。

あれ？　俺、いつの間に寝たんだ？　料理して……え？

しかし俺の身体は全く動かず、耳は聞こえるものの声を出す事すら出来ない。一体何事だ？

ええと、確か超巨大なトリケラトプスが結界に体当たりしてきて……それで……うわあ、思い出した。トリケラトプスの角に吹っ飛ばされたんだ。

ええ……もしかして俺……死んだ??

「死んでないから！　まだ大丈夫だからとにかくこれを飲んで！」

耳元で焦ったようなシャムエル様の声が聞こえた直後、誰かに抱き起こされて口元にコップの縁を当てられた。顎を押さえて口を無理やり開けられる。

「飲んで！　お願いだからこれを飲んで！」

しかし俺の身体は全く動いてくれない。口の中に液体が注がれるが、残念ながら全部そのまま外に流れてしまう。

あれは多分延命水なんだろう。飲みたいのは山々なんだけど喉が全然動いてくれないんだよ。

「お願いだから飲んで！」

また耳元で、焦ったようなシャムエル様の声が聞こえる。

これは困った。割とガチでヤバい気がするんだけど、残念ながら俺の身体は全く動かないんだよ。

先にすっかり目が覚めている脳内でそう呟いた時、不意に俺の口に何か柔らかいものが押し当てられる感触がして、直後に口の中に水が入ってくる。そのまま顎を上げて喉を伸ばされたらあら不思議、スルッと水が喉の奥に流れていったよ。

何度も何度も柔らかいそれが押し当てられて、次々に口の中にあの美味しい水が注がれる。

ここまでされて、ようやく理解した。

これはいわゆる口移し！　ここまで柔らかいなら、誰の唇かなんて……ね?

しかし、もう何度目か分からない口移しの時に気が付いた。時々、妙に口元の辺りがチクチクするんだけど、これは何だ？

あ、髪の毛か！　そうだよな。きっと髪の毛だよな。うんうん。

「うん……」

その時、ヘロヘロの弱々しい声が漏れた。

「ご主人！」

「お願いだから、目を開けてください！」

ステレオで聞こえる従魔達の声を聞いていると少しだけ目が開いた。

「お、ようやくお目覚めだな」

頭上から嬉しそうな声が聞こえて、俺は開いた目でその声の主を見上げた。

俺を支えていてくれたのはハスフェルだった。って事は、確実に口移しは彼じゃないな。

「ほら、もっと飲んで」

誰かの手に乗ったシャムエル様が、抱えたコップを俺の目の前で渡してくれる。何とか腕を動かしてコップを受け取り、ゆっくりとだが自分で飲む。

染み渡る美味しさに一気に飲み干すと視界が鮮明になった気がする。改めて目を瞬いてから周りを見ると俺の右にオンハルトの爺さん。左にはシルヴァとグレイが並んで心配そうに俺を見ていた。

「よし、もう大丈夫そうだな。起きられるか？」

ハスフェルの言葉に頷いてゆっくりと起き上がった俺は驚きに絶句した。

今の俺、上半身真っ裸。傷の一つも無い綺麗な身体だけど、女性二人がすぐ側で思いっきり俺をガン見している……。

「キャーミナイデ」

込み上げる羞恥心を誤魔化すように胸元を隠しながら棒読みでそう言うと、全員同時に吹き出した。俺も吹き出し、そのまま全員揃って大爆笑になったよ。


「全くお前は、心配するだけ無駄だったみたいだな」

ようやく笑いのおさまったハスフェルに思い切り背中を叩かれて悲鳴を上げる。

「ほら、とりあえずこれを着て」

シャムエル様が出してくれた新しい服を受け取る。

「あれ？　さっきまで俺が着ていた服は？」

置いてある防具も同じなのに何故か新しくなっている。

「……見たい？」

シャムエル様の言葉に何も考えずに頷いたけど、出されたそれを見て絶句したよ。

どう見ても惨殺死体から剝ぎ取ったとしか思えない酷く破れた服。しかも血まみれ。

「あの、これってもしかして……俺の血？」

恐る恐るそう尋ねると、嫌そうな顔をしたシャムエル様が大きく頷いた。

「もしかしなくてもそうだよ。本当に今回ばかりは絶対壊れたと思ったよ。いやあ、作った本人も感心するくらいに頑丈だね。グッジョブ私」

ドヤ顔の創造神様にそんな事言われて、俺にどう答えろと？

「ちなみに胸当ても。これも良い仕事してくれたんだから感謝してよね」

またしてもドヤ顔で出されたそれを見て、俺はもう無言で顔を覆った。

あの硬い胸当てが割れて血まみれ……何故上半身真っ裸だったか分かったよ。怪我は万能薬で治してくれて、血まみれの胸当てと服を脱がされた俺に延命水を飲ませてくれたわけか。

「ありがとうございます。おかげで生きているよ」

本気でお礼を言ったが、シャムエル様は嬉しそうに目を細めて笑っているだけだ。

「本当にごめん！」

「本当にごめんなさい！」

何故か突然、揃って土下座しそうな勢いのレオとエリゴールに謝られた。

「ええ？　何でお前らが謝るんだよ？」

「だって、俺達が張った結界が破られて、ケンが大怪我したんだし……」

「トリケラトプスの亜種があそこまで強いなんて、予想外だったんだよ」

「亜種の力を軽く見た俺達のミスだよ。本当にごめん」

「次はもっと強力なのを張るから！」

涙を浮かべて必死で謝ってくれる二人を見て、俺は遠い目になったよ。

確かに、あのトリケラトプスはデカかったもんなあ……たとえて言えば、ガードレールに戦車が突っ込んできたみたいなもんだ。そりゃあ壊れるって。妙なたとえに納得した俺は、苦笑いして首を振った。

「もういいから顔を上げて。俺は生きているんだからさ」

何故か後ろで見ていた全員が、何度も頷きながら手を叩いている。

「ほら、言ったであろう？　ケンはそんな事で怒ったりせんとな」

オンハルトの爺さんの言葉に、レオとエリゴールの二人が泣きながら何度も頷いている。

「もうね、君の手当てをしている間中、彼らはずっと泣きながら謝り続けていたんだよ。もういいって言っても聞かなくてね。生きてて良かったね！」

シャムエル様の言葉に頷いた俺は、笑顔で握った拳を二人に突き出した。

「これからもよろしくな。頼りにしてるぞ」

「ケン！」

「ありがとう。大好きだからね〜！」

涙でぐしゃぐしゃになった顔の二人と、俺は笑顔で拳をぶつけ合った。

その時、俺の腹が思いっきり大きな音を立てた。続いてレオとエリゴールの腹からも似たような音が聞こえてまたしても大爆笑になったよ。

「とりあえず飯にしよう。ええと、ここは安全……なんだよな？」

遠くに巨大なトリケラトプスの頭が見えているけど、神様達が何の策も取ってないわけは無かろう。

「任せて、ここは私が結界を張っているからね。物理攻撃には絶対の強さを誇るよ」

ドヤ顔のシャムエル様に笑った俺は、振り返ってまた悲鳴を上げたよ。だってそこにあったのは、無残に踏み潰された机と椅子などの成れの果てだったのだ。

そして改めて思った。本当に、よく生きていたなあ俺……。


「うああ俺の机が〜！」

また悲鳴を上げる俺にため息を吐いたハスフェルが首を振る。

「本当に大変だったんだよ。角に叩かれて吹っ飛んだお前に、あの巨大なトリケラトプスが更に突っ込むのを咄嗟に止めきれなくてな。一番長い角に引っ掛けられて振り回された上に吹っ飛ばされて……」

「確実に致命傷だ。それで必死でお前さんを確保して万能薬で治療していたら、その一瞬の間に大暴れする尻尾と後ろ足で踏みまくられて……で、こうなったわけだ」

ハスフェルの言葉の後半をギイが申し訳なさそうに言ってくれて、俺はもう一度顔を覆った。

「分かった。もう生きているからそれで全部良い事にするよ。だけど机と椅子が無いのは辛《つら》いなあ……」

作り置き料理だけで間が持つか考えていると、金色合成したアクアゴールドがパタパタと目の前に飛んできた。

「ご主人、机が無いと困るの？」

無邪気な問いに、苦笑いして机だったものの残骸《ざんがい》を見る。

「料理や食事をするのに机が無いのは困るよ。それに椅子も、食事する時や疲れた時には座りたいからなあ」

ため息を吐いた俺を見て、アクアゴールドはその場で振り返って残骸を見た。それから俺の右肩にいるシャムエル様を見る。何故かシャムエル様が満面の笑みで頷き、それを見たアクアゴールドが得意気に伸び上がった。

「分かった。じゃあ、直してあげるね！」

「え？　何を直すんだ？」

意味が分からなくてそう尋ねると、アクアゴールドはパタパタと羽ばたいて机の残骸の側へ行きこう叫んだ。

「みんな、手伝ってくれる？」

すると、それぞれの神様達の連れていたゴールドスライム達が、全員アクアゴールドの所に集まってきたのだ。

「じゃあ、アクアとシスゴールドは大きい机ね」

アクアが、シルヴァのゴールドスライムにそう言って並ぶ。

「じゃあセットはこの椅子にする！」

グレイのゴールドスライムが、俺の背もたれ付きの椅子の残骸の上に留まる。

「じゃあクシーはこれにする！」

「じゃあカイはこれね！」

ハスフェルとギイのゴールドスライム達が、もう一つの背もたれ付きの椅子と丸椅子の残骸を確保する。

「じゃあゲーはこれ！」

レオとエリゴールのゴールドスライム達が、小さい机の残骸の上に並んで留まる。

「ぺーも手伝うよ！」

「じゃあユプシロンはこれを直すね！」

そう言ったオンハルトの爺さんのゴールドスライムは、潰れた俺の携帯コンロの上に来た。

「じゃあ、修理始め〜！」

アクアゴールドの掛け声に、スライム達が一斉に壊れた椅子やコンロを飲み込み始めた。机担当の二匹は再合体して作業を始めた。それぞれの中身の大きさになったスライム達は、飲み込んだ残骸をその透明な体の中で右に左に転がし始めた。

もう全員が驚きのあまり声も無く目の前の光景に魅入っていた。何しろ、スライムの体の中にある割れた板がくっ付いたかと思えば、向こうでは折れた椅子の脚が復活している。

「出来上がり〜！　じゃあ次はこれもだね」

最初にそう言ったのはオンハルトの爺さんのユプシロンゴールドで、吐き出されたコンロはすっかり元通りになっている。

「おお、火が付いたぞ」

呆然としつつコンロを受け取ったオンハルトの爺さんは、いつものように火が付いたコンロを見て更に驚く。

「その中のジェムは砕けちゃったから塊よりも早く無くなるよ。火が弱くなったら早めに入れ替えてね」

ユプシロンゴールドは得意気にそう言い、もう一つの歪んだコンロも同じように飲み込んでしまった。

「出来たよ！　じゃあ、次はお皿を直しま～す」

元通りになった丸椅子を吐き出したカイゴールドが、地面に散らばっている割れたお皿の破片をまとめて飲み込む。

「これは、残念だけど駄目になっちゃったね」

そう言って一旦吐き出したのは砂の塊だ。どうやら踏み潰された食材の成れの果てらしい。

背もたれ付きの椅子もすっかり元通りになったが、大小の机はどちらもまだバラバラで苦労しているみたいだ。

セットゴールドとクシーゴールドがそれを見て、それぞれの所へ行き一瞬で合体してしまった。

何とゴールドスライム三匹合体だ。途端に体の中の木片の動きが速くなる。

「出来たよ！」

小さい方の机に続き、大きい方の机も完璧に修理されて吐き出された。

「どうですかご主人。これで良い？」

得意気なアクアゴールドを俺は震える手で抱きしめる。

「お前ら最高過ぎる。ありがとう、ありがとう」

粉々になったお皿も踏み潰された調理道具も、全部元通りになって机の上に山積みにされている。

いきなりハスフェルが笑い出し、それに釣られて全員が笑い出す。俺もアクアゴールドを抱きしめたまま、座り込んで大笑いになったよ。

「なあ、これもゴールドスライムの隠れた能力なのか？」

右肩の上で笑っているシャムエル様にそう尋ねると、目を細めて口元を膨らませて大きく頷いた。

「そうだよ。ゴールドスライムのみが持つ修理と復元の能力。これが出来るのは、机や椅子みたいな道具だけだよ。食糧やジェムのように使うと減る物は戻せません。それから生きているものも駄目。あくまでも直せる物で現状復帰だからね」

おお、これまた素晴らしい能力頂きました。ああ、それよりその膨れた頬っぺたを突っつきたい！

思考が脱線しそうになったので無理矢理引き戻し、とにかく立ち上がって直してもらった机と椅子を並べた。

皆が、慌てたように駆け寄ってきて手伝ってくれたよ。

「じゃあスライム達のおかげで壊れた机も椅子も元に戻ったし、とにかく飯にしよう。俺は腹が減ったよ」

積み上がったお皿をサクラに飲み込んでもらい、改めて牡丹鍋の入った大鍋を取り出してもらうと、レオが鍋を覗いてから肉の入った皿とお箸を手にした。

「鍋の面倒は見るからケンはもう少し休んでいて。まだ無理は駄目だよ」

確かに少しフラフラしているので、素直にお礼を言っていつもの椅子に座らせてもらった。

「もう少し飲んでおく？」

シャムエル様がコップに水を入れてくれたので飲んでおく。

「ああ、染み渡るよ。しかし本当に俺ってこの地下迷宮に嫌われているよなあ。とにかく、もうこれ以上酷い目に遭いませんように！」

取り敢えず、目の前の創造主様に手を合わせておく。この行動は多分……間違ってないよな？

「何してるの？　ケン。まあいいから食べようよ」

シャムエル様がそう言って、嬉しそうに頰を膨らませながらレオが面倒見てくれている鍋を見る。

「そうだな。まずは食おう」

確かに腹が減っている。笑って頷き、サクラにいつもの携帯用の鍋セットを取り出してもらった。汁物の時には、この鍋に取るのが良いんだよ。

肉も野菜もたっぷりと小鍋に取って席に戻ると、小さくため息を吐いて水筒から普通の水を飲んだ。

「まだちょっとフラフラするけど大丈夫だ。よし、食おう」

マイ箸を取り出して、別の小皿に適当に取り分ける。

「あ、じ、み！　あ、じ、み！　あ〜〜っじみ！」

シャムエル様が俺の右手にもふもふ尻尾を叩きつけながら、お椀を手に妙なリズムのもふもふダンスを踊っている。

「はいはい、これだね」

俺の小鍋から猪肉と鶏団子と野菜と小餅も一つ入れてから、味噌汁もたっぷり入れてやる。

「はいどうぞ。ご飯は？」

「ご飯はお代わりでもらうよ」

嬉しそうにそう言ったシャムエル様は、お椀に顔を突っ込んだ。お代わり前提かよ。

「熱くないか？」

「大丈夫です！」

そう答えたシャムエル様は、味噌汁でべったり濡れた顔で野菜を齧りながらドヤ顔だ。

「何でドヤ顔なんだよ。そこは作った俺がドヤるところじゃね？」

「はいはい」

軽くあしらわれて悔しくなった俺は、無防備なもふもふ尻尾を背後から突っついてやった。

「何これ！」

いきなりシャムエル様がそう叫んで、小餅を手に俺を振り返った。

「それはお餅、米を蒸して潰して団子状にしてあるんだ。伸びるから、喉に詰まらせないようにな」

「ああ、聞いた事がある。へえ、これがそうなんだね」

餅を手に、少し噛み付いて引っ張るが、意外によく伸びて噛みきれなくて苦労しているみたいだ。

「はい、これで食べられるだろう？」

笑って横から伸びている餅を箸で切ってやる。

「へえ、面白い食材だね」

どうやら気に入ったらしく、残った餅も口に放り込んでもぐもぐしている。

ああその膨れた頬っぺたをツンツンしたい！　思考が脱線しかけたので、視線を鍋に戻してせっせと食べる。

「今回は麦味噌で作ったけど、これもいけるな」

やや甘めの麦味噌が、濃厚な猪肉と相まってこれまた良い味わいになってる。

「生姜風味の鶏団子も良い味だ」

自分の仕事に満足して、鶏団子を食べる。

「ねえ、このお団子美味しい。もう一個ください！」

俺が鶏団子を箸で摘んだのを見て、シャムエル様がいきなりそう叫んで俺を見る。神様に欲しいと言われたら断れないよ。苦笑いして持っていた鶏団子をお椀に入れてやった。残りの野菜を平らげてからおかわりを取りに行くと、大量に作ったはずの鶏団子は駆逐されてて欠片も残っていなかったよ。

「よし、次回は倍量仕込もう」

そう呟き、追加で入れてくれていた猪肉をもらった。


「ご馳走様。美味かったよ」

すっかり空になった鍋を見て、皆が口々にそう言って喜んでくれた。

特に、リクエストしてくれたシルヴァの食べっぷりは凄かったよ。

本当なら猪鍋には吟醸酒が欲しいんだけど、さすがにここで飲むのは色々とまずい。諦めて、食後には大人しく緑茶を入れて飲む事にした。

「じゃあもう今日は休むか。ケンも無事だったし、腹もいっぱいになったからな」

からかうようなハスフェルの言葉に俺とレオとエリゴールがほぼ同時に謝って、また皆で笑い合った。

「もう気にしないでくれって」

そう言いながら不意に違和感を感じた。猪鍋は昼飯だったはずなんだけど、ハスフェル達はもうここで休むつもりらしい。

彼らが手早くテントを出すのを見て、今更だけどここが俺のテントの中だった事に気が付いた。確か、料理をしていた時は、机と椅子しか出してなかったはずだから、恐らくシャムエル様がサクラから出して誰かが組み立ててくれたんだろう。って事は、半日分ほど俺が知らないうちに時間が過ぎたみたいだ。そっか、大暴れした上に一食抜いたから皆あんなにバクバク食っていたのか。なんか色々すまん。状況を理解した俺は、密かに皆にもう一度謝っておいた。

「ええと、グリーンスポットに行かなくて大丈夫なのか？」

あちこちに、例の巨大なトリケラトプスの頭が見えているんだけど、シャムエル様が自信ありげに胸を張った。

「だから言ったでしょう？　ここは私が念入りに結界を張って保存しているから、これ以上安全な場所は無いよ。安心して休んでね」

「そっか、確かそんな事言っていたな。じゃあ俺ももう休ませてもらうよ」

分解したスライム達が、あっという間に散らかったお鍋や残っていた食材の残りを片付けてくれた。

机と椅子は端に寄せておき、スライム達が作ってくれたウォーターベッドにニニやマックス達と一緒に横になる。

「アクア達がこれをしているのを見て、他の子達も真似をしたみたいだよ」

足元のアクアがそう言って、得意気にビヨンビヨンと伸びたり縮んだりしている。

「そっか、確かにこのベッドの寝心地は最高だからな」

笑って撫でてやると、他のスライム達までビヨンビヨンし出したので、俺は慌てて落ちないようにニニにしがみついたのだった。

この地下迷宮の中は、案外ひんやりしていて肌寒い。なので薄いハーフケットを羽織ってからいつものようにニニの腹に潜り込んでマックス達に挟まれれば、幸せパラダイス空間の出来上がりだ。

「おやすみ……明日はどうなるかなあ……」

もふもふの温かさに包まれて、俺は気持ち良く眠りの国へ旅立っていったのだった。

覚えてないけど、マジで死にかけた事とか……とりあえず寝て忘れる事にします。

ぺしぺしぺし……。

ふみふみふみ……。

カリカリカリ……。

つんつんつん……。

「うん……起きる……」

ぺしぺしぺし……。

ふみふみふみ……。

カリカリカリ……。

つんつんつん……。

あれ？　また起こしてくれている……俺、起きたはずなのに……全く回らない頭でそんな事を考えていると、首筋と頬にいきなりきたよ。肉食獣コンビのザリザリ攻撃が！

「待って待って！　起きる起きる！」

悲鳴を上げて、腕立ての要領でニニの腹に手をついて起き上がった。

「ああ、駄目だ……このもふもふが俺を駄目にする……」

あまりの柔らかさに、そう呟いて撃沈する。

「お～き～ろ～！」

耳を引っ張られて笑って横に転がる。

「ふぎゃん！」

妙に可愛い悲鳴が聞こえて目を開こうとした時、俺の頬に当たる妙に肌触りの違うもふもふに気が付いた。

「あはは、ごめんごめん。巻き込んじゃったみたいだな」

慌てて救出してやると、シャムエル様は笑いながら俺の指を叩いた。

「もう、私を踏み潰す気？」

「ごめん、全く見えてなかったよ」

笑いながら謝ると、シャムエル様にまた叩かれた。

「じゃあ、美味しいタマゴサンドで許してあげよう」

「おお、是非それでお願い致します」

そう言って両手で持って捧げるようにして上げてやると、何故だか大喜びされた。

子供の高い高いかよ！

一旦シャムエル様をニニの上に乗せて、大きな欠伸と一緒に思いっきり伸びをする。

よし、どこも痛くないし体調に問題無し。

そのまま外に出ようとして昨日の朝の大騒ぎを思い出し、防具と剣帯を全部身に付けてから外に出る。

「このところ色々とハード過ぎるよ。のんびり異世界を旅する予定だったのに、何でこんなハードモードになっているんだよ」

ちょっと愚痴モードでそう呟きながら水場で顔を洗う。

「もう、昨日の私の説明を聞いてないの？　ここは私が念入りに結界を張っているから、これ以上無く安全です！」

「そうだったな。信頼してるよ！」

「任せて！」

ドヤ顔のシャムエル様を笑って突っつき、跳ね飛んできたサクラに綺麗にしてもらってから、順番にスライム達を水の中に放り込んでやった。

他のテントにいた子達もそれを見て全員跳ね飛んできたので、水場はスライム達で埋め尽くされてしまった。

「何これ……カオス過ぎる……」

全員集合して水場から転がり落ちるスライム達を見て吹き出す。

「あ、くっ付いちゃった！」

その時突然アクアの声が聞こえて、スライムの山が少し小さくなった。

しばらくして中からニュルンって感じにアクアゴールドが出てきて、俺の目の前にパタパタと飛んでくる。

するとずるずると動いたスライム達が、まるで某落ちものゲームのようにあちこちでくっ付いて金色合成し始めた。あっという間に水場が元に戻る。全員揃っても金色スライムは小さかったよ！

笑って膝から崩れ落ちる俺を置いて、水場から出てきた金色スライム達はそれぞれの主人の所へ飛んでいった。

それを見送って、不意に思いついてアクアゴールドを振り返った。

「なあ、ちょっと疑問に思ったんだけど、アクアとアルファがくっ付いたら全員集まってアクアゴールドになるんだよな？」

「そうだよ」

その答えに、飛んでいる他の金色の子達を振り返った。

「じゃあ仮に、さっきみたいに皆が一緒になった時に、例えばアクアに他のオレンジの子がくっ付いたらどうなるんだ？」

「別にどうもならないよ？」

「金色合成はしないのか」

俺の言いたい事が分かったらしく、アクアゴールドはビヨンと伸びて一瞬で元に戻った。

「ならないよ。だってご主人が違うもの」

「紋章は同じだぞ？」

「テイムしてくれたのはご主人だけど、自分の今のご主人じゃあないもの」

「成る程。俺がいつもこの人が新しいご主人だって言って譲っているから、自分の今の主人が誰か見分けてるんだ。その上で、金色合成は同じ主人の従魔同士でしか出来ないのか。へえ、面白い」

「そりゃあそうでしょう？」

いつの間にか右肩にいたシャムエル様が、いきなり俺の頬を叩いて口を開いた。

「だって、主人が違っても金色合成出来たら、極端な話、色違いのスライムを連れたテイマー達が九人集まったら金色スライムが出来ちゃうじゃない。それは面白くないでしょう？」

「確かに、一人で全色集めるから面白いんだよな」

「正確には、まだ全色は集まっていないけどね」

目を瞬く俺に、シャムエル様は何故かドヤ顔になった。

「ええ待って、それってどういう意味か聞いて良い？」

「大ヒントだったんだから、それ以上は自分で考えてください！」

頬を膨らませて得意気にそう言ったシャムエル様は、くるんと回って一瞬で俺の肩から消えて、机の上に現れた。

「お腹空きました！　ご飯にしようよ」

机を叩いてそんな事を言われてしまい、ため息を吐いた俺は笑って机に駆け寄った。

だけど確かに言われてみれば、オンハルトの爺さんにテイムしてやった最初の子は黄緑色で、正確には虹色には入っていない。

「あれ？　だけど金色合成してる時は、黄緑色のフュンフだけじゃなくて、他のダブった色の子も一緒に合成しているよな？」

振り返った金色スライムが頷くように上下するのを見て、俺は早くも机の上でお皿を手にしているシャムエル様を見た。

「私はもう、これ以上は何も言わないからね」

またしてもドヤ顔になったシャムエル様に、俺は笑ってもふもふ尻尾を突っついてやった。

「了解。じゃあまだまだ隠しキャラがこの世界にはいるって事だな。それなら色違いのスライムを見つけたらテイムする事にするよ」

「まあ、全色集めるのは無理だと思うけど、頑張ってね」

「めっちゃ悔しいぞ。よし、こうなったら、何がなんでも全色揃えてやる！」

新たな目的が出来たら、なんだか元気が出てきた。


食事を終えたあとはテントを畳んでその場を撤収した。

トリケラトプスって好きな恐竜だったけど、しばらく見たくないどころか、今回のはトラウマになりそうなレベルだよ。

「そう言えば、ここでのジェムは集まったのか？」

また俺と女性二人を真ん中にして通路に入っていったのだが、不意に思い出して前を歩くレオとエリゴールに話しかけた。

「ああ、もちろん」

「沢山集まっているから、外へ出たら改めて渡すよ」

満面の笑みの二人の答えに、俺は虚無の目になったよ。もう、ジェムは一生使っても使い切れないくらいあるって……。

外へ出たらクーヘンの所へ行く予定だから、絶対押し付けてやる。こっそり倉庫に置いてこよう。

「あ、でもあの大きいのは売らないって言っていたな。なあ、あの巨大なジェムはクーヘンに少しでも引き取ってもらうべき？」

定位置の俺の右肩に座ってるシャムエル様に聞いてみると、首を振った。

「あれは、出来たら手元に置いておいてくれるかな。大きなジェムは、別にあれでなくても構わないよね？」

「了解。クーヘンには他のジェムを押し付ける事にするよ」

「うん。それでお願い」

真剣な声でそう言われてしまい、何となく頷いたものの妙に気になった。何故、あの巨大なジェムを置いておけと言うのだろう。

いつも一緒にいるけど、こんな風に俺に直接何かをするように言われたのって、考えてみたらここへ来た最初の頃以来だ。これは大人しく聞いておくべきだろう。

その時、先頭を歩いていたハスフェル達が不意に立ち止まった。全員、即座に黙る。

少し先に、通路が切れていて広い空間が見える。どうやら、広場に到着したみたいだ。

「ふむ、肉食恐竜がいるようだが、どうするかな」

金銀コンビが顔を寄せて思いっきり物騒な事を相談しているけど、肉食恐竜と聞いた瞬間、俺はもう必死になって首を振ったよ。

「ちょっと見てくる。ここで待っていてくれ」

ギイがそう言って平然と広場へ入っていき、すぐに戻ってきた。待て。何故に満面の笑み？

「良かったな。デカい肉食恐竜は一頭だけだ。後はケンでも大丈夫そうだぞ」

「待て待て。一頭だけって！　それってどう考えても絶対王者だろうが！」

本気でビビる俺に、ギイが嬉しそうに笑いながらとんでもない事を言ったぞ。

「大丈夫だ。あれはアロサウルス。一匹だけだからすぐに片付く。後はディメトロドンだから、お前でも大丈夫だろう？」

「ディ……ディメトロドン？」

どんな恐竜か思い出せなくて恐る恐る通路から首だけ出して覗いてみると、どう見ても肉食恐竜の巨大なシルエットは確かに一匹だけで、後は百枚皿のあちこちに、大きな扇状の背板を持ったワニっぽい恐竜が散らばっているのが見えた。

「ああ、図鑑で見た事があるな……」

そこまで思い出して、俺は慌てて首を振った。

「待った！　アロサウルスと比べたら大した事ないかもしれないけど、あれだって立派な肉食で全然大丈夫じゃねえよ！　絶対無理〜！」

もうこの台詞、この洞窟に来てから何回叫んでいるんだろう……ちょっと遠い目になる俺を置いて、ハスフェル達はまた相談を始めた。

「確か、ベリーに聞いた話では、この先にパラサウロロフスの巣があるらしいから、ケンにはそこで頑張ってもらおう。それならここでは飯の支度か」

「まあこの洞窟では、本当に冗談抜きで酷い目に遭っているから、無理は禁物だろう」

パラサウロロフスって何だっけ……ああ、角みたいな突起が頭にある草食恐竜だな。

相談を終えて振り返ったハスフェルが、ため息を吐いて奥にある小さな泉を指差した。

「それならお前は、ここでまた料理をしてくれ。俺達はちょっとジェム集めをしてくるよ」

肉食恐竜を相手にそう簡単に行ってくると言える君達を尊敬するよ。


泉の周りに、レオとエリゴールにシャムエル様まで加わって一緒に結界を張ってくれた。

走り去る彼らを見送りアクアゴールドを見た。そして慌ててマックスを振り返った。

「お前らは今回は行くなよ。相手は肉食だぞ！」

モモンガのアヴィを俺の左腕にしがみつかせて、ラパンとコニーも抱き上げてやる。

「ええ、大丈夫だよ」

二匹揃って予想通りの事を言うけど、ここは絶対駄目！

「駄目だってば！」

二匹を抱きしめてそう叫ぶと、ため息を吐いて揃って頬擦りしてくれた。

「じゃあ、ご主人が怖くないように私達が一緒にいてあげるね」

「おお、是非お願いします」

笑ってそう言い、改めて一匹ずつ両手で揉むようにしてにぎにぎしてやる。

「ああ堪らないこの柔らかさ……本当にお前ら最高かよ」

そのまま頬擦りして、小さなもふもふを満喫したよ。

第48話　知りたくなかった衝撃の事実！

「リクエストのレモンバター焼きよりも、もっとボリュームのある方が良いかな？」

腕を組んで考えていると、突然もの凄い咆哮が轟《とどろ》き渡って咄嗟にその場にしゃがみ込んだ。

頭を庇いつつ恐る恐る振り返ると、槍の間から巨大なアロサウルスと戦うハスフェル達の姿が見えた。

「うわあ、あれを相手に剣や槍って……あいつらが一番怖いよ」

見なかった振りして、大きなため息を吐く。

「よし、一瞬で無くなったハンバーグにしよう。あ、ビーフシチューに手を加えて、煮込みハンバーグもありか」

作るものが決まれば、手早く準備開始だ。

鍋に水を入れて一口サイズに乱切りにしたニンジンを下茹でしておく。

サクラに合い挽きミンチを山盛り出してもらい、アクアには玉ねぎを二つ細かい微塵切りにしてもらう。

大きめのフライパンにオリーブオイルを回し入れて火をつけ、みじん切りの玉ねぎを飴色になるまで炒める。

玉ねぎが飴色になる頃、またしても物凄い咆哮と地響きがして飛び上がって振り返ると、ハスフェル達が大喜びで手を叩き合っている。

「うわあ、マジであれを狩っちゃったのかよ。お前らが一番怖いよ」

苦笑いしながら、飴色になった玉ねぎを火から下ろす。

冷ましている間に、食パンをお椀の中で軽くちぎり牛乳を振りかけてふやかしておく。

大きなお椀にしっかりとお椀に合挽きミンチと冷ました玉ねぎ、牛乳を振りかけた食パンも軽く絞って投入。塩胡椒をしっかりしてお椀ごとサクラに渡す。

「しっかり混ぜてくれよな」

「は〜い」

お椀ごとマルッと飲み込んでしばらくモゴモゴ動いていたが、すぐに吐き出してくれた。

「出来たよ！」

「おお、完璧な混ぜ具合だな。よしよし」

出てきたお椀の中身は、しっかり混ぜられたハンバーグだ。

「これを取り分けて、形を作るぞ」

そう呟いて、作れるだけハンバーグを作りフライパンで両面に焼き色を付けていく。ここでは中まで火は通ってなくても大丈夫だ。

「サクラ、ビーフシチューを出してくれるか」

最後のハンバーグを焼きながらそう言い、ビーフシチューを取り出してもらう。

「それから深めのフライパンも出してくれるか。スライス玉ねぎも頼むよ」

スライス玉ねぎを一掴み、深めのフライパンにオリーブオイルを入れて炒め、ここに焼いたハンバーグをぎっしり入れて、具を少なめに取ったビーフシチューをハンバーグが隠れるくらいにまで入れていく。下茹でしたニンジンも投入。少し水を加えてから火をつけて、フライパンを揺すって焦がさないように煮込んでいく。

「これだけあれば足りるかな……うん、無理。普通のハンバーグも作っておこう」

出来上がった煮込みハンバーグはサクラに預けておき、もう一度大量のハンバーグの仕込みをしていく。

とは言っても、俺がするのは玉ねぎを炒めただけで、後は形成して焼くだけだ。

「えっと……もしかして、形も作れるか？」

最初の一個目を作っていた時、机の上にいたサクラがこっちを見て妙に伸び上がってアピールしているのに気付き、手にしたハンバーグを見ながらそう尋ねると、大きく伸び上がって、混ぜたハンバーグが入ったお椀ごと飲み込んでしまった。

「えっと、どこに出したら良い？」

油を入れたフライパンを指さすと、綺麗に形作ったハンバーグを並べてくれた。

「優秀過ぎだよ。うちのスライムは」

サクラとアクアを撫でてやる。足元では、ソフトボールサイズのレインボースライム達が、何やら言いたげに跳ね回っている。

机の上のアクアとサクラが妙に得意気に見えたのは、俺の気のせいじゃないよな？

フライパン三つ分出来たので、コンロにかけて焼いていく。これはしっかり火を通すので、両面に焦げ目を付けたら蓋をして弱火で蒸し焼きにする。

今回はモッツァレラチーズを薄切りにして、最後にハンバーグの上にのせて蓋をして火から下ろせば完成だ。余熱でモッツァレラチーズが良い感じに溶けてくれるよ。


その時、またしても大きな地響きがして思わず振り返った。

「うわあ、アロサウルス二匹目登場！」

突然現れた先程よりもやや小振りなアロサウルスは、しかし神様軍団によって呆気なく退治されてしまった。

「あれを見るとアロサウルスなんて大した事無いような気になるけど、それは大いなる勘違いだよな。でもまあ、あの巨大な一匹目でもあっという間に倒したんだから、出るならもっとデカいのにしてもらわないとなあ」

苦笑いして机に向き直ると、シャムエル様がお皿を手にしてキラキラした目で俺を見つめていた。

「あ、じ、み！　あ、じ、み！　あ〜〜っじみ！」

最近のお気に入りの味見ダンスを踊り、最後は綺麗にポーズを決める。何、そのドヤ顔。

「残念ながらこれの味見用はありませんので、食事の時間までお待ちください」

にんまり笑って言ってやると、膨れて座り込んだ。

「ええ、食べられると思って楽しみにしていたのに」

「じゃあ、これで我慢してくれ」

小さな体で拗ねている姿も可愛いが一応神様だ。笑ってモッツァレラチーズを一切れ渡してやると、嬉しそうに目を細めて両手で持って齧り始めた。

「柔らかくて美味しい」

成る程。要するに、作っている途中に何か分けてほしいのか。

「終わったぞ。それで何を作ったんだ?」

ハスフェルの声に振り返った俺は、煮込みハンバーグの入ったフライパンをサクラから取り出して見せた。

「煮込みハンバーグを作ってみたよ。足りなければ、チーズのせハンバーグもあるからな」

全員の喜ぶ声に、俺は笑って付け合わせなどを取り出して並べた。


「ああ、美味しい……」

「何これ、幸せ過ぎる……」

シルヴァとグレイの二人は、煮込みハンバーグを半分食べて感動に打ち震えている。まあ、これは半分以上が俺の手柄じゃなくて、ホテルハンプールの料理人の手柄だけどな。

俺は煮込みハンバーグがあれば充分だけど、俺以外は全員チーズのせハンバーグも取っている。

かなり作ったから、予定では余る筈だ……全員のお腹が大満足したところで片付けたんだが、なんと煮込みハンバーグは完食。チーズのせハンバーグも三個しか残らなかった。いやあ、予想以上の食いっぷりだ。次回は倍量仕込もう。


少し休憩してから、また一列になって通路を進んでいく。現在七階部分を終えて六階部分のマッピング中だよ。歩くだけなら俺でも参加出来る。よし！

ちなみに、さっき聞いたパラサウロロフスのいる場所がこの先にあるらしい。大きさにもよるけど、それなら俺でも少しは戦える……かな？

ビビりつつ通路を進んで行くとやや広い空間に出た。足元は何となく段々になった水浸しの地面がデコボコになって広がっている。

その広場の奥から象みたいな鳴き声が聞こえる。

「うわあ、これまたデカい！」

見ると、頭の形が特徴的なパラサウロロフスがあちこちに点在している。

かなりの大きさで、立ち上がった頭までの高さは多分5メートルは余裕である。これは無理。即座に脳内で敗北宣言をしたが、ハスフェル達は、今回は俺も参戦させるつもりらしい。

「ミスリルの槍を使え。突き刺して足止めすればこっちのものだ」

「槍は一本しかないのに、あんなデカいのに突き刺してそのまま持っていかれたら終わりだろうが！　無茶言うなって！」

「ケン、それなら地底湖で教えた魔力を使う方法を試してみましょう」

必死で訴えていると、いきなり背後からベリーに声を掛けられて俺は文字通り飛び上がった。

「うわあベリー！　フランマもおかえり。ええと今の話って……アンモナイトの貝殻を引き寄せた、あれ？」

「そうですよ。使いこなせれば、投げた槍だって一瞬で手元に戻ってきますよ」

驚く俺に、ベリーはハスフェルを振り返った。

「ハスフェル。槍を一本貸していただけますか？」

頷いたハスフェルが槍を渡してくれる。

「見ていてくださいね」

進み出たベリーが右手で手にした槍を軽く投げると、かなり遠くの砂地に槍が突き立った。

「こうやって引くんです」

軽く引く動作をすると、まるで紐が付いているかのように槍が戻ってきた。

「すごいな。だけどこれって一歩間違えたら……戻ってきた槍が俺に突き刺さって一巻の終わり……なんて事になるんじゃない？」

「大丈夫ですよ。投げた槍は、持っていた部分を手前にしてそのまま飛んで戻ってきますからね」

にっこり笑って手渡された槍を俺も軽く投げてみると、さっきのベリーよりもかなり手前に突き立った。

「で、これを引き寄せる」

一度目を閉じて魔力を撚り合わせていく。

「で、引き戻す！」

地面に突き立てている槍に向かって意識を集中させる。

「うわっと！」

勢い良く吹っ飛んできた槍にぶつかりそうになった瞬間、ベリーが横から掴んでくれた。

「強く引き過ぎですね。もう少し優しくやってみましょう」

にっこり笑ってまた槍を渡された。確かにこれが出来れば確実にスキルアップになるって事で、受け取った槍をもう一度投げる。

「ええと、さっきよりも優しく……」

そう呟き、軽く引いてみると、フワッと飛んで戻ってきた槍はそのまま俺の手の中に収まったよ。

「ああ、今のは良い感じでしたね。もう出来ますから行きましょうか」

にっこり笑ってそんな恐ろしい事を言って、さっさと広場へ出ていってしまった。当然のようにハスフェル達や従魔達もそれに続く。

「いやいや、待って！」

慌てて後を追う。結局、そのままなし崩し的にパラサウロロフス狩りに参加する事になってしまった。

「はいご主人、これだね」

アクアゴールドが、当然のようにミスリルの槍を渡してくれる。

こうなったら出たとこ勝負だ。ベリーは側にいてくれるみたいだから、いざとなったら助けてくれるだろう……多分。

先頭集団が大きなパラサウロロフスに襲いかかり、一瞬で広場は大騒ぎになった。

「あ、小さいの発見！　俺はこれにします！」

宣言して目標を確保してから、力一杯槍を放り投げると、ミスリルの槍はパラサウロロフスの太腿の辺りに突き刺さって止まった。

「もう一回だな！」

俺の力では一撃で仕留められるとは思っていないので、これは予想通りだ。

「で、引き戻す！」

抜くのにも力がいるだろうから、やや慎重に力一杯引っ張った。

しかし、ここで予想外の展開になった。

「ひええ〜〜〜！」

俺は情けない悲鳴を上げて咄嗟に逃げようとしたけど遅かったみたいだ。視界一杯に広がる巨大な恐竜の直撃を受けて、俺は思いっきり後ろに吹っ飛んだのだった。

「突き刺さった恐竜ごと飛んで戻ってくるなんて……こんなの反則だって……」

誰かが吹き出す薄情な笑い声を聞きながら恐竜に吹っ飛ばされた俺は、呆気なく意識を手放したのだった。

もう嫌だ。絶対この洞窟には二度と来ないぞ……。

ぺしぺしぺし……。

ふみふみふみ……。

かりかりかり……。

つんつんつん……。

はい、スッキリ目が覚めました。だけど、まだ死んだフリをしておく。

だって、いくらなんでもあれは無い。ちょっと我ながら感心するレベルに間抜け過ぎる。いやマジで。

いくら初心者とはいえ、突き刺した槍を回収するつもりがまさかの目標の恐竜ごと吹っ飛んで一緒に戻ってくるって、いったい何の冗談だよ。それでノックアウトされていたら世話無いよ。

「死んだ振りしていないでさっさと起きなさい！　今すぐ起きなきゃ置いていくよ」

耳元で聞こえたシャムエル様の声に俺は飛び起きた。

「うわあ、それは勘弁して！　起きます起きます！」

慌てて必死になってそう叫ぶと、同時にあちこちから吹き出す音が聞こえた。

「あはは、ケンったらもう最高ね」

「置いていくわけないじゃない」

側では、女性二人が大笑いしている。見ると、二人の横にはオンハルトの爺さんが座っていて、手には俺が使っていたミスリルの槍を持っていた。

「ほれ、お主の槍だ。アクアに返しておけば良いのか？」

その言葉に、俺が寝かされていたスライムベッドが笑ったようにゆさゆさと揺れた。

「ああ、お前らがベッドになってくれていたのか。ありがとうな」

冷んやり冷たいスライムベッドは、夏の必需品になりそうだ。地上はまだまだ暑そうだもんな。

オンハルトの爺さんから槍を受け取って、アクアに飲み込んでもらった。

「あれ？　ここって何処だ？」

周りを見回すとどうやらグリーンスポットのようで、茂みの奥に大きなステゴザウルスの背板が見えて、ちょっとビビったよ。

「大丈夫だよ、ここは安全だから安心しなさい」

ドヤ顔のシャムエル様にそう言われて、苦笑いしつつ俺は皆に頭を下げた。

「へたれでどうもすみません」

「あの時、ベリーが即座にぶつかった恐竜を倒してくれたから、とにかく気絶した君をマックスに乗せてここまで連れてきたの。しかしここまでマジで頑丈だと感心しちゃうね。あんなデカいのと激突しても死んでいないし怪我も無いってねえ。いやあ、本当に我ながらグッジョブだよ」

笑顔でそんな恐ろしい事を言い無邪気に喜ぶシャムエル様を見て、気が遠くなった俺は悪くないよな。

「もう嫌だ……早く地上に帰りたい」

半泣きでそう言うと、苦笑いしたオンハルトの爺さんに背中を叩かれた。

「まあ、今回はすぐに目覚めて良かったではないか。また延命水の出番かと思って心配したぞ」

その言葉に何か引っかかりを感じて、俺は無言でオンハルトの爺さんを見た。

正確にはその口元を。

……あれ？　オンハルトの爺さん、妙にプルプル肉厚な唇だね……？　しかも口元の髭《ひげ》があの角度だとチクチク……チクチク当たりますよね。あれ？　あれれ？　これってまさかのもしかして？

「なあ、ちょっと聞くけど、もしかしてこの前俺が死にかけた時に水を飲ませてくれたのって……」

「別に礼などいらんぞ。それともまた飲ませてほしいのか？」

にんまりと笑ったオンハルトの爺さんの妙に若々しい口元を見て、俺は声無き悲鳴を上げてスライムベッドに身を投げたのだった。

嘘だあ……俺の夢を返してくれ。いやその前に、俺のファーストキスがぁ……号泣。

いや、あれは人工呼吸と一緒だ。ノーカンだノーカン！　俺は間違ってないよな。断言！

「腹が減っているんだよ。起きて何か出してくれるか」

スライムベッドに突っ伏して一人で悶絶していると、笑ったハスフェルに背中を叩かれた。

「ああ、もうそんな時間なんだ」

慌てて手をついて腕立ての要領で起き上がり振り返る。そして、今更ながらここが自分のテントの中である事に気が付いた。

「なんか最近、毎回テントを張ってもらっている気がするなあ」

「あはは。だって最近のケンったら気絶率高いもんね」

「何だよ気絶率って。痛いって。そのちっこい手で頬を叩くなってば」

笑ったシャムエル様に頬をバシバシ叩かれて、俺も笑いながらシャムエル様を捕まえて思いっきり頬擦りしてやった。

「ああ、この最高のもふもふ尻尾がたまらん」

「だから、私の大事な尻尾に鼻水をなすり付けないの！」

空気に殴られた俺は、シャムエル様を抱いたままスライムベッドに逆戻りしたのだった。

「鼻水は付けてないぞ！」

ポヨンポヨンのスライムベッドに転がったまま言い返し、起き上がって右肩の定位置に戻してやった。


「予定とメニューが違って悪いな。それじゃあ作り置きを出すから好きなのを取ってくれよな。グラスランドチキンのレモンバター焼きは、明日な」

笑って頷くグレイに手を振り、一瞬でバラけて足元に跳ね飛んできたサクラを抱きとめた。

今夜は作り置きと半端な残り物大放出だよ。

自分用の皿に取ったのは、鶏ハムとおにぎりとだし巻き卵、お味噌汁。それから屋台で買った焼き魚だ。豪華な和食になったよ。

「あ、じ、み！　あ、じ、み！　あ〜〜〜〜っじみ！」

いつもよりも一回転多く回って最後の決めポーズでドヤ顔になるシャムエル様。

「お見事。はいどうぞ」

そう言って、差し出したお皿に俺の皿から一通り取り分けてやる。

「わあい、色々あって豪華だね！」

笑ってだし巻き卵を掴んでもぐもぐするシャムエル様は、最高に可愛い。ああ、そのふっくらな頬を俺に突っつかせてくれ！

嬉しそうに切り分けたおにぎりを齧るシャムエル様を眺めながら俺も食べる。だけど、どうやったって思考は例の一件に戻る。

「知りたくなかったなあ……知らなければ夢見ていられたのに……」

ため息を吐くと、顔を上げたシャムエル様が驚いたように俺を見た。

「何か言った？　これ美味しいね」

「なんでもない。まだ食べるならもう一切れどうぞ」

鶏ハムをもう一切れお皿にのせてやり、もう一度俺は大きなため息を吐いたのだった……泣いても良いですか？


「ご馳走様。色々取ったら、なんだか食べ過ぎちゃった」

「ご馳走様。色々あって楽しかったし美味しかったわ」

女性二人に満面の笑みでそう言われて、笑った俺は、見事に食い尽くされた机の上を眺めた。

彼女達の背後では、男性陣も笑顔で頷いている。

「いやあ、よく食ったな。でもまあ満足したんなら良かったよ」

肩を竦めてそう言い、スライム達に汚れた食器を綺麗にしてもらう。

「なんだか疲れたから、もう今日は休むよ。俺は早く地上に出たいです」

サクラに机の上を綺麗にしてもらいながら俺が愚痴ると、笑ったシャムエル様がよしよしって感じで頭を撫でてくれたよ。

「まあ元気出して。そのうち良い事もあるよ」

「だな。じゃあ、そう思っておくよ」

大きなため息を吐いて振り返ると、ソフトボールサイズになってそこら辺を転がっていたレインボースライム達が、一斉に俺を見てポヨンポヨンと跳ね始めた。

「お疲れの〜」

「ご主人を〜」

「皆で癒しま〜す」

「癒しま〜す」

プルンプルンと跳ねて揺れながらそんな健気な事を言ってくれるスライム達に、ちょっと涙腺が緩んだのは内緒な。

巨大なカラフルウォーターベッドになってくれたスライム達が、プルプル震えながら俺を待ち構えている。

笑った俺は隣にいたニニの首に抱きついた。

「ではお願いします！」

「はあい。それじゃあ、まずは私だね」

嬉しそうにそう言ったニニが、軽々とスライムベッドに飛び乗り、俺がニニの腹の横に潜り込むと、その隣にマックスが俺を挟んで横になる。俺の背中側にウサギコンビが巨大化して並び、直後にコニーの角の上にモモンガのアヴィが飛んできてしがみ付いた。小さいアヴィは寝ている俺にくっ付くと危ないから、側へ来て寝ているらしい。そして胸元には、フランマとタロンが並んで潜り込んできた。俺の顔の横にソレイユとフォールの猛獣コンビが収まれば、俺的最高もふもふパラダイス空間の完成だ。

スライムベッドから触手が伸びてランタンを消してくれて真っ暗になる。

「ああ、本当に毎晩このもふもふに癒されるよ……お前ら、最高だな……」

フランマとタロンのもふもふコンビをまとめて抱きしめながら小さくそう呟いて、俺は気持ち良く眠りの国へ垂直落下していったのだった。

ぺしぺしぺし……。

ふみふみふみ……。

カリカリカリ……。

つんつんつん……。

「おう、今日は起きるぞ……」

腕立ての要領で腹毛の海から起き上がった俺は、大きな欠伸をしてからソレイユとフォールを交互に撫でてやった。

「ご主人起きちゃった」

「私達の仕事を取らないでください！」

喉を鳴らしながらそんな事を言われて、俺は笑ってもっと撫でる。

「起こされたのに、起きて文句を言われる筋合いは無いぞ〜」

そう言ってスライムベッドから降りる。従魔達も降りると一瞬でアクアゴールドになった。

身支度を整え、剣帯を装着してからテントの垂れ幕を巻き上げる。

「お、おはよう」

丁度、同じく隣のテントから出てきたギイと目が合って挨拶を交わす。

「水場はあれだ。顔を洗うなら先にどうぞ」

ギイが指差した場所には、何故か大きな木製の桶《おけ》が置いてあり、その上には岩の隙間に水道管みたいな筒が斜めに突っ込まれていて、その筒の先から水が豪快に噴き出していた。木桶からあふれた水は、地面に掘られた適当水路を通って茂みの奥にある大きな水溜まりに繋がっている。これは中々にワイルドな即席水場だな。

「ええと、これって……」

流れていく水を見ながらそう言う。

「このグリーンスポットには、溜まっている水場が無かったんでな。それでグレイに綺麗な水を出してくれと頼んだら……こうなったわけだ」

完全に面白がっているギイの説明に、俺も納得して大きく頷く。

「成る程。しかし何というか豪快だな」

「確かに豪快だな」

顔を見合わせて、ほぼ同時に大きく吹き出し大笑いになったよ。

筒の先から噴き出す水を手で受けて先に顔を洗わせてもらった。冷たくて気持ち良いよ。

「ご主人、綺麗にするね〜！」

アクアゴールドが一瞬だけ俺を包んで綺麗にしてくれる。

「いつもありがとうな」

手を伸ばして撫でてやり、水の溜まった木桶を見る。

「ええと、水浴びは……」

「スライム達に水浴びさせるなら、これを使いましょうよ」

不意に後ろから聞こえた声に、俺は飛び上がった。

「ああ、グレイ、シルヴァもおはよう」

「はあい、おはよう」

「おはよう」

笑顔のグレイの手には、ちょっとした子供用プールくらいの大きさの木桶がある。単なる疑問だけど、そんなもの何処から持ってきたんだ？

「これなら、他の子達も水浴び出来るもんね」

そう言って木桶を足元に置き、水を受けている木桶の横にまた取り出した別の筒をいきなり突き刺した。

「おいおい、木の桶にそんなもの突き刺したって……ええ？」

グレイが突き刺した筒は、何故か見事に木の桶の側面を貫通して筒の先から水が流れ出した。

「はい、ここは従魔達用ね」

木桶をその横に並べて置くと、あっという間に水が溜まっていく。即席二段の水場だ。

それを見たファルコとプティラが嬉しそうに飛んできて、木桶の縁に留まって水浴びを始める。

一瞬でバラけてソフトボールサイズになったスライム達がその木桶に次々に飛び込んでいき、それを見た他のスライム達も一斉にバラけてタライの中に次々と飛び込んでいった。

「これまた絶対、勝手に金色合成して出てくるだろう」

スライムだらけになった木桶を見てそう言うと、まるで聞こえたかのようなタイミングでバラけていたスライム達があちこちで合体してゴールドスライムになっていった。

そのまま羽ばたいて、水を掛け合って遊び始める。それを見て笑った俺は、自分のテントに一旦戻った。

「あ、サクラが来てくれないと、俺何も出来ないよ」

朝飯を出そうとして我に返って吹き出す。仕方が無いので、アクアゴールドが戻ってくるまで俺は従魔達を順番に撫でて、もふもふパラダイスを満喫したのだった。

「お待たせ〜ご主人。朝ご飯は何を出すの？」

心なしかプルンプルン度が増した気がするアクアゴールドが、水場から戻ってきて俺の目の前で羽ばたきながらそう聞いてくれる。

「コーヒーと、手早く食べられるようにいつものサンドイッチ辺りかな」

「了解。じゃあ少ないのを中心に出すね」

サクラの声でそう言って、順番に色々取り出していく。

最近、半端な数になった残り物を先に出すようにしていたらサクラがそれを覚えたらしく、数が少ないものから取り出してくれる。何この気配り上手な子は！　先入れ先出しで、在庫管理も完璧だよ。

「じゃあ後は、俺が食いたいから野菜サラダと鶏ハムも出しておいてくれるか。ベリーとフランマ達には果物を、タロンは……」

机に自分の分のお皿を並べながら気配を感じて振り返ると、足元にタロンを先頭に猫族軍団が行儀良く整列してお座りしていた。ファルコとプティラとセルパンも大人しく並んでいる。なんだよ、この可愛い子達は！

猫族軍団とファルコにはグラスランドチキンの胸肉を、セルパンとプティラには生卵を出してやった。他の子達はまだ食べなくても大丈夫らしい。

簡易オーブンの前には、以前クーヘンが差し入れてくれたピザの残りが並べられている。

マイカップにコーヒーを入れ、いつものタマゴサンドを取る。鶏ハムサラダとこれがあれば、俺は充分だよ。

男性陣は、何故だかピザに大喜びしている。どうやら自分で焼くのが面白かったみたいで、追加トッピングをしてオリジナルピザを作っていたよ。しかし朝からよく食うな。

鶏ハムサラダを食べながら感心して見ていると、いつものお皿を取り出したシャムエル様が、俺の右手に尻尾を叩きつけながら、机の上で最近の流行らしい味見ダンスを踊り始めた。

「あ、じ、み！　あ、じ、み！　あ〜〜〜〜〜〜〜〜っじみっ！」

片足で見事に回転して、キメのポーズも見事に決まる。このダンスもどんどん進化してるぞ、おい。

「あはは、格好良いぞ」

笑って拍手してやると、ドヤ顔になった。はいはい。

シャムエル様にはいつものようにタマゴサンドの真ん中部分を切ってやり、鶏ハムサラダも少し取り分けて一緒に盛り付けてやる。

コーヒーも盃にスプーンでこぼさないようにすくって入れてやる。

賑やかに大喜びしながら食べるシルヴァ達を眺めながら、俺達もそれぞれの朝飯を楽しんだ。


「じゃあ少し休んだら出発だな。俺はそろそろ地上へ出たいよ」

「って言ってるけど、どうする？」

尻尾の身繕いに余念が無いシャムエル様が、そう言ってハスフェル達を振り返った。

「まあ、ここまで災難続きだと冗談抜きで気の毒になってきたからな。もう、マッピングだけやって出るとするか。出る恐竜の傾向も分かったし。もしまた来たければ、その時は各自で好きにする事にしよう」

「そうだな。ベリーのおかげでここに出る恐竜の事はもうかなり詳しく聞けたからな」

隣でギイも笑ってそんな事を言っている。

「じゃあ、これ以上ケンが酷い目に遭わないように、早く地上へ出る事にしましょうか」

笑ったシルヴァの言葉にレオ達も笑いながら頷いている。

「じゃあ、片付けよう」

立ち上がって思いっきり伸びをして、汚れた食器を手早く片付けていく。

こういうちょっとした片付けも、皆が手伝ってくれるようになってからはあっという間に終わるようになったよ。

俺と女性二人を真ん中にした守りの布陣でグリーンスポットから出発した。

ヒカリゴケが無くなってすっかり暗くなった通路をランタンの明かりを頼りに進んでいく。

一度だけ、はぐれと呼ばれる地下洞窟で一番怖い通路まで入り込んだ恐竜と鉢合わせしたんだが、先頭は何しろこのパーティー最強を誇る金銀コンビ。そのシルバーラプトルが瞬殺された事は言うまでもない。

途中、百枚皿のある広場を通った時には巨大なアンキロサウルスがあちこちにいたんだけど、一応襲われない限りは戦わない事にしてくれたらしく、そのままスルーしてまた別の通路を進んだ。

ちなみに俺達の少し後ろをベリーとフランマがついてきているんだけど、彼らが通った後には完全なる一面クリアー状態に一瞬でなっているらしい。

まあ、二階層に出るジェムモンスターなんて彼らにはお遊びレベルだろう。新たなジェムの量を考えて虚無の目になった俺は、間違ってないと思う。

そんな感じでかなりの距離を歩いたところで、先頭の二人が止まる。

「あれ、どうしたんだ?」

前を覗くと、ギイが指差してる少し広くなった通路の横に、上りの階段が見えた。

「いよいよ最後の地下一階だな！」

「言っておくがこの地下一階が一番広い。外へ出る場所まで相当あるぞ」

「もう落ちないでね」

満面の笑みのシルヴァにそんな事を言われて、俺達は全員揃ってほぼ同時に吹き出したのだった。

頭の中のマップを確認すると、確かに出口は相当遠い場所になっている。

「あ、俺が落ちた例のグリーンスポットだ。うわあ、改めて見るとすげえ距離を落ちたんだな」

マップで、改めて落ちた場所を確認して思わず呟く。場所によっては、ほぼ垂直に近い状態で落下している。

「マジで、よく生きていたなあ……俺」

ちょっと本気で涙目になったけど、その時、足元にニニの首輪から離れてセルパンが近寄ってきた。

「ご主人が無事で良かったです」

そう言って、靴の先に小さな頭を擦り付けてすぐに戻ろうとした。

「ここへおいで。今だけだぞ」

笑って手を差し出し、二の腕に巻き付かせてやる。

以前の俺だったらこの時点で気絶していたと思うけど、もう全然怖くない。可愛いとさえ思えるようになったよ。

「今まで寂しい思いをさせて、悪かったな」

指先でセルパンの鼻先を撫でてやり、それから振り返ってこっちを見ているニニに抱きついた。

「ああ、でもやっぱりこのもふもふが良い……」

「お前は相変わらずだな」

呆れたようなハスフェルに、誤魔化すように笑ってニニのもふもふな首元に顔を埋めた。

第49話　俺の決意と超レアの出現!?

「この階は、トライロバイト以外は何か出るのか？」

通路を進みながら、左足を怪我した時の事を考えていてふと思った。

負けっぱなしでここを出るのは、何度考えてもやはり悔しい。

「この階は、亜種やゴールドの出現に差はあれ、出るのはほぼあれだけだ。ここにもいるぞ」

丁度通路が開けて、大きな百枚皿の段差が目の前に広がった。先頭の二人がランタンを一気に強めてくれたので、全体にかなり明るくなる。

「おお、うじゃうじゃいるな」

広い空間に目を凝らしてみると、ここにいるのはシルバートライロバイトとその亜種の一本角。一際巨大なデカい角を持つゴールドトライロバイト。って事は、俺が怪我した時と同じで全種類いる。

「なあハスフェル。俺もう少しだけ頑張ってみるよ。ここであいつらに再戦だ」

アクアゴールドからミスリルの槍を出してもらいながらそう言うと、全員が驚いた顔で俺を見つめた。

「なんだよ。俺、何か変な事言ったか？」

槍を地面に突き立ててそう言うと、全員が満面の笑みになった。

「よっしゃ！　そう来なくちゃな！」

「よしよし、それでこそ冒険者だ！」

「そうよね。負けっぱなしは悔しいわよね！」

皆、妙に嬉しそうにそれぞれの得物を取り出した。

セルパンが俺の腕から地面に落ちて巨大化し、猫族軍団とウサギコンビも巨大化する。

非戦闘員のモモンガのアヴィは、近くにあった鍾乳石に避難していてもらう。

やる気満々な全員が、それぞれの武器を手にして百枚皿に展開する。どうやら今回はシルヴァとグレイも参加するみたいだ。

俺の横には巨大化したセルパンとプティラ、それからアクアゴールドが付いてくれる。マックスとニニも、すぐ隣のお皿に広がって構え、ウサギコンビとファルコは反対の皿。つまり俺は従魔達とハスフェルとギイで取り囲まれた状態だ。

皆、気遣いありがとう。今度は下手しないように気を付けるよ。

「落っこちた時と同じだな」

小さく笑って左右の二匹を見てそう呟く。

「あそこでは、ご主人の安全が最優先だったから最低限しか戦わなかったけど、実は、もっといっぱい戦ってみたかったんです」

セルパンの嬉しそうな声を聞いて、あそこで戦闘なんてしたっけ？　と考えて、思い出した途端に気が遠くなった。あの超デカかった首長竜が……あれが小さいって……。

いやいや、駄目だ。今はこっちに集中だ。リベンジしようとして、逆に返り討ちに遭ってまた怪我でもしたら目も当てられない。ここは慎重に行こう。

「よろしくお願いします！」

気合を入れるように、大きな声でそう叫ぶ。

「頑張れ〜！」

俺の頭の上から、ご機嫌なシャムエル様の声が聞こえてきた。

「そんな所にいたのかよ。戦闘中に落ちて踏まれても知らないぞ」

笑って言ってやると、頭上から笑い声が聞こえてきた。

「ケンの勇気に免じて、私から祝福を贈ってあげよう。しっかり頑張ってね。それじゃあ後でね！」

頭をポンポンと叩かれる感じがして、すぐにいなくなった。

「あれ？　消えちゃったよ」

左手で頭を触り、いなくなった事を確認する。

「そろそろ来るぞ、構えろ」

ハスフェルの声に返事をしてミスリルの槍を構えた。

よしやるぞ！　負けっぱなしで終わってたまるか！

「来るぞ！」

オンハルトの爺さんの声に、俺は持っていたミスリルの槍を大きく振りかぶる。

トライロバイト達が一斉に跳ねる。

「おりゃ〜！」

巨大な一本角目掛けて槍を繰り出し、常に周りを確認しながらひたすら跳ね飛ぶトライロバイトをぶっ刺し続けた。

実を言うと、怖くて身体が動かなかったらどうしようかと相当ビビっていたのだが、実際に戦ってみると拍子抜けするぐらいにいつも通りに身体が動く。

これがシャムエル様の祝福の効果なのかどうかは分からないけれど、何であれ身体が動く事に俺は密かに安心していた。

跳ね飛んできた巨大な三本角を叩き落として倒した直後、背後で守ってくれていたアクアゴールドの声が聞こえた。

「ご主人！　左後ろから大きいのが来るよ！」

あの時と違い、どこから来るのかしっかり言ってくれる気遣いに感謝だよ。

「おう、ありがとうな」

そう言って、左側から飛んできた一際大きな一本角の奴を思い切り突き刺してジェムに変えた。

「油断は禁物！」

そう言って、今度は右側から跳ね飛んできたヘラクレスオオカブトみたいな二本角の大きなのを叩き落とした。

息が切れ始めた頃、目に見えてトライロバイトの数が減ってきた。

落ち着いて相手をしさえすれば、まあこれくらいなら俺でも何とかなる。

常に周りに気を配る。前だけを見ない。どれもハスフェルと出会った最初の頃に、彼から何度も言われた事だ。結局は、基本に忠実にするのが一番良いって事なんだよな。

目に付いた最後の一匹をジェムに変えて、俺はようやく一息ついた。

「はあ、どうやら終わったみたいだな」

周りを見渡して、一面クリアーしたのを確認した。

「じゃあ、ジェムを集めて……」

そう言って一歩踏み出した途端に、足元が地面ごと大きく動いた。

「どわあ！」

当然そこに足を置いた俺は、バランスを崩して転ぶ事になる。

「ごしゅじ～ん！」

すっ飛んで来たアクアゴールドが補助してくれたが、残念ながら勢いは止まらず俺はアクアゴールドを道連れに水浸しの地面に顔面から見事に素っ転んだ。

「ぶはぁ！」

鼻を強《したた》かに打ち付けてしまい、星が散って息が詰まったがそんな事は言っていられない。即座に腕立ての要領で起き上がり、とにかく必死で槍を構える。

「な、な、何が起こったんだ？」

「出たよ出たよ！　超レアが出たよ～！」

いきなり、俺の右肩に現れたシャムエル様が大喜びで手を叩き始めた。

「へ、何が超レア？？？？」

そう言った直後、また足元の百枚皿が動き出した。

「ええええ～！　もしかして、これもトライロバイトなのかよ！」

叫んだ俺は間違ってない。

だって、足元の直径10メートルを余裕で超す巨大な百枚皿が、一枚丸ごと動き出したのだ。さっき俺が転んだのは、巨大な背中の甲羅が何枚もずれて重なっている部分のうちの一枚だったのだ。

「上から見たら、平たいダンゴ虫みたいだな」

ちょっと遠い目になった俺は、とにかく足元に向かって力一杯体重を乗せてミスリルの槍を突き刺した。

痙攣《けいれん》するように跳ねた後、いきなり暴れ出した。左手で突き立てた槍を摑んだまま必死で踏ん張り、右手で腰に差した剣を抜く。

「これでどうだ！」

甲羅の重なった部分目掛けて剣を突き刺し、硬い甲羅に沿って引き斬る。そして槍も全体重をかけて突き込んでやると、金属が擦れるような嫌な鳴き声が響き直後に大きく跳ねて動かなくなった。

「ええと、やっつけたのかな？」

ゆっくりと剣を収め槍を抜いた直後に巨大なジェムになって転がる。咄嗟に、後ろに飛んで逃げる。

「ええ？　赤いジェム？」

足元に落ちた巨大なジェムは、いつものジェムとは全く違っていた。透明なのは同じだが、その色がルビーのように真っ赤なのだ。

そしてもう一つ。他との決定的な違いはその形だった。

通常のジェムは大きさの違いや多少の歪《いびつ》さはあれども基本的に全て六角柱で、双晶と呼ばれる上下両方が尖った形だ。

しかし目の前に転がっているそれは、直径1メートルはある巨大なルビーの宝石そのものだった。

やや楕円形の丸みを帯びた形で、全面に渡って綺麗なカットがされている。

鍾乳石に打ち込まれた金具に吊るされたランタンの光を受けて、その石は、まさに宝石の如き神々しい煌《きら》めきを放っていた。

「ええと……これ、何？」

とにかく拾おうとしたが、余りにも大きくて持ち上げられない。

右肩にいるシャムエル様にそう尋ねると、笑って頬を叩かれた。

「良かったね。酷い目に遭いまくった地下迷宮だったけど、最後に凄いのを見つけたね」

「確かに凄そうだけど……これ何？　ジェムじゃねえの？」

「ジェムだよ。だけどこれは装飾品としての価値が高いジェムの宝石だね」

「へえ、確かに綺麗だな。装飾品なのか。じゃあ、これはクーヘンの店で……」

クーヘンに押し付ける気満々でそう言ったら、いきなり横から叫び声が聞こえた。

「ちょっと待った～！」

オンハルトの爺さんが真顔で、そう叫んで凄い勢いで走ってくる。その後ろを全員揃って走ってくる。結局、無言で真顔な全員に取り囲まれてしまった。

「お、お前さん……これの価値を分かっておらんようだな」

オンハルトの爺さんは、真顔で首を振った。

「これは十億分の一以下の出現確率と言われておる、超貴重な宝石ジェムだ。しかもこの大きさ……ふむ、これは素晴らしい。濁りも歪みも全く無い」

それを見つめてしみじみと言うオンハルトの爺さんの言葉に、そういえばジェムも宝石って意味だよなあ、なんて俺は呑気に考えていた。

「とにかく、売るならよく考えてからにしろ。これはそうそう手に入るものではないぞ」

ポンポンと巨大ルビーを叩いた真顔のオンハルトの爺さんにそう言われて、俺は戸惑いつつも頷いた。

鍛冶と装飾の神様に真顔でそう言われたら、確かに迂闊に売るのはためらわれる。

「分かった。でも、どう考えても俺が持っていても使い道無さそうだけど?」

何となく、全員が呆れたようにため息を吐く。

「まあ、ケンだものねえ」

「そうよね。ケンだものね」

シルヴァとグレイの二人が、何故だかそう言ってうんうんと頷き合っている。

何か思い切り馬鹿にされているように聞こえるのは、俺の気のせいか?

「ええと、じゃあこれはアクア担当かな？」

振り返って、俺の顔の横でさっきからパタパタと自己主張しているアクアゴールドを振り返った。

「じゃあ、これ持っていてくれるか。これも一応保存用な」

「分かった。これの名前は？」

「ええと、巨大ルビー、かな？」

もうそれしか思いつかない。

「分かった。じゃあそれで預かるね」

巨大ルビーの上に飛んでいったアクアゴールドが、一瞬で飲み込んでくれた。

「それでこれもね。ご主人」

そう言って、アクアゴールドが俺の目の前に来て、いきなり顔に水をかけた。

「うわっ。何するんだよ！」

本気で驚いてそう叫ぶと、空中のアクアゴールドが困ったように俺を見た。

「だってご主人。血が出ているよ」

確かに、さっきから口元がぬるぬるすると思ってたけど……。

「うわあ、何これ！」

口を拭《ぬぐ》った俺の手が真っ赤になるのを見て納得した。鼻血か。確かに転んだ拍子に鼻をぶつけたな。

「もう止まったね。じゃあ綺麗にします」

サクラの声がして、目の前のアクアゴールドがニュルンと伸びて俺を包む。

一瞬後には、もういつものサラサラに戻っていた。

「おう、ありがとうな」

アクアゴールドを捕まえておにぎりにしてやると、嬉しそうにプルプルと震えてたよ。

「じゃあ、お前さんの分のジェムと素材はいつものように渡しておくぞ」

俺達が話をしている間に、散らばった大量のジェムは綺麗に回収されていたよ。


「出口まで、後どれくらいあるんだ？」

またいつもの隊列で、暗い通路をランタンの灯を頼りに進んでいく。

「そうだな、このまま行けば……明日には出られるかな？」

「あ、このまま進めば、あのグリーンスポットで夜明かしよ」

ハスフェルの言葉に、シルヴァがいきなり手を打ってとんでもない事を言った。

「ええ、グリーンスポットって……俺が落ちたあそこ？　ええと、他には……？」

「近くには無いわ！」

おう、断言されたよ！　って事で、諦めて黙々と歩く。

正直言って行くのが怖い。マジで怖い。だけどまた落ちたらどうしようって思う反面、ここでも無駄に負けん気が出てきて、トライロバイトのリベンジ戦も大丈夫だったんだから、今度こそあそこで無事に夜明かししてやる！　って気にもなってきた。

歩きながら無言で葛藤していると、周りの皆が心配そうに俺を窺っているのが分かった。

うう、ごめんよ。今回は、何だか心配ばかりかけている気がする。

「一応、シャムエルに地下の様子は確認させた。あんな場所はあそこだけだったよ。振り返ったらお前がいなくなって、俺達だって本当に驚いたんだからな」

苦笑いするハスフェルの言葉に、隣でギイも頷いている。

「落ちた俺が一番驚いたよ。一瞬で目の前が真っ暗になって、そのまま水路をゴー！　だもんなあ」

「生きていて良かったね」

笑ったレオにそう言われて、顔を見合わせてから一緒になって声を上げて笑った。

「あはは、じゃあ今度こそ無事に夜明かしする為にあそこへ行こうぜ」

俺の言葉に、振り返ったハスフェルが真顔で俺を見た。

「大丈夫か？　なんならこのまま進んでも良いかと思っていたんだがな」

「いやあ、さすがに夜通しの行軍は勘弁してほしいよ」

俺の言葉に、ハスフェルも頷いてくれた。

「分かった。じゃあ、あのグリーンスポットへ向かおう」

了解の声が聞こえて、俺達はあのグリーンスポットを目指して出発したのだった。

到着したグリーンスポットでは、ほとんど何も覚えていなかったので逆にトラウマやフラッシュバックに悩まされるような事も無く、アクア達に手伝ってもらって足元を確認してからいつものテントを手早く組み立てた。

「じゃあ、今夜はお待ちかねのグラスランドチキンのレモンバター焼きだな」

「ケン、肉を焼くくらいは手伝うよ」

そう言って、テントの設置を終えたレオが来てくれたので、手早く肉を切り、スパイスを振りかけていく。

「誰かレモンを絞って……」

輪切りにしたレモンとお椀を置いた瞬間、アクアが触手を伸ばしてお椀ごとレモンを飲み込み、綺麗な絞り汁にしてくれた。確かに前回やりたそうにしていたな。

「おう、ありがとうな」

笑って撫でてやったよ。

それからレオに肉を焼いてもらい、その間にレモンバターソースを手早く作る。

サイドメニューとパンは、一通り出してあるので各自で準備してもらう。

焼いたグラスランドチキンの胸肉は、俺は一枚、あとは全員二枚ずつ。相変わらず食う量がおかしいよ。

たっぷり作ったレモンバターソースを絡めたら、各自のお皿に盛り付けていく。

俺はご飯、それ以外は先に出してあったパンを焼いている。これくらい自分でやってくれたら、食事の準備も楽で良いよ。俺も自分のお皿を確保して席に着いた。

「お疲れさん。飲むか？」

赤ワインの瓶を見せられたが、ここは断って首を振る。

「まだ遠慮しておく。外へ出てから飲ませてもらうよ」

緑茶を出してカップに注ぎながらそう言うと、笑顔で頷かれた。

「じゃあ、地上まであと少しだな。ケンの無事を祈って乾杯！」

ハスフェルの声に全員同時に吹き出し、それぞれ持っていたグラスを上げる。俺も笑って緑茶で乾杯したよ。

さあ、明日には地上に……出られるんだよな？

第50話　地下迷宮と神様達

ぺしぺしぺし……。

ふみふみふみ……。

カリカリカリ……。

つんつんつん……。

「おう……起きる……」

無意識にそう答えて、俺は被っていたハーフケットを引き上げてニニの腹毛に潜り込んだ。当然、そのまま気持ち良く二度寝の海へドボン。

「じゃあ、起こすね！」

「ご主人起きて〜」

耳元で可愛い声が聞こえた直後、俺の両耳の後ろを左右同時に二匹に舐められた。

「うひゃあ！　待って待って！　起きるって！」

悲鳴を上げて転がって逃げる。

「うわあ！」

そのままポヨンと跳ねてスライムベッドから転がり落ちた。しかし、瞬時に伸びてきた触手が俺の身体を地面に激突する前に確保してくれる。

「ご主人、いきなり動いたら落ちるよ～」

いっそ場違いなほどのんびりしたアクアの声が聞こえて、俺は笑いながら何とか立ち上がった。

しかも、俺が起きる時にタイミングを合わせて身体を押し上げてくれる気遣いっぷり。

「あはは、ありがとうな。おかげで朝から地面とお友達にならずにすんだよ」

朝から鼻血は勘弁して欲しい。

振り返って、ソレイユとフォールの猛獣コンビをまずはおにぎりの刑にしてやる。

「いきなり俺を舐めたのは、誰だ？」

「はあい、それは私で～す」

「はあい、私もで～す」

物凄い音で喉を鳴らしながら答える二匹をもう一度撫で回してから、マックスとニニにも抱きついてもふもふを満喫した。

案外小さな水場へ行って、とりあえず顔を洗う。

「ご主人、綺麗にするね」

アクアゴールドが俺のすぐ側まで飛んできて、あっという間に綺麗にしてくれた。

「おう、ありがとうな。じゃあ朝飯の支度だな。水浴びは？」

「やる～！」

嬉しそうに羽ばたいてそう言うので、笑って空中キャッチしてやり、そのまま水に放り込んでやった。

「おはよう」

「おはよう〜、お腹空いた〜！」

グレイとシルヴァが、笑いながら俺のテントに入ってくる。

「おう、おはようさん。サクラが水浴び中だから、もうちょっと待ってくれよな」

歪んだ机の位置を戻しながらそう言うと、二人の肩に留まっていたゴールドスライム達も水場に飛んで行き、交代したらしいアクアゴールドが戻ってくる。

「今朝は何を出しますか？」

俺の顔の周りを飛んでいたアクアゴールドが、ふわりと机に降りて俺を見上げる。

「ホットのコーヒーを頼むよ。あとはいつものサンドイッチかな？」

「はあい。じゃあ色々出しま〜す」

ベリー達にいつもの果物を出してもらい、足元に並ぶ猫族軍団にはグラスランドチキンの胸肉を、同じく並んでいるセルパンやプティラ、ファルコにもそれぞれ生卵と胸肉を出してやった。

頭の中で外へ出た後の買い出しと仕込みの段取りを考えつつ、いつものタマゴサンドと野菜サンドを取る。マイカップにコーヒーを入れて席に戻ると、お皿を手にしたシャムエル様が尻尾を振り回してステップを踏んでいたよ。

「あ、じ、み！　あ、じ、み！　あ〜〜〜〜〜〜〜〜〜〜っじみっ！」

まるでタップダンスを踏むかのように激しく跳ね回ってから、最後に見事に二回転してポーズを決めて止まる。

「おお、新バージョンダンスだ」

笑って見ていると、ドヤ顔でお皿を差し出された。

「はいはい、ご注文はシャムエル様の好きなタマゴサンドだな」

笑って卵のたっぷり入った真ん中のところを切ってやり、盃にはコーヒーも入れてやる。

「はいどうぞ」

「わあい、タマゴサンド大好き！」

嬉しそうに両手で持って齧り始めたシャムエル様の尻尾をこっそり突っついてやった。


薄暗い通路をひたすら黙々と歩き続けていると、ようやく遥か先に待ちに待ったかすかな光が見えてきた。

「もしかして……」

「良かったね。お待ちかねの出口だよ」

右肩に座ったシャムエル様の言葉に、ちょっと泣きそうになったよ。

「本当に何回死にかけたか……俺、もうここには来ないからな！」

そう叫んだ瞬間、突き出ていた岩に手が当たった。

「痛っ！」

思わず悲鳴を上げて左手を抱え込む。

ピシッ……。

「ん？　何の音だ？」

僅かに聞こえた、ひび割れるような音に俺は思わず足を止める。

皆にも聞こえたようで全員が立ち止まって天井を見上げた。従魔達も同じく動きを止めて上を見ている。

「ご主人、乗ってください！」

突然従魔達が一斉にそう叫び、猫族軍団が巨大化する。

その叫び声に、俺以外の全員が即座に動いた。それぞれ近くにいた従魔に飛び乗り弾かれたように走り出す。

「ご主人、早く！」

マックスの叫ぶような声に慌てて背中に飛び乗りしがみついた。一瞬でアクアゴールドが伸びて俺と草食チームを守るように包んでくれ、弾かれたように走り出すマックス。

頭上から聞こえるピシピシという不吉な音はどんどん大きくなっている。この天井、今にも崩れそうだって事だよな。

「早く早く！」

シルヴァの悲鳴のような声が聞こえた瞬間、マックスが光に向かって大きく跳ねた。

もの凄い地響きに慌てて振り返った俺が見たのは、まさに今飛び出して来た亀裂が落ちてきた岩盤で埋まった光景だった。

「うわあ、これはシャレにならないわ……」

「本当よね。これは駄目だわ……」

シルヴァとグレイの呆れたような声を聞きながら、俺は今更ながらに真っ青になる。

「さ、最後の最後に落盤事故って、一体俺に何の恨みがあるって言うんだよ〜〜〜！」

叫んだ俺は、間違ってないよな！


「無事に出られたようですね」

背後から聞こえた落ち着いたベリーの声に慌てて振り返ると、いつもの大小のゆらぎが消えてベリーとフランマが姿を現す。

「出入り口は完全に埋まりましたね。中の再生には時間がかかるようですから、出来上がりが楽しみですね」

完全に塞がってしまった洞窟の出入り口を見て、ベリーが笑っている。

「再生って？」

首を傾げる俺に、ベリーは塞がれた洞窟の出入り口を指さした。

「ここは定期的に再生する洞窟のようですね。引き金は、最下層のお宝の採取。それが終わって地下洞窟から人の気配が無くなれば、それで一旦出入り口が塞がり洞窟が再生を始める。貴方達には聞こえないでしょうが、先程から地下から不思議な再生音がずっと聞こえていますよ」

「ええと……？」

シャムエル様は、俺の右肩に座って嬉しそうに目を細めて頬を膨らませた。

ああ、何だよそのぷっくらした頬。可愛過ぎるだろうが……お願いだから、今すぐ俺に突っつかせてください！

無言で悶絶する俺に気付かず、シャムエル様も埋まってしまった洞窟を見ている。

「いやあ、完全攻略する度に中のマップが変わる洞窟があれば面白そうだねって言っただけなのに。まさかこんなに早く対応するなんて、私が一番びっくりだよ！」

聞き逃せない言葉に、俺も埋もれた洞窟を振り返る。

「それって俺の世界にあった、一度入って出ると中の地図が変わるってゲームそのままだよ……」

「マッピングはどうなる？」

真顔のハスフェルからそう聞かれて考える。

「中にいる間のマッピングは有効だよ。だけど一度外に出たら……あ、消えてる！」

答えながら、無意識で頭の中にある地下迷宮のマップを確認しようとして叫んだ。

「せっかくマッピングしたのに〜！」

「苦労したあれが全部無駄足だったたって事？　酷過ぎるわよ！」

悲鳴を上げる女性二人の声が辺りに響き渡る。

彼女達のマップも消滅したらしい。男性陣は全員揃って声も無く膝から崩れ落ちている。

あれだけ楽しそうに攻略して、ようやく最下層まで行ってひとまず戻ったところで一瞬で全部消え失せたら……そりゃあ、ああなるよな。

「なあハスフェル、ギイ、お前らのマップも？」

無言で頷いたハスフェルとギイは、他の皆と同じように顔を覆ってその場にしゃがみ込んだ。

「これは酷過ぎる……冒険者全員号泣ものだぞ」

顔を覆ったギイが、呻くようにそう呟いている。

「シャムエル……この世界を作る時に、やっていい事と悪い事の区別は付けろって、俺は言ったよな」

これは怖い。マジでハスフェルが怒っているぞ。

「ちょっと待ってよ。どうして私が責められるんだよ」

慌てたようにそう言ったシャムエル様だったが、全員からの無言の注目を浴びて大きなため息を吐いて俺を見た。

「ちなみに、ケンが言っているそのゲームでは、ジェムモンスターはどうなるの？　それも変わるの？」

「いや、基本的に変わるのはマップだけ……だったはず。少なくとも俺の知っているのは」

「ちょっと見てくる。すぐに戻るからね」

そう言うと、いきなりシャムエル様は消えてしまった。苦笑いして空を見ると、頭上の太陽は頂点から傾き始めた所だ。

「なあ、腹減ったけどどうする？」

気分を変えるように軽く言ってやると、ハスフェルが首を振りつつ立ち上がる。

「洞窟へ入る前に野営した水場へ行って、そこで食事にしよう」

大きなため息交じりのその言葉に頷き、とりあえず全員が水場へ移動した。

「じゃあ、せっかく無事に外に出たんだから、景気付けに肉でも焼くか。レオ、手伝ってくれるか」

なんだか疲れたから、昼からがっつりステーキだ。

来てくれたレオに手伝ってもらって、俺は全部で八人分、熟成肉の分厚いステーキを準備して焼いていった。

ハスフェル達は、それぞれ自分のパンを焼いたり野菜をお皿に盛ったりしている。

アクアにすり下ろしてもらった玉ねぎでステーキソースを作りながら、ハスフェルが出してくれた赤ワインをフライングで飲んだよ。だって、ちゃんと無事地上に生きて戻ってきたんだから、これは昼からワインで乾杯しても許されるよな？


「う〜ん。やっぱりケンが作ってくれるお料理は美味しいわ」

「本当に美味しいわよね」

シルヴァとグレイの二人が、嬉しい事を言ってくれる。

「確かに美味い。特にこのソースは絶品だ」

オンハルトの爺さんの言葉に、レオとエリゴールもうんうんと食べながら頷いている。

「なんだよ。そんなにおだてても、これ以上何も出ないぞ」

そう言って笑い、いつもシャムエル様が座っている自分の右手横を見る。あの小さいのがそこにいないだけで、なんだかとても大切なものを忘れているような気になる。

「一応、置いといてやるか」

そう呟き、ステーキの真ん中の部分を一切れ大きく切って、小皿に他の野菜とご飯も少しだけ一緒に盛り付けて、そのままサクラに預けておく。

大満足で食事を終えて赤ワインを楽しんでいると、机の上にシャムエル様が現れた。

「ああ、私が一生懸命仕事しているのに、先にご飯食べたね！」

バンバンと足を踏み鳴らしてお怒りのシャムエル様。

「もちろん、ちゃんと置いてあるよ」

飲んでいたグラスを置いて、取ってあったお皿をサクラに出してもらう。

「はいどうぞ。熟成肉のステーキだよ。飲み物は赤ワインで良いか？」

目を輝かせるシャムエル様の目の前にお皿を置いて、盃には赤ワインも入れてやる。

「わあい、ありがとうケン！　お腹空いていたんだよね！」

言葉と同時に顔面からステーキにダイブしていき、それを見ていた神様達が揃って吹き出す音が聞こえた。

「ふう、ご馳走さま。美味しかったよ」

目を細めたシャムエル様が、そう言って綺麗になったお皿を返してくれる。

「それで、今どういう状況だ？」

「中を探し回ってスペランクを見つけたよ。彼によると、やっぱりここは再生する地下迷宮で、ここ限定の仕様らしいから、そう簡単に攻略出来ないような超難しいのにして！　って、お願いしてきました！」

最後は胸を張って答えて、何故かドヤ顔になるシャムエル様。

話を聞いていたハスフェル達は、苦笑いしつつも頷いた。

「成る程。洞窟と迷宮作りの神スペランク。彼が直接手掛けているのなら、今更文句を言っても意味は無いな。次回は各階を隅から隅まで調べ尽くして遊び倒して、それから最下層を攻略すれば良いんだな」

「ちょっと待て！　お前ら、どうしてそこで、そんなに嬉しそうなんだよ！」

顔を見合わせて笑顔で頷き合ってる金銀コンビから思わず距離を取る俺。

「心配するな。お前さんの悪運もきっと全部無くなっているさ」

笑ってそう言われて、遠い目になる俺だったよ。

* * *

「さてと、このあとはどうするんだ？」

ハスフェルにそう尋ねる。

「そうだな。それでお前らはどうするんだ？」

俺の言葉に頷いたハスフェルが、何故かレオ達を振り返った。

「そうだな。では俺達はここまでだな。ありがとう、楽しかったよ」

笑顔のエリゴールの突然の言葉に目を見開く。

「楽しかったよ。今度会う時までには、もう少しくらいはお料理を手伝えるようになっておくね」

少し寂しそうに笑ったレオの言葉に、俺は返事が出来ない。

「本当に楽しかった。こんなに名残惜しくなるなんて思っていなかったわ」

「うん、本当に楽しかった。ご飯も美味しかったよ」

グレイとシルヴァが、頷き合ってそんな事を言う。

俺は思わず、すがるようにハスフェルの腕を掴んだ……何これ、どこの丸太だよ。

掴んだ丸太のような太い腕をマジマジと見て、脱線しそうになった思考を引き戻す。

「何をそんなに驚く？　元々、彼らとは地下迷宮までだと言っていただろう？」

逆に驚いたように聞かれて俺の方が絶句する。確かに、そう聞いた覚えがある。

呆然と振り返ると、苦笑いしているレオと目が合った。

「元々お祭りの間だけの予定だったんだ。それなのに、楽しかったから。ね」

「だがもう戻らないと、そろそろ冗談ではすまなくなるんだよな」

苦笑いするエリゴールの言葉に、俺はシャムエル様から聞いた説明を思い出していた。

確かレオが大地の神様でエリゴールが炎の神様、グレイが水の神様でシルヴァが風の神様……いわゆる世界を構築する四大元素だ。そりゃあいつまでも遊んでいられまい。

納得はしたものの、突然訪れた別れに言葉が出ない。

「そんな顔しないでよ。笑って別れるつもりだったのに」

シルヴァが手を伸ばして俺の鼻を軽くつまむ。

「べ、別に泣いてないよ！」

あ、これって泣いているって白状したようなものかも。内心で焦ったが誰も笑わなかった。

「もう、しっかりしてよね！」

そう言ったシルヴァが、いきなり俺の懐に飛び込んできて、俺は咄嗟に出来るだけ優しく抱きしめ返した。

何この柔らかさ……ああ、いつもの不整脈が……。

しばらく無言で抱きついていたシルヴァが、突然顔を上げて身体を離した。名残惜しいが俺も手を離す。

「ねえ、ちょっと屈《かが》んでくれる？」

可愛らしく言われて、素直に膝を曲げて小柄な彼女と視線を合わせる。

「ケンなら、ここね」

笑ってそう言い俺の額に軽いリップ音。驚きのあまり反応出来ずにいると、笑ったグレイも額にキスをくれた。

あの、出来ればもうちょっと下の方に……脳内での俺の魂の叫びも虚しく、二人は下がってしまう。

「元気で。また会おう！」

「おう、また会おう」

エリゴールとレオがそう言って揃って突き出した拳に、俺も笑って拳をぶつけた。

「スライムちゃん達は連れていくね。可愛がるからご心配無く」

ゴールドスライムを肩や頭に乗せると、四人はオンハルトを見た。そして手を差し出す。

「じゃあ、ケンの事お願いね。ハスフェルとギイ、あなた達もよ」

シルヴァの言葉に、オンハルトの爺さんは笑って頷いている。

「この後は、バイゼンへ行くのだろう？　そこまでご一緒させてもらうよ」

笑顔で差し出された右手を握り返す。相変わらず分厚くてデカい手だよ。

「俺達は、まだまだご一緒させてもらうよ」

「ああ、こんな面白そうなパーティー、そう簡単に逃してなるかってな」

ハスフェルとギイの言葉に、半泣きになっていた俺は振り返って彼らともしっかりと握手を交わした。

「だけど、俺達の力が必要な時には遠慮無く呼んでね。いつだって飛んでくるよ」

レオの言葉に俺の涙腺が決壊する。

「もう、ヘタレの泣き虫！」

笑ったグレイとシルヴァが、また俺を抱きしめてくれた。

「だって、もっと、一緒に……いてくれると、思って、いたのに……」

鼻をすりながら何とかそう言うと、笑ってまた額にキスされた。

「この身体はこのままで置いておくから、いつでも呼んでね。すぐに駆け付けるわ」

そう言ったグレイが今度は俺の鼻先にキスをくれた。シルヴァも鼻先にキスをくれる。

何とか必死になって息を整えて笑ってみせた。

「それじゃあ、また会いましょう！」

「またね！」

「元気でやるんだぞ」

「また会おうね！」

そう言って俺達から離れたグレイとシルヴァ、エリゴールとレオの四人は、互いの手を握り合って輪になる。

「それじゃあね！」

シルヴァの声と同時に光が走り、それが消えた時にはもう誰もいなかった。

少し踏まれて倒れた草だけが、そこに誰かがいた事を示していた。

「呆気なく去られてしまいましたね」

背後から聞こえたベリーの言葉に、俺は無言で頷く。

「四人も減ったら……作り置きも半分だよ……」

小さく呟くと、目を閉じた俺は側にいたニニの首に縋《すが》り付いた。


「また何か問題が起きた時には、彼らにも協力願う事になっていると言っていただろう？　また会えるさ。だからそんな顔をするな」

慰めるようなその言葉に納得する。

「彼らがここにいるのはあくまでイレギュラーだもんな。それなら用事が済んだら戻らないと」

鼻をすすりながら笑うと、ニニが甘えるように頭突きをする。

「慰めてくれてありがとうな。大丈夫だよ。ちょっと寂しいだけだって」

もう一度ニニのもふもふの首元に抱きついて、俺は大きく深呼吸をした。

「死に別れたわけでなし、分かった。じゃあ、寂しがるのはここまでにする」

顔を上げてそう言うと、三人に笑って背中を叩かれたよ。

その時、突然羽ばたく音がして空を見上げると、大鷲達が転移の扉で留守番させていた馬達を脚で摑んで舞い降りてくるところだった。

「あれ、馬達は置いていったんだ」

五匹の馬は、使っていた鞍や手綱も全部そのままだ。

「俺はまだ乗るが、こんなにはいらぬな。ならば残りは手放すか。よく走ってくれた良き馬達だったよ」

笑ったオンハルトの爺さんが、自分の馬を撫でながら残りの子達を見る。

「それなら。カルーシュへ行くか」

「ああ、そこで馬を手放してからハンプールへ行けばいいな」

金銀コンビの会話を聞いて、俺は鞄から地図を取り出して広げた。

「へえカルーシュって西アポンから北西方面に延びる街道沿いにあるこの街か。ここから近いんだ。大きな街なのか？」

地図を見ながらそう言うと、隣から地図を覗き込んだギイが教えてくれた。

「カルーシュの街自体はそれ程大きな街ではないよ。ただ、この山越えの街道は、難所なんだが人通りは絶えなくてな。カルーシュの街は、山越えする旅人や商人達にとって重要な街なんだよ」

「成る程、そんな街なら馬の需要も高いわけか」

「まあそういう事だ。良い馬なら高値を付けてくれるぞ」

「へえ、じゃあまずはそこへ行くんだな」

納得して頷きつつギイを見る。

「なあ、それならせっかく行くんだし、そのカルーシュの街で食材の買い出しが出来るかな?」

食料の備蓄が心細くなっているから、出来れば買い出しはしておきたい。

「あの街も朝市はかなり大きいぞ。店で売っているのはどちらかというと、携帯食料や保存の利くものが多いが、朝市なら新鮮な野菜や果物も多く売られてるよ」

「おお、それは是非見てみたいな」

「それなら今夜はカルーシュの街のギルドの宿泊所に泊まって、明日はケンは買い出しをすれば良いんじゃないか?」

ハスフェルの提案に大きく頷く。新しい街なら、また何か新しい食材が見つかるかもしれない。

「よし、それじゃあカルーシュ目指して出発だ!」

笑ってマックスに飛び乗り、俺達は揃って街道目指して走り出した。

番外編　地下迷宮での食事事情

俺の名前はギーベルトアンティス。友人達からはギイと呼ばれている。

天秤、つまり調停の神の化身として人の身体を与えられ、古くからの友人であり創造神であるシャムエルが作ったこの世界で人の子として長い時を過ごしている。

ほぼ自覚は無いが、調停者としての俺の存在自体がこの世界にとって意味あるものらしい。

まあ時には、同じく闘神の化身としてこの世界に暮らしている古い友人のハスフェルと協力して、裏からこっそり世界を守る手伝いをしたりもしているから、全く仕事が無いわけではないのだけれどな。

一人で好きにこの世界を旅しながら自由気ままに暮らしていたが、少し前から俺は久し振りに時を忘れるほどの楽しい時間を過ごしている。

それは、最近知り合って仲間になったケンと名乗る一人の人間のおかげだ。

崩壊の危機に瀕《ひん》していたこの世界の救世主となってくれたその人間は、抜けたところも多々あるが、身近で接してみればなかなかに魅力的な人間だった。ハスフェルやシャムエルが、ずっと彼の側から離れようとしないのも分かる気がしたよ。

まあ、俺も面白そうだって理由だけでこうしてずっと彼の側にいるのだから、人の事は笑えないけどな。

俺達の昔からの仲間である四大精霊を司る神々達まで巻き込んだ、色んな意味で大騒ぎだったハンプールの早駆け祭りが何とか無事（？）に終わり、大盛況だったクーヘンの店の開店も見届け用事を全て終えた俺達は、ハンプールを出発した。

仲間達と一緒にこれも大騒ぎだったスライム集めを終え、以前から楽しみにしていた未踏破の地下迷宮攻略にようやく乗り出したところだ。

まずは出現するジェムモンスター、まあ地下洞窟の場合はほぼ恐竜なのでその種類の確認と地下迷宮全体のマッピングが第一目的だ。

これだけの顔ぶれが集まるなんてそうそうある事ではないのだから、せっかくなので最下層まで行ってみるつもりだ。

しかし、ここでまさかの事態が発生した。

一階層に出るトライロバイトとの最初の戦いで、死角から跳ね飛んできた一本角の奴に左の太腿を突き刺されてケンが負傷したのだ。戦闘中の足の怪我は冗談抜きで命取りになりかねない。

近くにいたハスフェルが、万能薬を手に即座に駆け付けて処置してくれたおかげで事無きを得たが、あの酷い出血を見てさすがに本気で焦ったよ。

本人はもう大丈夫だと言っているが、明らかに顔色が悪い。到着したグリーンスポットでも、ケンは酷い貧血でテントを張る元気も無いみたいだった。

テントくらい張ってやるからとハスフェルに言われて岩の横に座ろうとする彼を見て、少し離れた所にいた俺もまずは自分のテントを取り出して張り始めた。

その瞬間、何かが割れる音と落ちる音、そして大きな水音がした。

「ケン！」

ハスフェルと俺の悲鳴のような声が重なる。

音を聞いた直後に振り返って見た時、何故かたった今までそこにいたはずのケンの姿が何処にも無くて、地面にはぽっかりと穴が開いていたのだ。

そして聞こえる、妙に間延びしてくぐもったケンの悲鳴。しかも、その声はどんどん遠ざかっていくではないか！

慌ててマッピングで確認すると、ケンの存在が現在進行形のもの凄い速さで、しかもほぼ垂直に近い角度で落下しているのが分かった。あれは間違いなく水路を流されている。

何も出来ずに呆然とするハスフェルと目が合ったきり、無言になる俺達。

「何々！　ねえ、何が起こったの！」

「ねえ、ケンは？　ケンは何処！　たった今までそこにいたのに！」

逆にパニックになったシルヴァとグレイが、口元を覆って悲鳴のような声を上げる。

「落ちてる！　ケンが何処かへ落ちていってるよ！」

「本当だ！　なあ、一体何がどうなっているんだよ！　どうしてたった今までそこにいたケンが、あんな遠くへ落ちるんだよ！」

マッピングで確認したのだろう、普段は冷静なレオとエリゴールまでがパニックになって慌てふためいている。

そして彼ら以上に、ケンの従魔達が大パニックになっていた。

悲鳴とほぼ同時に、岩にぽっかりと空いた穴に一瞬ですっ飛んでいったマックスが、恐らく落ちる彼を止めようとしたのだろう、大きく空いた穴に頭を、というか鼻先を突っ込んだ体勢のまま固まっている。

しかし開いた穴はかなり小さかったらしく、突っ込んだマックスの顔が完全にふさいでしまい、穴に流れる水がマックスに当たってまるで噴水のように横から噴き出して周囲に流れ出している。

あれを見れば分かる。ケンが落ちた水の流れは相当強いのだと。

ようやく我に返ったのか、顔を出したマックスが穴に向かってケンを呼ぶかのように必死で狂ったように吠え始める。そしてそれを見て更にパニックになる従魔達。

「とにかく落ちつけ！」

ほぼ全員が、パニックのあまり騒然となるか固まるかのどちらかのその場で、唯一冷静だったオンハルトが一喝する。

びしょ濡れのままだったマックスがその大声に反応して振り返り、荒い息のままでしばし呆然とした後、突然大きく身震いをした。

当然凄い水しぶきが飛び散り、周りにいた他の従魔達や俺達までもが全員揃ってびしょ濡れになったよ。

ちなみに、ニニちゃんは逆にずっとケンが落ちた小さな穴を見つめたまま瞬きもせずに固まっていた。だけど、全身の毛が逆立っているらしく体はいつもの倍くらいに、そして尻尾はいつもの三倍くらいの大きさに膨らんでいて、それはそれは見事なまでに全身フサフサ状態だったよ。

ああ、ケンがここにいたら歓喜の叫びを上げて飛びついていただろうに、あいつ勿体ない事をしたなあ。と、若干現実逃避な事を考えている俺だったよ。

「ケンの気配が我らに察知出来るという事は、彼は死んではおらぬ。とにかく止まるのを待て」

穴を覗き込みながらの冷静なオンハルトの言葉に、俺とハスフェルはまた顔を見合わせる。

「だが、この高さの上にあの角度だ。落ちた先が地面でも水面でも大差ない。衝撃で間違いなくぺしゃんこになるぞ」

「そうだ。彼は普通の人間なんだから、落ちて当たった瞬間に終わりだぞ」

真顔の俺達の言葉に、水の神であるグレイが頷いて軽く手を上げてから目を閉じる。

「分かったわ。もしあのままケンが滝壺のような水のある所へ落っこちるのなら、何とか跳ね返さずに水中へ入れて受け止めてあげる。今の彼は、水の力だけで落ちているから、それくらいなら出来ると思うわ。まあ、多少の衝撃はあるだろうけどね」

例えば、彼が落ちるのを止めるような、今、実際にこの世界に起こっている事象そのものを変えるように手出しをする事は出来ないが、グレイが言ったように、これから起きるであろう出来事ならば多少の手出しは可能な場合もある。

「確かにそうだね。じゃあ、もしも地面に激突しそうな時は俺が何とかするよ。まあ多少の怪我くらいはするかもしれないけど、最悪でもケンの命は絶対に守るよ」

同じく目を閉じた大地の神であるレオの言葉に全員が真顔で頷き、今はまだ落ち続けているケンの存在をマッピングの地図を通じて無言で見守る。

今の俺達に出来るのはそれしかなかった。

その時、急激に落ちる角度が変わって弧を描くようにして先程までよりもゆっくりと落ちるのが分かり全員が息をのむ。

「ねえ、今のあれって外に落ちたのよね！」

「大丈夫、水があるところに落ちたみたい。泡を集めて窒息から守らないと……」

シルヴァの叫びに、目を閉じたままのグレイが応える。

「あら、スライムちゃん達が水に落ちたケンを守ってくれている。そうなのね。頭の上に乗っていたから、スライムちゃん達はケンと一緒に落ちたみたいよ」

驚くグレイの言葉に俺達は慌てて周りを見回したが、確かに、ケンの連れていたゴールドスライムがいなくなっている。

「アクア達がケンと一緒なのか！」

「おお、良かった。それなら彼の生存確率が少しは上がったな」

俺達の会話を側で固唾《かたず》をのんで聞いていたケンの従魔達が、揃って歓喜の叫びを上げる。

「よし、陸に上がったみたいだね。ちょっと行ってくる！」

唐突に姿を現したシャムエルがそう言って瞬時に姿を消すのを見送り、俺達は安堵のため息を吐いた。

そしてケンが無事な事を俺達の会話で理解したのだろうマックスが、彼の落ちた穴の横辺りを掘り返しそうなもの凄い勢いで前脚で引っ掻き始めた。その尻尾はこれまたもの凄い勢いで振り回されている。

犬の尻尾は感情がそのまま出るから、言葉が通じなくても今のマックスの気持ちが良く分かるよ。

一方さっきは全く無反応で固まっていたニニちゃんも、勢い良く水が流れる狭い穴を覗き込みながら、まるでケンを呼ぶかのように物悲しい声で鳴き始めた。いや、俺達の耳には単なる鳴き声にしか聞こえないが、あれは間違いなく大切なご主人であるケンを呼んでいるんだろう。

その時、ケンの従魔である蛇のセルパンとミニラプトルのプティラが進み出て、マックスやニニちゃん達と顔を見合わせて何やら話を始めた。そして頷き合うと、そのまま二匹は穴の中へするりと入ってしまった。

「おい！　無茶をするな！」

慌てて穴を覗き込んだが、もう二匹の姿は水に流されてしまって何処にもいない。

「ご主人。あの子達なら、少々の水程度なら大丈夫ですからご安心ください」

デネブの声に驚いてマックス達を見ると、俺の視線に気付いたらしく何やら言いたげな顔で、しきりに吠えたり鳴いたり飛び跳ねたりしている。

残念ながら俺達は、ケンと違って自分の従魔以外の言葉は分からない。だけどあの様子を見れば従魔達の言いたい事は分かるよ。

どうやら、代表してあの二匹がケンの所へ増援に駆け付けてくれたらしい。

確かに、あの二匹なら巨大化すればかなりの戦闘力があるだろうから、ケンの助けになるだろう。

俺は側にいたハスフェルやオンハルトと顔を見合わせてもう一度安堵のため息を吐いたのだった。


その時、ハスフェルが笑って俺の肩を叩いた。

次の瞬間、念話の気配が頭の中に広がるのに気付いて納得した。どうやら、ケンも念話が出来るくらいには冷静になったみたいだ。

『位置は把握した。しかし相当奥だから簡単には合流出来ないぞ。頑張って俺達が行くまで生き延びてくれよな』

『やっぱりそうなるよな。ああ、マジで肉食恐竜と出会った瞬間、俺の人生終わるぞ』

ため息を吐いたハスフェルの言葉に、ケンの戸惑うような言葉が返る。

確かに、今の彼の実力と装備で肉食恐竜と一対一で対峙したとしたら、ろくな抵抗も出来ずにパクリとやられて終わりだろう。

『増援が行ったから、合流してしばらくそこにいろ』

俺が何か言うより早く、オンハルトが笑いながらそう言ってマックスの背中を叩いた。

その直後にケンの歓声とシャムエルと話をする声が、俺達の念話にも聞こえた。どうやら無事に増援に行った子達とも合流出来たみたいだ。

しかしシャムエルの説明によると、今、ケンがいるのは出口の無い滝壺の横にあるわずかな場所らしく、しかもその滝壺には水脈を伝って上がってきている小型の水棲恐竜の住処になっている場所らしい。

さすがにそんな危険な場所で彼を一人で待たせるわけにはいかないので、この際、彼に自力で岩に穴を開けて脱出してもらう事にしたらしい。まあ、大変だろうがこれは俺達にはどうしてやる事も出来ないから、ここはケンに頑張ってもらおう。

一応、俺達がシャムエルの目を通して無言で見守る中、彼は相当苦労をしながらも岩を砕き続けている。

その間にする事が無い従魔達は、何やら集まって相談するかのように顔を突き合わせて小さな声で鳴き合っていたが、いきなりマックスとシリウス、それからデネブとニニちゃんが奥の方へ走っていき、その後を追うようにして残りの猫族軍団も巨大化して走っていった。直後にもの凄い猪の雄叫びが聞こえ、大暴れする音と唸り声。だがすぐに静かになった。

どうやら従魔達は自力で獲物を調達したらしい。

そうこうするうちにケンは無事に自力で出口を確保して、何とか近くのグリーンスポットまで到着する事が出来たみたいだ。

無事到着の報告をしてくれる念話を聞いて、俺達が拍手喝采になったのは言うまでもない。

しかもそのあとケンは、一人でいる彼の存在に気付いて急遽最下層から上がってきてくれたベリーとフランマと、何とそのグリーンスポットで合流出来たらしい。


しかし、念話でベリーと楽しそうに話していたハスフェルが、急に慌てたように声を上げてこっちを振り返った。

「どうした。今度は何だ？」

俺の言葉に、半ば呆然としたままのハスフェルがポツリと小さな声で呟く。

「ケンが倒れた。いくら呼んでも意識が戻らない……」

その言葉に、全員の悲鳴がグリーンスポットに響き渡った。

そのあと、人間の医学の知識もあるベリーが診察してくれた結果、良かれと思って彼に授けたマッピングの能力の影響が少々強過ぎたらしい事が分かった。

成る程、色々あって疲労困憊状態だった彼への能力付与は少々荒療治に過ぎたみたいだ。

だが、とにかく休ませてやれば回復するだろうとのベリーの診断に、俺達が揃って胸を撫で下ろしたのは言うまでもない。

「一時はどうなる事かと心配したが、大事無くて何よりだよ。セルパンとプティラに加えてベリーとフランマが側にいれば、少なくともこれでケンの安全は確保されたと思っていいな」

安堵のため息を吐いてそう言ったハスフェルの言葉に、俺達も苦笑いしつつ頷く。

「そうだな。本当に良かった。いやあ、それにしてもケンが水路に落ちたのだと気付いた時には、冗談抜きでこっちの息が止まるかと思ったよ」

「そうだよね。あそこまで本気で慌てたのって、いつ以来かなあ」

エリゴールとレオの言葉に、シルヴァとグレイも手を取り合って何度も頷いている。

「何はともあれ、ケンの安全が確認出来たんだから、とにかくテントを張ったら食事にしよう。俺は腹が減ったよ」

「そうよね。確かにお腹空いたわ」

「私もお腹空いた〜！」

俺の言葉に、女性二人もテントを取り出しながらそう言ってオンハルト達と顔を見合わせて頷き合い、彼らも放り出したきりだった自分のテントに駆け寄ってまずは大急ぎで立て始めた。

「従魔達の食事はどうするかと心配したが、肉食チームは自力で食事にありついたみたいだな」

「みたいだな。いやあ逞《たくま》しいもんだ」

テントを張り終えたハスフェルの声にオンハルトが笑ってそう言い、同じ事を考えていた俺も苦笑いしながら彼らと顔を見合わせて頷き合った。レオやエリゴールも一緒になって笑っている。

「お腹空いたわ」

「本当よね。早く食べましょう……ねえ、ちょっと待った！　食料ってケン以外は誰が持っているの？」

シルヴァとグレイの声を聞いた瞬間、俺達は全員揃って無言になった。

「……ええと、スライム達がケンと一緒に落っこちたって事は……」

テントを張り終えたレオが、自分のスライム達を見ながら恐る恐るそう呟く。

「そうだなあ。これってどう考えても……」

同じくテントを張り終えたエリゴールも、足元に転がる自分のスライム達を見ながら半ば呆然とそう呟く。

俺は、オンハルトとハスフェルとそれぞれ顔を見合わせてから女性二人を揃って振り返った。

「お前らまさかとは思うが、食料を全く持っていないのか？」

「ねえ、もしかしてこれって……」

「ねえ、そうよね。もしかしなくてもそうよね！」

戸惑うようなグレイの言葉に、割と本気で泣きそうになっているシルヴァが胸元で両手を握りしめながら上を向いて悲鳴を上げる。

「待って！　ケンとスライムちゃん達がいないと、私達の癒しである美味しい食事の時間はどうなるのよ！」

「いや～～！　ケン！　お願いだから今すぐ戻ってきて！」

シルヴァとグレイの叫び声に、俺とハスフェルは堪えきれずに吹き出す。オンハルトも張り終えたテントの横で遠慮なく大笑いしている。

「いや～～お腹空いたのに～～！」

「ちょっと笑ってないで！　どうするのよ～～～！」

顔を覆って叫ぶシルヴァとグレイの声に、また俺達は揃って吹き出したのだった。


そして今、俺達は全員揃って一番広いハスフェルのテントに集まり、目の前に並んだものを無言で見つめている。

俺とハスフェルが取り出した机の上に並んでいるのは、それぞれ各自が持っている簡易コンロと携帯鍋セット、カトラリーとマイカップ。一応全員、ここまでは持っているらしい。

その横に並んでいるのは、俺とハスフェルが取り出したカチカチの干し肉と、同じくらいに乾燥してカチカチになっているクラッカー。硬いチーズの塊。干しブドウと炒ったクルミ。そして乾燥豆と少しの干し野菜。

油紙に包まれて転がっているのは、炒って乾燥させた雑穀を飴で固めたのを一口サイズに切ってあるもので、冒険者の間では雑穀棒とか炒り棒との名前で呼ばれている。

まあ、要するにここに並んでいるのは、どれも旅人の定番の携帯食だ。

石みたいにカチカチの干し肉は、ナイフで削ったのをごく細く裂いてそのまま口に入れて長時間噛むか、ナイフで細かく刻んでスープにする事が多い。

元旅の仲間だった、料理人のマギラスならそれ以外の食べ方や調理法も知っているだろうが、それ以外の食べ方も調理法も俺は知らないな。

クラッカーはそのまま食べるのではなく、基本的にスープに砕いて入れふやかして食べるか、ジャムや干した果物、チーズなんかと一緒に酒のつまみに少し食うくらいで、それだけで食う事なんてほぼ無い。

炒り棒は、何もせずにそのまま封を開ければ食べられるから一番手軽と言えば手軽なんだが、味は……正直言ってそれなりだよ。

まあ、人それぞれに好みの味ってものがあるので具体的にどうとは言わないが、少なくとも俺は美味しいと思ってこれを食った事は無い。とは言え一応甘みはついているし腹持ちも良いので、一番食べた気になれる携帯食だよ。

だけどこれに甘みを求めるのは間違っていると思うぞ。甘いものが欲しければ、これじゃあなくて飴を舐めろ。

要するに、ここに出したのはとにかく携帯性と保存性に特化したものばかりで、どれも味は二の次三の次。

ケンに出会って一緒に旅をするようになる前は、ずっと街の外ではこれが当たり前だった。

時間が無い時や天気が悪い時には、テントの中で炒り棒を食いながら水を飲み、天気が良くて時間と場所に余裕がある時には、携帯コンロと鍋を使って干し肉と干し野菜や乾燥豆なんかを使って簡単なスープを作ったりする程度。

それだってしょせんは素人のする事だ。そこに店で食うような味なんて求めてはいけない。後はせいぜい紅茶を淹れる程度だ。ちなみにコーヒーは淹れる為の道具が色々必要だからほとんど外では飲まない。後片付けも面倒だから少なくとも俺はやらない。

郊外で温かいものを食べたり飲んだり出来ればそれで充分だと思っていたし、美味いものは街へ到着した時の楽しみにすればいいのだと、深く考えもせずにずっとそう思っていた。

何の疑問も持たずにそう思っていた。ケンと出会うまでは。

だけど、あれだけ美味しい食事を郊外で食べる楽しみと喜びを知ってしまった今となっては、もうこれらを食べたいとは正直言って全く思わなくなったよ。

冗談抜きで、俺も街へ戻ったらいろいろ自分で買い込んで収納しておこう。

「ねえ、これってどうやって食べるの？」

すっごく嫌そうに干し肉を突っつくシルヴァの言葉に、俺は無言で干し肉を手に取ってひと欠片ナイフで削ってやり、出来るだけ食べやすいように細く引き裂きそのまま携帯鍋の蓋に置いて、ついでに硬いチーズも一枚薄めに切って一緒に渡した。

「その干し肉を口に入れて柔らかくなるまで嚙んで、そこにチーズをちょっとだけ食べてまた一緒に嚙むんだ。そうすれば全体に味が付くから一緒に飲み込めばいい」

俺の説明に、シルヴァとグレイはこの世の終わりみたいな顔になる。

「か、硬いわね……」

糸くずみたいになった繊維状の干し肉を一本だけつまんで口に入れたシルヴァが、泣きそうな顔でそう言ってもぐもぐと嚙んでいる。

「そりゃあ、保存が利くようにしっかり干して水分を無くしてあるんだから、柔らかかったら意味が無いだろうが。すぐにカビちまう」

苦笑いしたハスフェルが、大きめの干し肉を口に放り込んで平然と嚙み始める。俺も一つつまんで口に放り込んだ。久し振りに食ったが相変わらずの硬さだよ。

「うう、それは分かるけどさあ……」

「あ！　良い事思いついたわ！　ねえちょっとこれ貰うわね」

シルヴァの様子を見てまだ食べていなかったグレイが、不意にそう言って引き裂いた干し肉をひとつまみ自分のお皿に取る。

「何をするの？」

まだもぐもぐしながらシルヴァが不思議そうに横から覗き込む。

「要するに、水分を戻してあげればいいんでしょう？　それなら簡単だわ」

にっこり笑って干し肉の塊の上に右手をかざす。

すると、お皿の上の干し肉の周りに水の球が現れて干し肉を包み込んだ。

「よし、これでいいわね」

しばらくして、水に包まれていた干し肉が倍くらいに膨らんだのを見て、グレイが手を戻すと、一瞬で水の球が消えてふやけた肉だけが残った。

「へえ、ちょっと見た目はベーコンっぽくなったわね」

まだ干し肉をもごもごやっているシルヴァが、興味津々でお皿を覗き込んでいる。

俺はハスフェルと顔を見合わせて、無言のまま黙々と干し肉を噛み続けた。

「では、柔らかくなった干し肉、いただきます！」

グレイが嬉しそうにそう言い、指で少し赤みの戻った干し肉を一切れつまんで口に入れた。

「うぐっ！」

しかし、目を見開いて口を押さえて呻いたグレイは、無言で悶絶してそのままガバリと立ち上がるなり、もの凄い勢いでテントの外へ駆け出していってしまった。

「まあ、そうなるよな」

「だよなあ。あれって水分を含んで膨らんだだけなんだから、肉の生臭みが増して最悪の状態になっていると思うぞ。せめて、ふやかすならハーブや塩胡椒で味を付けたスープにしろよな。水だけなんて、そんなの絶対不味いに決まっているさ」

うんうんと頷き合う俺達を見てから、シルヴァが慌てたように外へ駆け出していった。


「ああ最悪、まだ口の中が変な味がする〜！」

結局、水で戻しただけのあの最悪な干し肉は、全部スライム達が片付けてくれたよ。

まだまだある乾いた干し肉を見て悲しそうにため息を吐くグレイに、俺は炒り棒の一番甘いやつと干しブドウを渡してやる。

「とりあえずそれでも食ってろ。ほら、湯が沸いたからカップも出せ。茶くらい淹れてやるよ」

滅多に飲まないが、一応持っている紅茶の茶葉の入った缶を取り出す。

これは一杯分の茶葉を薄紙で包んであるもので、そのままカップに放り込めば手軽に紅茶が飲めるやつだ。これだと片付けも簡単だから郊外でも気軽に飲めるんだよ。ケンはいつも上質の茶葉を使ってポットで丁寧に淹れてくれているが、そんな技術を俺に期待するな。

「お願いします」

まあ、その辺りは分かっているのだろう二人の声が揃い、素直にそれぞれのカップが差し出される。

「すまんが俺達の分も頼むよ」

オンハルトが三人分のカップをその隣に並べ、俺とハスフェルのカップもその隣に並べた。紅茶の包みをその中へ一つずつ放り込んでから、沸いたお湯を順番にたっぷりと注いでやる。

「熱いから気をつけてな」

そう言って、ほぼ空になったヤカンに水を追加してもう一度火にかけておく。

それから俺達は、無言のままで味気ない夕食を食べたのだった。

ケン、お前の存在の有り難さを全員が心底実感した食事になったよ。

翌日もケンは目覚めることなく昏々《こんこん》と眠り続け、またしても味気ない食事を終えた俺達は、焦る気持ちを必死で抑えてとにかく下を目指して半ば駆け足で移動し続けた。

ケンはその日の夜に一度目を覚まして食事をしたあと、また眠った事をベリーから知らされ、またしても揃って安堵のため息を吐いた俺達だったよ。

「ああ、早くケンと合流して美味しい食事が食べたいよう」

「そうよね、もう携帯食はこりごりだわ」

「ねえ、次に街へ行ったら、ハスフェルとギイはすぐに食べられる物を色々と買っておいてちょうだい！」

「そうよそうよ。携帯食なんてあんなのどれも食事じゃあないわ。私はふわふわのパンや香ばしく焼いたお肉が食べたいのよ！」

「お願いだから、私達と合流する時には目を覚ましていてね、ケン！」

歩きながら延々と愚痴るシルヴァとグレイの声が、地下迷宮の広い通路に反響して空しく響く。

「まあ、気持ちは分かるけどとにかく歩け。俺達だって、もうあんな不味い携帯食は食いたくない」

「全くだ。俺だってもう携帯食は勘弁してほしいって」

苦笑いするハスフェルの言葉に、割と本気で同意する俺だったよ。

美味い食事が、あんなにも気分を明るくしてくれたり、やる気を出させてくれるんだって事を身をもって思い知ったからな。

冗談抜きで街へ戻ったら、これからは俺もいろいろ買い込んで収納しておくよ。

食事はやっぱり大事だもんな。

あとがき

この度は、「もふもふとむくむくと異世界漂流生活」をお読みいただき、誠にありがとうございます。作者のしまねこです。早いもので、もう四巻の発売となりました！

私にとっての初めての書籍となる、もふむくの第一巻が発売されたのが２０２２年の三月十六日ですから、この四巻が発売されている頃には、一周年を過ぎている訳ですよ！

無事に一周年を迎えられ、更には続刊も出していただけているのは、いつもお読みくださる読者の皆様のおかげです。本当にありがとうございます。

小説家になろうに初めての投稿となる「蒼竜と少年」を書き始めたのが２０１８年の二月七日ですから、何ともう五年もほぼ毎日投稿しているんですね。

そして私にとって二作目となる、この「もふもふとむくむくと異世界漂流生活」の第一話を投稿したのが２０１９年の三月十日。何とこちらも、もう丸四年のほぼ毎日投稿。つまり、ほぼ四年間、毎日二作の投稿をしている訳ですよ。ううん、改めて振り返って我ながらちょっと感心しました。偉いぞ私！

そしてこの度「もふもふとむくむくと異世界漂流生活」がコミカライズしていただける事となり、コミックアース・スター様のサイトにて三月九日より連載が開始です！

この本の発売時点ではもう公開されていますね。どうぞよろしくおねがいします！

作画は、エイタツ様が担当してくださる事になりました。

実を言うと日々の投稿をしながら、いつか自分の書いた作品が書籍化されて本になったり、コミカライズされてプロの漫画家さんに漫画を描いてもらえたりしたら良いのにな……とは、ずっと思っていました。

それが、まさかのコンテスト受賞からの書籍化で、その上本当にコミカライズまでして頂ける事になるなんて！　いやあ、本当に人生何が起こるか分かりませんね。

ニニが、マックスが、ケンが、そしてシャムエル様が動いて喋ってる〜〜！　と、毎回ネームや原稿を見せて頂く度に、感動のあまり叫んでいた作者です。

プロの漫画家さんの描く線って本当に凄いですね。流れるようでとても美しいです。

どうやったらあんな風に、綺麗に分かりやすく描けるのか心底知りたいと思います。


いい機会なので、ここで作者自身の創作方法についても少しだけお話ししたいと思います。

もふむくの一巻のあとがきでも書きましたが、私は小説書きの息抜きに別の小説を書いて遊んだりします。書く事そのものが楽しいんですよね。逆に言えば、思い付いたら書かずにはいられない性分とも言います。

ちなみに、作者はペン画や鉛筆画も好きで、アナログの絵なら少しくらい描きます。もちろん素人の落書きレベルですが、描く事自体は大好きです。

画材や文房具も大好きで、ついつい見たら買ってしまうんですよね。

実は、学生の頃には漫画家になるのを夢見て、友人と一緒にこっそり二次創作の漫画を描いていました。もちろん100%アナログ描きです。トーンを貼ったり、丸ペンで点描とかカケアミなんかも全部描いてました。

まあ、今となっては良い思い出です……という事にしておきましょう。ああ黒歴史〜！

そんな感じで、形や手段は何であれ創作する事そのものが私は好きなんです。

何しろ子供の頃から、読んだ本の内容に納得がいかなかったり気に入らなかったりした時、勝手に脳内で続きを考えて別の話を作っていました。そしてお気に入りのキャラクターがいると、その人を主人公にして全く別の話を考えたりもしていました。まだ二次創作なんて言葉も無かった時代。よく考えれば、もうこのころから創作オタクの片鱗があったわけですね。

多分この頃に、話を頭の中で勝手に作る事（しかも膨大な量）を覚えた気がします。

これは今でも私の日々の創作の際の手段になっていて、頭の中で出来上がっている話を文字に書き起こすだけなので、これで毎回サクッとお話が書けます。

この時、頭の中にあるのはほぼ声や音の付いた映画のような映像状態なので、私は色々な角度からその映像を眺めて精査して、聞いたセリフを文字に起こし、見た情景を地の文として書く訳です。なので、どの部分を書くのか考えて手が止まるのはしばしばですが、話の展開そのものについて悩んで手が止まる事はありません。そりゃあそうですよね。頭の中にはすでにその先の展開までが映像としてあるわけですから。

ちなみにキャラが勝手にしゃべるというのは、この際に発生します。私が考えていない台詞をいきなりしゃべり始めた時の驚きたるやもう……。

私の手が止まっている時は、この脳内にある映像を繰り返しリピートしている状態です。どのセリフを取るか、どの場面を切り取るかについてはギリギリまで考えて毎回悩んでいます。

私が見ているこの映像を全部言葉で表現出来るくらいの語彙力が欲しいと、書いていて毎回思います。

最後に、いつも素敵なイラストを付けてくださるれんた様にも、心からの感謝を！

本当にいつもありがとうございます！

ドッ
ん？
君
死んだ
から
……
大切なふたりと
異世界で新しい人生を――

コミックでも!
ここから読める!
コミックアース・スターにて
好評連載中!!
もふもふとむくむくと
異世界漂流生活
Mofumofu & Mukumuku and Drifting Life in Another World
原作
しまねこ
れんた
漫画
エイタツ

駄菓子屋ヤハギ
異世界に出店します
Dagas
gi Isekai Ni Shutten Shimasu
どこか懐かしい駄菓子が、
異世界でウケてます!
1巻の
特集ページは
こちら
EARTH STAR NOVEL
長野文三郎
イラスト 寝巻ネルゾ

「駄菓子屋」の能力を与えられて、異世界に転移した青年ヤハギ。
ひとまず日銭を稼ぐために店を開くと、ガム、チョコ、スナックと何やら見覚えのある駄菓子が屋台に並ぶ。
安くておいしいだけでなく、ステータス上昇、魔力回復、戦闘支援――いろんな効果のついた駄菓子は冒険者にウケて、一気に常連客が増えていく。
売れるとレベルが上がり、レトロなおもちゃやゲーム台まで並び始め、駄菓子屋ブームが起きる中、指名手配中のヤンデレ魔女にも知らないうちに気に入られてしまい……!?

シリーズ好評発売中!!

メイドなら当然です。
万能メイドさんの
異世界紀行
濡れ衣を着せられた万能メイドさんは旅に出ることにしました
三上康明
illustration
キンタ

EARTH STAR NOVEL

もふもふとむくむくと異世界漂流生活 ④

発行 ―――― 2023年4月14日　初版第1刷発行

著者 ―――― しまねこ

イラストレーター ―――― れんた

装丁デザイン ―――― AFTERGLOW

地図デザイン ―――― おぐし篤

発行者 ―――― 幕内和博

編集 ―――― 佐藤大祐

発行所 ―――― 株式会社アース・スター エンターテイメント
〒141-0021　東京都品川区上大崎3-1-1
目黒セントラルスクエア　7F
TEL：03-5561-7630
FAX：03-5561-7632
https://www.es-novel.jp/

印刷・製本 ―――― 中央精版印刷株式会社

ISBN 978-4-8030-1776-2